1

© 2020 Hrafnarson, Grimnir; O´Bain, Desiré
Herstellung und Verlag: BoD – Books on Demand, Norderstedt
ISBN: **9783750487666**
Cover: **iStock.com/ Ales_Utovko**

Chronik des Wanderers

Band 2

 edächtig drehte Heynrich einen Packen Pergamente in seiner linken Hand und betrachtete das kleine Bündel.

Damit verbunden waren Erinnerungen, die lange Zeit keinen Platz in seinem Leben gehabt hatten. Vieles genoss weit mehr Priorität. Rasch musste es damals gehen, als er sie im Archiv verbarg und aus seinen Gedanken verbannte.

An einen Zufall mochte er nicht glauben und doch fragte er sich nach dem Grund, ihres jetzigen Auffindens. Dass justament sein Schüler Franziskus sie aus den unergründlichen Tiefen des Archives barg, hielt er für einen Wink des Schicksals.

„Weshalb gerade jetzt?"

Er legte den Packen vor sich auf den Tisch, stand auf und trat zum Fenster. Helles Sonnenlicht flutete in die karge Kammer und schenkte ihm Wärme. Die Hände hinter dem Rücken gefaltet betrachtete der Dominikanermönch nachdenklich den leeren Innenhof des Klosters und blickte auf die alte Eiche, die im Zentrum des Hofes Schatten spendete.

Eines hatte er in seinem Leben gelernt – Zufälle existierten nicht, hinter allem steckte ein Plan, auch, wenn dieser auf den ersten Blick nicht zu erkennen war.

Ein Hauch Melancholie streifte sein Herz und ließ ihn aufseufzen. Wollte er wirklich die Erinnerung zurückkehren lassen?

„Agnes, Kind ..."

Als er sie das erste Mal in Freyhausen traf, war sie ein unruhiger Geist in einem weiblichen Körper, auf der Suche nach ihrem Platz im Leben und gequält von einem Wesen, das sich ihrer innersten Sehnsüchte bediente. Bei seiner zweiten Begegnung mit ihr in Zwettl war sie reifer, erfahrener und mehr in sich selbst ruhend.

Heynrich beugte sich vor, griff nach dem Fensterbrett und stützte sich darauf ab. Sollte er bedauern, was damals geschehen war?

Nein!

Sein Blick wanderte nach oben, hinauf zum Firmament wo Wolken in aller Stille ihre Bahnen zogen und sich gemächlich vor die Sonne schoben.

Kaum wahrnehmbar trat ein sanftes Lächeln auf seine Lippen – es war das gleiche Wetter wie an jenem Tag, als er das erste Mal in seinem Leben einen Fuß nach Zwettl setzte, um einer Bitte nachzukommen.

eständig juckte es an ihrem Körper, Flöhe und anderes Ungeziefer hinterließen Spuren und permanentes Kratzen riss auf Dauer Wunden, die sie nicht versorgen konnte. Karge Speisen zehrten seit Tagen an ihrer Kraft, bis sie schlussendlich erschöpft an die Wand gelehnt saß und auf ihr Ende wartete.

Längst hatte sie den Überblick über die Dauer ihrer Gefangenschaft verloren, die Tage glitten bedeutungslos ineinander über. Ihre Verzweiflung war einem Zustand der Katharsis gewichen, nachdem sie ihre Hände an den feuchtschimmernden Mauern blutig geschlagen und geweint hatte, bis die Tränen sie verließen. Leere erfüllte sie. Stundenlang starrte sie an eine Stelle der ihr gegenüberliegenden Wand und beobachtete einen einzelnen Wassertropfen, wie dieser langsam zu Boden sickerte und im schimmeligen Stroh verschwand, das ihr als Lager diente.

Vereinzelt drangen Vogelgezwitscher und menschliche Stimmen von draußen an ihr Ohr, ansonsten herrschte Schweigen. In dieser Stille fiel es ihr leicht, das Gebet zu suchen und zu finden. Stunden über Stunden kniete sie vor einem kleinen Holzkreuz und betete.

Seltsam knarrte jene Eisenpforte, durch die sie einst geführt worden war. Der Stand des Sonnenlichtes und dem Klang der Kirchturmglocken zufolge war es Zeit für die tägliche Speisung.

Hohn troff in regelmäßigen Abständen aus den Worten der Wache, die ihr Brot und Wasser brachte und manchmal einen Napf Suppe hinstellte, die sie bei Kräften halten sollte.

„Schwester Agnes, es ist lange her!"

Erstaunt riss sie die Augen auf, als sie eine altbekannte, vertraute Stimme vernahm, die sie lange Zeit nicht mehr gehört hatte. Satt und mit einem tiefen Timbre versehen, riss es sie aus ihrem Gebet.

Jenseits der Gitterstäbe stand ruhig und gelassen eine kräftig gebaute Gestalt in Mönchshabit. Flackerndes Fackellicht verbarg den Gutteil seines Gesichtes, doch diese Stimme würde sie überall wiedererkennen.

„Bruder Heynrich ...!"

Kraftlos rappelte sich Agnes hoch und kroch auf den Knien zu den Gitterstäben. Vor Schwäche zitternd und vor Kälte bebend, stieg Erleichterung in ihr auf. Nahe davor zu weinen, war sie einfach nur froh, ihn wiederzusehen.

„... seid Ihr es wirklich?"

Kaum wahrnehmbar fand sich ein dezentes Lächeln auf seinen Lippen. Knisterndes Fackellicht beherrschte die Stille, bis er nach einem staubigen Schemel griff und diesen vor den Gitterstäben platzierte. Er nahm darauf Platz, faltete die Hände und beugte sich leicht vor, betrachtete die Frau in der Zelle, wie sie erschöpft und müde auf ihrem Strohlager kniete, sich setzte und ihn ansah.

„Schwester Agnes, viel Zeit ist vergangen. Berichtet! Was brachte Euch in diese missliche Lage?"
„Möge der Herr im Himmel Euch segnen, Vater, dass ich Euch noch einmal erblicken darf. Allzu viel geschah in den letzten Jahren ..."

Hustend spuckte Agnes aus.

„... es tut gut, Euch wiederzusehen."

Zerzauste, schlecht geflochtene kastanienbraune Haare hingen ihr über die Schultern. Einzelne, weiße Fäden schimmerten im Schein der Fackeln. Zitternd strich Agnes eine Haarsträhne hinter das Ohr zurück und entblößte damit blaue Flecken im Gesicht, die inzwischen am Abheilen waren. Ihr abgemagerter Körper steckte in einem zerlumpten, bräunlichen Kleid, dem der einstige satte Rotton anzusehen war.

Wie kalt mochte es ihr in diesem Stück Stoff sein, wenn selbst ihm eine leichte Gänsehaut in den Nacken kroch. Im Freien unter dem hell erleuchteten Firmament schien die Sonne mit Kraft herab, hier jedoch fehlte jegliche Sonnenstrahlung, die Wärme und Trost spenden könnte.

Agnes betrachtete den Mönch, selbst nach all den Jahren wirkte er agil wie einst im Kloster, während sie ihr gelebtes Leben im Gesicht trug und ihre Augen von Erfahrung und Reife zeugten. Ruhiger und gefasster als damals, ausgeglichener und mit einem Frieden im Herzen, den er selten sah, wirkte sie wie eine gereifte Frucht im Garten des Herrn.

Schweigend wartete Heynrich, ließ ihr die Zeit, die sie brauchte, um sich zu fassen.

„Auf Gnade werde ich nicht hoffen dürfen, zu verworren sind die Vorwürfe, die mir gemacht werden – auch, wenn sie nicht der Wahrheit entsprechen. Diebstahl und böswilliger Mord werden mir angelastet – Dinge, die ich nie begangen habe!"

Trotz ihrer unglücklichen Situation und der schwerwiegenden Anklage trug sie eine seltsame Ruhe in sich, als hätte sie Frieden mit sich und der Welt geschlossen.

„Tochter, ich habe gelesen, was Ihr mir geschrieben habt. Doch was brachte Euch in diese Lage?"

Agnes sah durch den Mönch hindurch, als wären weder er noch die Mauern vorhanden, wirkte geistig entrückt, bis sie sich aufraffte und in ihren Erinnerungen zu kramen begann. Bei Beichtenden kam dies häufiger vor, dass sie nach Worten rangen, manchmal benötigte es Zeit. Wer sich zur Beichte entschloss, sollte diese mit reinem Herzen abschließen können.

„Ihr erinnert Euch jenes Momentes, wo Ihr mich und Schwester Martha auf Pilgerschaft geschickt habt? An die 6 Wochen wanderten wir durch die Lande. Wir froren häufig, waren gezwungen unter einer Decke zu ruhen, um nicht zu erfrieren. Manchmal schlossen wir uns anderen Pilgern an. Zumeist jedoch blieben wir für uns. Querfeldein wanderten wir vorbei an Klausen und kleineren Dörfern. Die Menschen waren häufig sehr verschlossen, viele begegneten uns mit Argwohn, andere hingegen überaus freundlich."

Agnes hustete, in ihrem Hals kratzte es. Die Worte fielen ihr schwer, ihrer Bedeutung, gleichwohl der Gesundheit wegen.

„Ich kann mich noch gut jenes Morgens erinnern, wie die Strahlen der Sonne den Nebel versuchten zu vertreiben, der sich über alles gelegt hatte. Wir hatten an einer kleinen Lichtung genächtigt und froren erbärmlich. Dann kam es zu einem Streit, heftiger als sonst. Ich weiß nicht einmal mehr den Auslöser dafür. Wahrscheinlich war es nicht mehr als eine Kleinigkeit. Wir sprachen den restlichen Tag kein Wort mehr miteinander. In der folgenden Nacht schlich ich mich weg und ließ sie allein zurück. Ich ertrug diese alte Furie einfach nicht mehr."
„Tochter, Ihr wißt, was Ihr tatet, war nicht richtig. Ich sandte Euch gemeinsam zum Heiligen Vater."

Ein einziges Heben der linken Braue zeigte seine Missbilligung.

„Vater, gewiss hätte ich Eurer Anweisung Folge leisten müssen und doch konnte ich es nicht. Ich ertrug sie nicht mehr."

Hustend räusperte sich Agnes, ihre Stimme begann leicht zu versagen.

„Ich fand in diesen Tagen so viele Spuren von Kriegsgeschehnissen, Scharmützeln und Kämpfen, Menschen, die unter den Soldaten und Söldner gelitten hatten, Felder, die brach lagen ... nichts davon erfuhr ich in jenen Klostertagen. Für viele, mich eingeschlossen, wirkte es, als ginge die Welt zugrunde. Irgendwann traf ich auf eine Gruppe Flagellanten, denen ich mich anschloss. Es erschien mir richtig, für die Sünden der Welt zu büßen."

Ihr Blick fiel zu Boden, kraftlos und erschöpft darum bemüht, Erinnerungen zurückzuholen, die sie lange Zeit verborgen hatte.

„Die Flagellanten gaben mir etwas, das ich im Kloster nicht hatte – ein Zuhause. Ich begleitete diese Gruppe zwar, verzichtete jedoch auf Selbstgeißelung. Dort erfuhr ich zum ersten Mal in meinem Leben .... Wisst Ihr, gänzlich entschwand die Wollust ja nicht aus mir ... doch sie war nicht mehr übermächtig wie einst. Als ich eines Abends der Müdigkeit folgend, mich zurückzog, fühlte ich eine Hand auf meinem Bein. Einer der Flagellanten, einer der Anführer der Gruppe, hatte mir all die Tage zuvor schon so einige Blicke zugeworfen, die ich anfangs nicht verstand ... bis er ..."
„Hattet Ihr eine Liebschaft?"
„Ja. Das hatten wir. Mein Körper folgte dem Bedürfnis, mein Herz einem anderen. Der Flagellantenzug blieb nicht ewig unterwegs. Wochen später nahm er mich in sein eigentliches Zuhause mit. Eine kleine Pfarrei am Lande, weit draußen. Wisst Ihr, es waren nicht die weltlichen Dinge, die mir im Kloster fehlten, sondern die körperliche Zuwendung. Wir

waren nicht vermählt. Aber bei einer Nonne trugen die Menschen im Umfeld kaum Fehlgedanken. Oftmals blieb ich alleine, wenn er in der Grafschaft den Segen der Kirche verbreitete, kümmerte mich um Haus und Vieh und bestellte das kleine, angrenzende Feld. Ich sammelte Kräuter, trocknete diese und nutzte ihre Kraft zur Heilung."
„Tochter, nutztet Ihr den Dispens zu jener Zeit?"
„Nein – oder doch? Ich kann es Euch nicht mehr sagen. Ich trug ihn ja die ganze Zeit bei mir, aber doch auch die Kleidung des Ordens. Ich versichere Euch, ich büßte dafür, aber anders, als zu Klosterzeiten mit Maß und Ziel und viel Gebet. Mein Herz war rein zu jener Zeit. Es war eine gute Zeit, in der auch die Liebe Einzug hielt, wenngleich es heutzutage schwer ist so zu fühlen – es ist gefährlich zu lieben."

Für einen Moment sah sie durch ihn hindurch, hinein in eine Erinnerung, die ihr viel zu bedeuten schien.

„Damals erkannte ich aber auch, dass ich im abgeschiedenen Kloster sicherer gewesen wäre, vieles wirkte nicht so einfach, wie es zu Beginn den Anschein hatte. Erste Zweifel traten in mir auf, bis ich begriff, dass er kein Geistlicher war, sondern sich nur als solcher ausgab."
„Folgte er den Lehren Luthers?"
„Nein, denn dann hätte er vieles anders gemacht!"
„Dann spricht, wie kommt Ihr auf diesen Gedanken?"
„Ich weiß es bis jetzt nicht. Sein Aussehen, sein Verhalten, das kaum vorhandene Latein, das er sprach ... das alleine wäre ja nichts Besonderes. Es gibt viele Geistliche, die gerade einmal rudimentär ausgebildet sind."
„Natürlich ist mir dies bekannt. Und doch ist es besser, als nichts. So kümmern sie sich zumindest um die grundlegendsten Bedürfnisse der Gläubigen, wenn es keine besseren Möglichkeiten gibt."
„Es waren schlichtweg zu viele Ungereimtheiten, die ich erst

im Lauf der Zeit erkannte. Als ich es dann bemerkte, war es zu spät."

Wieder ging ihr Blick ins Leere, bis sie sich erneut fing und tief einatmete. Erschöpfung und mangelnde Gesundheit taten das ihrige und ermüdeten sie. Rot geränderte und tränenleere Augen wirkten, als hätte sie lange Zeit geweint.

„Was ist mit dir nur geschehen, Kind?", fragte sich Heynrich im Stillen, beobachtete ihre Regungen und ihr Verhalten, die tadellos wirkten und ihn umso mehr im Geiste beschäftigten.

„Eines Tages kehrte er nicht mehr von seinen Ausfahrten zurück. Erst machte ich mir keine Gedanken darum, war er doch häufiger über Wochen oder gar Monate unterwegs, bis mir eine Magd berichtete, sie hätten ihn gehängt und wären nun auf der Suche nach mir. Ihr könnt Euch gewiss vorstellen, dass ich daraufhin meine Siebensachen packte und noch in der Nacht verschwand. Ich sah, was sie mit Menschen machten, die sie loswerden wollten – unabhängig von Konfession oder Gerichtsbarkeit. Eure Behandlung damals im Kloster war mir allzu gut in Erinnerung, doch Ihr wolltet mir helfen und mich nicht umbringen!"

Heynrich erkannte in ihren Augen eine Sehnsucht, eine Erinnerung, der sie nachhing, obwohl er den Eindruck gewann, dass nicht jener Möchtegern-Pfaffe damit gemeint war, sondern er selbst.

„Wo es mich danach hin verschlug? Ich war mal hier, mal da, an einigen Orten quer durch die Lande unterwegs und gab mich stets als Pilgerin aus. Dies ermöglichte mir zumeist sicheres Geleit und Unterkunft. Ich lernte viele Orte kennen, die guten und die schlechten Seiten der Menschen. Aber ich lernte auch vieles über mich selbst und wurde ruhiger."

Erneut schweifte Agnes mit ihren Gedanken ab, blickte erst durch Heynrich hindurch und sah ihn dann an, soweit das Fackellicht sein Gesicht erhellte. In ihren braunen Augen schimmerten grünliche Sprenkel und glitzerten durch die Tränenflüssigkeit hindurch. Auf ihre Weise hatte sie jene Seelenruhe im Herzen gefunden, nach der viele ihr ganzes Leben vergeblich suchten.

„Hier in Zwettl bin ich erst seit kurzem. Ihr habt sicher selbst gesehen, wie sie aussieht, nach den Plünderungen durch die Soldaten, wie diese hier hausten und der Bevölkerung übel mitspielten und wie sie nach wie vor mit den Menschen hier umgehen. Sie brauchten Hilfe."

Wissend nickte der Dominikanermönch. Die Geschehnisse waren ihm wohlbekannt und doch unterschieden sie sich wenig von anderen Flecken des in sich zerrissenen Christenreiches. Gottlob war der Krieg geschlagen, wenngleich er unendliches Leid, Schaden und Zerstörung mit sich gebracht hatte. Ungezählte Gläubige hatten die letzten Jahre für den Beginn der Apokalypse gehalten oder sich vom wahren Glauben abgewandt.

„Und wie mein Kind, seid Ihr dann hier gelandet?"
„Ich bin mir keiner Schuld bewusst, die der Anklage entsprechen würde, Vater. Für einige Tage erhielt ich Obdach im Haus eines der Dorfältesten und kümmerte mich im Gegenzug dafür um ihn und sein Heim. Eines Morgens hämmerte es wie wild an der Pforte. Als ich öffnete, packten mich die Schergen und zerrten mich hierher in dieses Gefängnis. Es hieß, ich hätte mit Plünderern zusammengearbeitet, den Hausherrn ermordet und Gold und Silber im Wald verscharrt. Doch nichts davon entspricht der Wahrheit."

Erschöpft zog Agnes den zerlumpten Kleidersaum über ihre schmutzstarrenden Fußsohlen, zog die Beine an und umklammerte diese.

„Ich kenne diese Menschen, sie verdrehen einem die Wahrheit im Munde. Haben sie sich ein Urteil gebildet, dann werden sie davon nicht mehr abrücken. So bat ich lediglich darum, noch einmal Euch, meinen Beichtvater, sprechen zu dürfen. Ihr seid, wenn Ihr so wollt, mein letzter Wunsch vor der Hinrichtung."
„Ihr bittet mich darum, Euch zu helfen?"
„Nicht mir, sondern meiner Seele zu helfen. Ich tat Dinge, die einer Nonne nicht würdig sind, und verstieß des Öfteren gegen die Gebote. Jedoch bin ich keine Diebin und noch weniger eine Mörderin."
„Tochter, sagt klar heraus, worum Ihr bittet!"
„Um Euren Segen für meine Seele bitte ich, Vater. Ihr habt sie geheilt und geläutert. Das zu begreifen brauchte ich Jahre. Ich bitte Euch darum, dass Ihr mir Euren Segen gewährt und den wahren Schuldigen seiner Strafe überantwortet."
„Nun Tochter, so ich es vermag, will ich Euch nicht nur meinen Segen geben, sondern auch Euer Leben retten. Vorerst möge Euch mein Segen reichen."

Heynrich stand auf, schlug das Kreuzzeichen über sie und intonierte:
„Indulgentiam, absolutionem et remissionem omnium peccatorum vestrorum, spatium verae et fructuosae pænitentiæ, cor semper pænitens et emendationem vitae, gratiam et consolationem Sancti Spiritus et finalem perseverantiam in bonis operibus, tribuat tuam omnipotens et misericors Dominus."

Ergriffen ob des großen apostolischen Segens und Ablasses erhob sich Agnes wankend auf die Knie, bekreuzigte sich und antwortete:

„Amen."

„Et benedictio Dei omnipotentis: Patris et Filii et Spiritus Sancti descendat super vos et maneat semper. Amen."

„Amen."

Schweigen folgte und wurde lediglich vom Knistern der Flammen durchbrochen, deren Licht auf dem kastanienbraunen Haar der Gefangenen schimmerte und tanzte. Frieden kehrte in ihr Herz ein, sie war bereit, ihrem Schöpfer gegenüberzutreten.

„Habt Dank, Vater!"

Zuneigung und Achtung dem Mönch gegenüber regten sich in ihrem Herzen, weit inniger als jene einst empfundene Begierde. Im stillen Gebet faltete sie die Hände, dankbar dafür, dass ihre Bitte um Beichte erhört worden war.

Für einen Moment betrachtete Heynrich Agnes, wie sie zu seinen Füßen hockte und stumm den Blick nach oben richtete, als wäre er nicht da und auf ihrem Gesicht Glückseligkeit erschien.

Wortlos wandte er sich ab und stapfte die Stufen hinauf zum Ausgang. Die Wahrheit würde ans Licht gelangen, das versprach er ihr in Gedanken.

 n der Innenseite der Pforte hämmerte Heynrich gegen das massive Holz und verlangte die Öffnung derselben. Gelangweilt stand ihm der alte Wächter gegenüber, der ihn zuvor in den Kerker gelassen hatte.

„Ich verlange in meiner Funktion als oberster Inquisitor dieses Landkreises sofort mit dem Richter zu sprechen!!"

Wärmende Sonnenstrahlen schienen auf den Mönch herab und blendeten ihn leicht. Der Alte rückte seinen zerbeulten Helm zurecht, der wohl mehr Überbleibsel eines langjährigen Soldatendaseins war, als tatsächlich einen Zweck zu erfüllen. Auf einen knorrigen Stock gestützt zuckte dieser mit den Schultern, brummelte Unverständliches in sich hinein und winkte den Mönch beiseite.

Knarrend und knirschend fiel die Pforte ins Schloss, quietschend drehte sich der große Schlüssel und verschloss den Eingang zum Kerker. Gemächlich hängte er ihn zurück an seinen Gürtel.

Kaum wahrnehmbar den Kopf schüttelnd, als hielte er sein Ansinnen für Schwachsinn, bedeutete er dem Dominikaner, er möge ihm folgen. Langsam, nahezu bedächtig, drehte er sich um, verließ den strohbedeckten Innenhof und humpelte dem Mönch voraus. Jede Bewegung und jeder Schritt schienen ihm Schmerz zu bereiten, sodass sich Heynrich dem Tempo des Alten anpasste.

Bald standen sie vor einem altehrwürdigen Bürgerhaus, dem deutliche Spuren von Feuer anzusehen waren. Vor dessen Pforte blieb der Wächter stehen und drehte sich zu Heynrich um.

Nahezu zwei Kopf kleiner als der Mönch sah er zu ihm auf, Narben zierten sein Gesicht und sein linkes Auge trug Spuren einer Musketenfehlzündung, weiß wie Schnee erschien dessen Pupille.

Schweigend hob er seine linke Hand und hieß Heynrich zu warten, bevor er sich den Helm vom Kopf zog, diesen unter den Arm klemmte und sich unter den fettigen, grauen Haaren kratzte. Kräftig hämmerte er gegen die Porte, öffnete diese, ohne zu warten, und trat ein.

Wartend lehnte sich der Mönch an die Hausmauer und beobachtete das geschäftige Treiben jener, die ihrem Tagewerk nachgingen. In vielen Gesichtern zeichneten sich Kummer und Sorgen ab, in anderen spiegelte sich die Lebensfreude wieder. Ein junges Liebespaar eilte kichernd an ihm vorbei, neckend einen schelmischen Blick in seine Richtung werfend, bevor sie hinter der nächsten Ecke entschwanden. Das Leben mochte zwar zurückgeschlagen sein, doch es würde immer wiederkehren.

Aus einigen Häusern vernahm er Geräusche und Gerüche, die die baldige Mittagsstunde verkündeten. Stimmengewirr brachte Wortfetzen mit sich, die im allgemeinen Lärmpegel untergingen, es ging zu wie in jeder anderen Ortschaft, die er bislang besucht hatte.

Während Heynrich über die Stadt sinnierte und den ein oder anderen Blick hinauf zum Firmament warf, kehrte die Wache zurück und bedeutet ihm, er möge eintreten.

Obwohl der Krieg Zwettl übel mitgespielt hatte, fanden sich an vielen Gebäuden Aufbau- und Ausbesserungsarbeiten. Von außen kaum sichtbar, zeigten sich im Inneren dieses Bürgerhauses massive Fortschritte. Adrett und wohlgeordnet, mit einem Hauch von Wohlstand versehen bot sich ihm ein stilvoller Anblick. Zartes Wirken weiblicher Hände ließ sich anhand feinster Stick- und Webarbeiten erkennen, hielten herrlich gewirkte Wandteppiche mit Jagdmotiven winterliche Kälte fern.

Linkerhand führte eine Treppe in ein oberes Stockwerk, während sich das Büro des Richters zu seiner Rechten fand.

„Tretet ein!"

Aus einer anschließenden Kammer erklang eine kräftige Stimme, der Heynrich Folge leistete. Diesen Raum dominierten ein längerer Tisch und einige Stühle. Am Fenster stand ein drahtig wirkender Mann, blickte hinaus, drehte sich erst nach wenigen Augenblicken um und bedeutete Heynrich, er möge Platz nehmen.

Adrett wenngleich dunkel gekleidet, zog dieser Mann es offensichtlich vor, sich mehr seinen Aufgaben als dem schnöden Tand zu widmen. Sein schwarzer Spitzbart und die buschigen Brauen verliehen ihm ein düsteres Aussehen, die funkelnden Augen und die Stimme verstärkten diesen Eindruck.

„Ihr müsst der Mönch sein, nach dem die Gefangene verlangte. Ich heiße Euch in meiner Stadt willkommen. Nehmt Platz, Bruder. Wünscht Ihr zu trinken? Der Wein ist dieses Jahr ganz passabel geworden!"
„Danke! Ein Glas Wein wird mir guttun. Ich bin hier um die Beweise für die Taten jener Frau einzusehen. Im Übrigen, meine Anrede ist Inquisitor, nicht Bruder."
„Wenn Ihr so angesprochen werden wollt, dann wird Eurem Wunsch natürlich entsprochen. Dies wurde mir nicht gesagt, nur, dass sie Euch zu sprechen wünsche. Es war gar nicht so einfach, Euch ausfindig zu machen und den Brief zustellen zu lassen. Ihr scheint mir viel unterwegs zu sein."

Ohne auf Antwort zu warten, griff er nach einer Zinnkaraffe mit Wein und schenkte in schmucklose Zinnbecher ein, wovon er einen Heynrich entgegenhielt, der ihn annahm, ohne daraus zu trinken.

„Ihr werdet gewiss verstehen, dass ich Euch nicht alle Unterlagen sofort zur Verfügung zu stellen vermag. Ich bin lediglich der Adjutant des Richters und dieser hat viele Unterlagen mit sich genommen. Es wird bestimmt noch einige Zeit in Anspruch nehmen, bis er zurückkehrt."

Heynrich drehte den Becher in seiner Hand, blickte auf den Rotwein darin, roch daran und stellte ihn auf die Tischplatte, ohne die Hand davon zu nehmen. Stattdessen warf er einen Blick zu seinem Gastgeber und wartete, bis dieser sich ihm gegenüber setzte, bevor er sich leicht nach vor beugte.

„Wie ist Euer Name, Adjutant?"
„Markus Krämer, Herr Inquisitor."
„Wann rechnet Ihr damit, dass der Richter zurückkehren wird?"
„Das kann ich noch nicht sagen. Er ist viel unterwegs, doch wenn Ihr Fragen habt ..."

Den Satz unvollendet im Raum stehen lassend, schwenkte er seinen eigenen Becher und nahm einen dezenten Schluck daraus, woraufhin Heynrich seinem Beispiel folgte.

„Ihr habt nicht gelogen, was den Wein betrifft!"
„Natürlich kommt es auf die Hanglage an, doch der ehrenwerte Richter Meixner verfügt über gute Lage!"

Leicht süßlich, aber nicht zu süß, hinterließ der Wein einen samtenen Beigeschmack auf der Zunge, der sich in den Folgejahren verstärken würde, sofern der ein oder andere Tropfen verbliebe. Er wäre gut geeignet als Messwein, stellte er für sich fest.

„Nun ..."

Bevor er den Satz beenden konnte, hämmerte es kräftig an der Pforte, die Schläge hallten vernehmlich durch den Raum.

„Verzeiht, die Pflicht ruft!"

Nahezu fluchtartig erhob er sich von seinem Stuhl, ließ den Becher los, warf Heynrich einen eigenartigen Blick zu und verließ den Raum mit einem Tempo, das man von jemanden seines Äußeren selten vermutete. In der Schnelligkeit bemüht, die Tür zu schließen, schlug diese zwar gegen das Schloss, aber schnappte nicht ein. Durch den offengebliebenen Spalt vernahm der Mönch lautstarken Disput und lauschte mehr beiläufig als willentlich, während er den Blick im Raum schweifen ließ.

Hell strahlte Sonnenlicht in die Kammer, es roch nach Bienenwachs und etwas, das Heynrich nicht recht zuordnen konnte. Unter dem Fenster stand eine schmucklose Kommode, darauf ein Tablett mit der Weinkaraffe und darüber hing ein dezentes Kreuz, das erst auf den zweiten Blick auffiel. An der linken Seite fanden sich ein schmales Schreibpult und ein Stuhl für den Hausherrn zur Erfüllung seiner täglichen Pflichten.

Auf seinem Stuhl sitzend, nach wie vor den Becher in Händen haltend, erschien ihm die gesamte Situation unwirklich und seltsam. In vielen Städten, die er in seiner Funktion als Inquisitor besucht hatte, regierten Angst und ein latentes Bedrohungsgefühl. Wenngleich die Inquisition als Hilfe gedacht war, schienen die meisten Menschen sie weit mehr zu fürchten als die Heerscharen der Hölle und nahezu alle ergriffen die Flucht, sobald sie erkannten, welcher Profession er nachging.

Erneut hob er den Becher, schwenkte den Wein darin, ohne daraus zu trinken, und gleichwohl er dem Disput folgte, soweit er die Wortfetzen zu hören vermochte, dachte er über die bisherigen Informationen nach. Von draußen erklangen lautstarke Worte, untermalt von metallischem Klirren und dem Gejammere und Klagen eines Weibes.

„Nein, nicht ihn ... er ...“

Hell klatschte eine Ohrfeige, eine Frauenstimme jammerte und heulte, als wolle sie die Engel zu sich herabrufen.

„Geht und erledigt eure Aufgaben und hört auf mich mit derartigen Belanglosigkeiten zu belästigen!“

Wutentbrannt klang die Stimme des Adjutanten durch. Binnen weniger Augenblicke endete das Geschrei. Heynrich zog nicht einmal, wie er es in manchen Situationen gerne tat, die Brauen nach oben, sondern wartete, nach wie vor, mit dem Becher in der Hand, auf die Rückkehr des unfreiwilligen Gastgebers.

Mit gerötetem Gesicht kehrte dieser zurück, eilte mit langen Schritten zur Kommode und entnahm ihr ein verschnürtes Bündel. Abwägend hielt er es in Händen und reichte es dem Mönch.

„Hier! Dies ist jener Teil der Unterlagen, den der werte Richter nicht mit sich genommen hatte und nach denen Ihr verlangt! Warum bleibt Ihr nicht bis zum offiziellen Prozess? Vielleicht wünscht Ihr ja noch die ein oder andere weitere Gefangene zu sprechen?“

Er griff nach seinem Becher, der leicht süffisanter Sarkasmus ging in seinen zitternden Worten unter.

„Der Zeuge, der die Beklagte auf frischer Tat ertappte ... nun ... mir wurde soeben mitgeteilt, dass man ihn ermordet auffand und der zweite ist mit dem Richter unterwegs. Es wird also noch ein wenig Zeit in Anspruch nehmen, bis der eigentliche Prozess stattfinden kann. Dass sich dies ungünstig auf den Prozess auswirken kann, das werdet Ihr gewiss verstehen!" „Erklärt Euch, was meint Ihr mit ungünstig? Wollt Ihr Gerechtigkeit oder eine Verurteilung um jeden Preis? Ein Prozess dient der Wahrheitsfindung, nicht der formalen Bestätigung eines vorgefassten Urteils!! Wenn der Herr beschließt, jenen Zeugen, aus welchen Gründen auch immer vor sein himmlisches Gericht zu stellen, so ist dies der Wille Gottes."

Nach wie vor stehend, ergriff Markus Krämer seinen eigenen Becher, trat an das Fenster heran und blickte hinaus. Den rechten Arm stützte er dabei in die Hüfte. Er stellte den Becher neben den Krug, griff mit beiden Händen nach dem Fensterbrett und wirkte, als würde er innerlich aufseufzen.

„Herr Inquisitor, ein Prozess sollte stets der Wahrheitsfindung und somit der Gerechtigkeit dienen, nicht mehr, aber auch nicht weniger!"

Den Kopf hebend sah er in Richtung Himmelszelt hinauf, schien tief durchzuatmen und drehte sich dann um zu seinem Gast.

„Mir ist lediglich bekannt, daß die Dirne im Gefängnis explizit Euch als Beichtvater erbat. Ihr Hauptprozess ist noch nicht zu Ende, doch ich vermag Euch zu versichern, dass ihr die Todesstrafe vermutlich nicht erspart bleiben wird. Es war ein Akt der Gnade meines Herrn Ihr den Wunsch nach einer Beichte durch Euch zu gewähren."

Sein Gesicht versteinerte und ließ Heynrich deutlich erkennen, was er von ihr hielt. Gleichermaßen gab sich Heynrich undurchsichtig. Kühl und distanziert hielt er sich mit Worten zurück.

„Überdies ist mir schleierhaft, wie ein Weib wie sie Kontakt zu einem Herrn wie Euch haben kann. Doch es sind schon seltsamere Dinge geschehen. Zu bedauern ist lediglich, dass besagter Zeuge nun seine Sicht der Dinge nicht mehr zu schildern vermag. Somit bleibt nur zu warten und die vorhandenen Unterlagen heranzuziehen."

An das Fensterbrett gelehnt stand Krämer da, griff erneut nach dem Becher und drehte diesen in der Hand, blickte mehrmals hinein und stellte ihn zur Weinkaraffe, als hätte er keinen Durst. Mit wenigen Schritten war er bei seinem Stuhl und fasste nach der Stuhllehne.

Unruhe zeigte sich in seinen Augen und er ließ Heynrich deutlich spüren, dass dessen Hilfe nicht erwünscht war. Selten war er wirklich willkommen, zumeist gab man ihm das Gefühl ein Störenfried zu sein, der den gewohnten Alltag behinderte.

„Ihr habt gewiss mitbekommen, dass wir nach wie vor unter den Truppenbelagerungen leiden. Vielleicht könntet Ihr, wenn Ihr schon hier seid, ein wenig Seelenfrieden in die Herzen der Bevölkerung bringen. Der kaiserliche Quartierkommissär vermochte ja nicht, die Einquartierungen zu verringen. Möge Gott uns beistehen und dies Joch endlich enden lassen. Und bevor Ihr fragt, der zweite Zeuge ist unser ortsansässiger Pfarrer. Vielleicht wünscht Ihr ihn zu vertreten, bis er wieder zurück ist?"

„Dieser Bitte will ich gerne nachkommen, so werde ich der Einfachheit halber Quartier im Pfarrhaus beziehen, wohin Ihr mir auch gewiss die vorhandenen Unterlagen senden werdet. Insbesondere ein Brief mit päpstlichem Siegel sollte sich unter den Besitztümern der Angeklagten befinden. Ich gehe davon aus, dass ihr die Autorität der Kirche in Bezug auf ein päpstliches Schriftstück nicht anzweifelt und

23

dementsprechend das Siegel nicht gebrochen habt."
„So soll es sein. Ich werde veranlassen, dass Ihr das Pfarrhaus beziehen könnt. Blickt aus dem Fenster – dort könnt Ihr es sehen."

Markus Krämer deutete zum Fenster hinaus. Heynrich erhob sich in aller Gemütsruhe und trat neben den Adjutanten. Bereits bei seinem Eintreffen waren ihm die gravierenden Verwüstungen der Stadt aufgefallen. Plünderungen und Beschädigungen schienen hier außer Rande geraten zu sein, selbst die Kirche, an der er vorbeigekommen war, hatte gründlich unter den Kriegswirren gelitten.

„Herr Inquisitor, Ihr werdet sämtliche Unterlagen erhalten, die Ihr wünscht. Und natürlich ist das päpstliche Siegel noch geschlossen. Wir sind hier doch keine Barbaren!"

Obwohl sich der Adjutant Mühe gab, sich nicht beleidigt zu geben, konnte er diesen Eindruck nicht verhindern, was Heynrich ein inneres Schmunzeln entlockte. Es war so leicht andere aus der Reserve zu locken, wenn er die richtigen Punkte traf.

„Habt Ihr Gepäck dabei?"
„Nein, ich habe alles bei mir, was ich brauche!"
„Das Pfarrhaus ist nicht weit weg von hier, ich werde Euch hinbringen!"
„Gut!"

Heynrich griff nach den Unterlagen und packte diese in seinen Leinenbeutel, den er als Transportbehältnis zu schätzen gelernt hatte.

atsächlich gestaltete sich der Weg zum Pfarrhaus kurz. Zügig und mit Heynrich im Schlepptau betrat Adjutant Krämer den Innenhof des Pfarrhauses, dem ein kleinerer Stall mit Hühnern angeschlossen war. Es gackerte und krähte daraus, dass es eine Freude war, dem zuzuhören.

Mitten im Innenhof stand ein gebrechlich wirkender, wenngleich zäher, älterer Mann mit beginnender Glatze, der seine Mistgabel zur Seite stellte, sich die Hände an einer Art Schürze abwischte und gemächlichen Schrittes zu den beiden heran trabte. Eilig hatte er es beileibe nicht.

„Jaaaa?"
„Euer Gast, bereitet ihm Lager, Speis und Trank, bis der Herr Pfarrer wieder da ist!"
„Ein Mönch?"
„Ja. Ich wisst, was zu tun ist?"
„Warum nicht das Kloster?"
„Frag nicht, sondern tu, wie dir geheißen!"

Gehorsam nickte der Alte und deutete Heynrich, er möge ihm folgen. Sein Körpergeruch umwehte den Mönch und ließ ihn kaum wahrnehmbar die Nase rümpfen. Auch, wenn es manche seiner Zeitgenossen anders sehen mochten, so war ein ungewaschener Körper eine Einladung für Krankheiten jeglicher Art.

„Ihr werdet verstehen, Herr Inquisitor, dass ich mich wieder um meine Arbeit zu kümmern habe!"

Mit diesen Worten drehte sich Adjutant Krämer um, ließ Heynrich beim Knecht zurück und eilte von dannen.

„Ahja, ein Inquisitor? Jaja ... Schon Hexen verbrannt?"

Für einen Moment überlegte Heynrich, wie dieser Kommentar gemeint sein könnte, und beließ es dabei, nicht darauf zu reagieren. Manchmal waren Menschen doch sehr wunderlich. Wie leicht mochte manch einer doch die heilige Inquisition in ihrer Aufgabe misszuverstehen.

„Folgt mir, Herr Mönch oder wie soll ich Euch ansprechen? Was soll ich dem Herrn Pfarrer sagen?"
„Ist der Hausherr denn zugegen?"
„Nein, nein ... ist er nicht. Kommt aber schon wieder!"
„Sobald er eintrifft, schickt ihn zu mir, ich kläre dies schon mit ihm selbst!"
„Gut, gut ... Folgt mir!"

Er deutete eine leichte Verbeugung an, wobei diese eher als Scherz gemeint sein mochte, deutete in Richtung Wohnhaus und ging voraus.

„Habt Ihr Gepäck dabei?"
„Nein!"
„Gut, gut ..."

Sein intensiver, ungewaschener Körpergeruch ließ Heynrich deutlich Abstand wahren. In Gedanken rümpfte er die Nase und hielt sich lieber zurück.

„Wie ist dein Name, Knecht?"
„Anton, mein Herr nennt mich Anton!"
„Anton, soso ... wie ist dein Herr denn so?"
„Ganz in Ordnung, geht so, geht so."

Bald stand er in einem vielfach genutzten Raum mit einer einfachen Bank, die offenkundig als Bett dienen mochte, einer kleinen Truhe, einem schmalen Tischchen mit Stuhl und ausgetretenen Bodendielen, die bei jeder Bewegung knarrten.

„Mönch ..."

Eine Verbeugung andeutend, verließ der Knecht den Raum.

Heynrich nahm auf dem Stuhl Platz, legte seine wenigen Habseligkeiten auf das Tischchen, das wohl ebenfalls als Arbeitsplatte diente und leerte seinen Beutel aus. Stück für Stück ging er die Dinge durch und betrachtete diese, bevor er sie erneut zurücktat. An den meisten hingen Erinnerungen, die ihm viel bedeuteten. Zuletzt hielt er einen hübschen, kleinen Handspiegel in der Hand, der einiges an Wert darstellte. Er drehte ihn in der Hand und betrachtete das Schimmern darauf genauer, bevor er ihn wieder in sein Leinentuch einschlug und mit einer schmalen Kordel verschnürte.

„Agnes, Kind, ...", seufzte er auf. Er hatte in Freyhausen geahnt, dass er sie eines Tages wiedersehen würde, wenngleich ihn die Umstände doch überraschten. Er wollte ihr helfen. Jetzt war nicht die Zeit für Sentimentalitäten, so legte er den Beutel mit den Habseligkeiten beiseite, holte aus der Umhängetasche die Unterlagen und legte diese auf das Tischchen vor sich.

Aus der Truhe holte er das erwartete, einfache Bettzeug, ausgeleierte Laken und ein Kissen, das weit bessere Tage gesehen hatte. Er warf einen Blick darauf, stopfte die Dinge zurück und legte stattdessen seine eigene Decke auf die Bank. Grober im Material war sie seine ewige Begleiterin seit Jahren und würde ihm auch hier gute Dienste tun. Er hatte schon weitaus schlechter genächtigt.

Ein paar Augenblicke innerer Einkehr würde ihm guttun und im Geiste bereitete er ein stilles Gebet vor. Weit kam er nicht. Aus dem Innenhof erklangen schrille Schreie einer Frauenstimme und metallisches Klirren.

„Was ..."

Abrupt richtete er sich auf, an Ruhe war im Augenblick nicht zu denken. Aufseufzend öffnete er die Tür zu seinem Zimmer und eilte in Richtung Innenhof. Unter seinen Füßen knarrten und ächzten ausgetretene Dielen. Weit kam er nicht. Die Eingangstür schlug auf, knallte an die Wand und die Stimme einer Frau ertönte.

„Ich muss zum Pfaffen! Sofort!"

Eilige Schritte erklangen, der Tumult schien sich im Gebäude fortzusetzen und wieder hinaus ins Freie.

Nun schön, es reichte! Heynrich folgte dem Lärm Richtung Innenhof, wo er eine Frau mit zwei Männern ringen sah, zum einen den Knecht, zum anderen eine Stadtwache. Die Wache holte aus und schlug ihr kräftig ins Gesicht, sodass der Kopf nach rechts flog, was sie dazu veranlasste, auf ihn loszugehen.

„Was ist hier los!"
„Nicht Euer Problem!"

Schallte es ihm entgegen.

„Doch, wohl mein Problem, wenn sie nach der Geistlichkeit verlangt!"

Erst, als er mit donnernder Stimme Einhalt gebot, erstarrten sie und hielten inne. Vor Schmerz wimmernd hielt sich die Frau die Backe und giftete die beiden Männer mit funkelnden Augen an.

„Also, was ist hier eigentlich los?"
„Sie ist eine Diebin! Ihr wisst genau, wie wertvoll und kostbar Lebensmittel sind. Wir alle leiden unter Hunger, nicht nur diese ... Dirne! Und sie ist lange genug von der Stadt unterstützt worden. Eine Dirne und noch dazu ..."

„Ja, sag schon, du Drecksack! Bist ja auch mehrmals über mich drübergestiegen und hast mich dann um den Lohn geprellt! Du mieses Stück!"

Fauchend spuckte sie die Wache an, rückte sich ihr Oberteil zurecht und zog das wollene, rostrote Umhängetuch enger an sich. Sie strich sich eine Haarsträhne aus ihrem Gesicht und hob ihre Hand für einen Gegenschlag, bevor sie sie wieder sinken ließ. Die Wut in ihr verpuffte, als sie Heynrich ansah.

„Verschwinde aus der Stadt oder ich lass dich auf die Pest untersuchen!"

Die Wache sah zum Mönch, griff nach der Frau und zerrte diese mit sich. Sie riss sich aus seinem Griff los und stolperte ein paar Schritte zurück. Fauchend spuckte sie ihn an und entschwand hinter der nächsten Ecke. Aufseufzend wischte sich der Wächter den Speichel von der Wange und verdrehte die Augen, verzichtete jedoch darauf, der Frau zu folgen. Gemütlich schlurfte er wieder aus dem Innenhof und in Richtung Stadt zurück, ohne dem Mönch einen weiteren Blick zuzuwerfen.

Der Knecht warf Heynrich einen amüsierten Blick zu und meinte:
„Die kommt schon wieder, ist hartnäckig, sehr hartnäckig!"

Er griff nach der Mistgabel und verschwand damit im Hühnerstall.

Heynrich schüttelte den Kopf und betrat erneut das Pfarrhaus. Trotz der wärmenden Sonnenstrahlen streifte ein kühler Hauch seinen Nacken, als er die Schwelle übertrat. Innehaltend drehte er sich um und betrachtete den nun leeren Innenhof, zuckte mit den Schultern und ging zurück in sein Zimmer.

Wollte er die Wahrheit herausfinden, benötigte er zuerst ein Gebet und danach das Studium der Unterlagen. Eine weitere Störung konnte er im Augenblick nicht gebrauchen.

 or Müdigkeit fielen ihr beinahe die Augen zu. Mehrmals raffte sie sich auf und stets aufs Neue sanken ihre Hände erschöpft in den Schoß. Mit ihrer Handwerkskunst hatte sie sich ein halbwegs erschwingliches Einkommen verschafft.

Die Klöppelspitzen wollten fertiggestellt werden, für die ihre Auftraggeber bereit waren, einiges an Münzen auszugeben.

Tagein, tagaus saß sie neben dem Fenster im Sonnenlicht und schwang die fein gesponnenen Fäden auf dem Klöppelbrett. Nur manchmal hielt die Alte erschöpft inne, strich sich die Haare hinter ihre Haube und sah auf. Ihr Kreuz schmerzte.

Langsam sanken ihre Hände in den Schoß, die Augen fielen ihr endgültig zu. Schlaf wollte sich über sie senken, doch dann spürte sie die Weichheit einer zärtlichen Berührung an ihrer Wange. Sich ihr hingebend, seufzte sie auf. Ein Lächeln trat in ihre Augen, als die Hand ihren Hals berührte, den Nacken streichelte und tiefer hinab glitt.

Willig öffnete sie ihre Schenkel und ließ sie zwischen ihre Beine gleiten. Aufseufzend hielt sie sich an der Stuhllehne fest, während zwei Finger an ihrem Geschlecht spielten. Wie lange war es her, dass sie jemand in dieser Weise berührt hatte?

Der Hauch eines Atems streifte sie, bis sie den Kopf nach rechts lehnte. Zähne knabberte sachte an ihrem Hals. Ihre Augen öffneten sich. Sie warf einen Blick zur polierten Kanne, in der sich der Raum rudimentär spiegelte und nahm eine Gestalt wahr, die hinter ihr stand und sie zärtlich liebkoste.

Zitternd vor Lust und schwer atmend fühlte sie sich wie in einem kostbaren Moment gefangen, den sie bewahren wollte *und der ihr doch entglitt. Im Augenblick des Kommens zog er sich zurück, ließ sie vor Begierde erzittern und strich ihr abschließend kaum wahrnehmbar über den Nacken. Schauer rannen ihr über den Rücken, bis der Höhepunkt in ihr verklang.*

Ein Griff an ihr Kinn, ihr Haupt nach oben ziehend, drückte die Gestalt seine Lippen auf die ihren und ließ sie in einem Schauer eintauchen. Gleichermaßen griff er in ihren Nacken und packte sie dort, bis sie sich frei hingab, ohne einen Funken Widerstand zu leisten und gleichzeitig seine Berührungen erneut herbeisehnend.

Lächeln lag in den grünen Augen mit dem dunklen Ring um die Pupillen. Wohlwollend ruhten sie auf ihr und ließen sie darin versinken. Ohne zu sprechen, gab er ihr deutlich zu verstehen: „Du gehörst mir!"

Selbstverloren merkte sie erst nicht, wie er sie an die Wand drückte, seine rechte Hand unter ihren Rock glitt, ihr Körper spreizte wie selbstverständlich die Beine, um ihm Zugang zu gewähren. Das Einzige, das sie bewusster wahrnahm, waren seine nun rot glühenden Augen. Leidenschaft durchzog sie, ihre Hände griffen nach ihm, was er belustigt aufnahm, jedoch nicht zuließ.

Fordernd spielte seine Zunge mit der ihren und seine Hand in ihrem Schoß, bis sie erneut kam. Erst in diesem Moment ließ er sie los. Ihre rechte Hand strich über sein Gesicht mit dem Dreitagebart und dem kleinen Grübchen am Kinn. Ihr Verlangen nach einem weiteren Kuss hingegen stillte er nicht. Lächelte sie stattdessen nur an, strich sich über sein schulterlanges, gewelltes Haar, das seinem Äußeren einen leicht verwegenen Eindruck schenkte und zog sich zurück. Noch vermeinte sie, dezent seine Berührung zu fühlen, bis diese verklang und sie aufseufzen ließ. Erschöpft glitt sie zu Boden, wo sie ihre Augen schloss und einschlief.

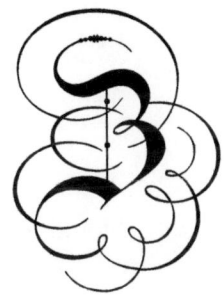urück in seinem Quartier griff er nach den ausgehändigten Unterlagen und blätterte diese durch. Manche Pergamente nahm er mehrmals in die Hand, andere legte er sofort wieder beiseite. Unterschiedliche Handschriften ließen darauf schließen, dass ein paar der Papiere auch von Agnes stammen mochten. Stirnrunzelnd stellte er fest, dass ausgerechnet jenes Schriftstück fehlte, das er ihr einst mitgegeben hatte.

Kaum hatte er sich einen ersten Überblick verschafft, klopfte es fordernd an die Zimmertür, ein weiteres Mal hämmerte es, nachdem er keine Antwort gab. Aufseufzend aufgrund der Störung rief er mit leicht genervtem Tonfall: „Ja!"

Weitaus leiser als das Klopfen, stieß der Knecht die Tür auf und ließ die gleiche Dirne eintreten, wie er sie zuvor im Innenhof gesehen hatte.

„Sie wollte unbedingt mit Euch sprechen. Ließ sich nicht abwimmeln!"

Anton seufzte leicht ergeben auf, als hätte er vor der Frau kapituliert.

„Mönch ..."

Forsch trat die Frau ein, bevor Heynrich irgendetwas sagen konnte, und blickte den Knecht giftig an.

„... bitte!"
„Mönch?"

Beinahe schon wirkte diese Situation bizarr auf ihn und amüsant, doch das Lachen verkniff er sich lieber, im Augenblick war es nicht angemessen.

„Worum geht es?"
„Ich muss mit Euch sprechen ...", und fügte schüchterner ein kaum wahrnehmbares „Bitte" hinzu.
„Lasst uns allein!"

Heynrich nickte dem Knecht zu und bedeutete ihm, er möge gehen. Das Gesicht verziehend, packte er sie an den langen, rostroten Haaren und meinte: „Und dass du dich ja benimmst! Sonst setzt es was!"

Ein weiterer, recht kryptischer Blick, erschien in seinen Augen, als er sich zu Heynrich wandte.

„Wenn Ihr das mal nicht bereuen werdet!"

Die Fremde loslassend, trat er den Rückzug an und ließ die beiden alleine. Kaum war die Tür geschlossen, entspannte sich die Dirne offensichtlich und kniete sich aus freien Stücken zu Füßen des Mönches. Schweigend wartete sie und senkte den Blick zu Boden, statt ihn weiter anzusehen.

„Tochter, steh auf und sagt mir, was dein Anliegen ist!"

Nach Augenblicken, die ihr wie eine Ewigkeit erschienen waren, leistete sie seiner Aufforderung Folge, erhob sich und strich sich den vielfach geflickten Rock gerade, bevor sie ihn aus wasserblauen Augen offen und direkt ansah. Rostrote Haarsträhnen hingen ihr ins Gesicht und Krähenfüße zeugten davon, dass sie gerne lachte und das Leben zu genießen schien.

„Mönch, ich muss mit Euch reden ...."
„Dies habe ich auch so verstanden. Doch sage mir, Tochter,

worum geht es? Was ist dein Begehr?"
„Ihr seid von alledem hier noch unbefangen. Hab Euch nie
zuvor gesehen und Ihr scheint mir meinen Status nicht übel zu
nehmen!"

„Mein Kind, wir sind alle Geschöpfe des Herrn, wohin auch
immer uns die Wege des Lebens führen mögen."

„Dann solltet Ihr mir zuhören, denn das, was hier so vor sich
geht, ist mehr als seltsam."

Er ließ sich die erwachende Neugierde nicht anmerken. Selten
waren die Dinge das, was sie auf den ersten Blick zu sein
schienen. Was er bislang von Zwettl und den Menschen darin
gesehen hatte, pflegte es ein ganz normaler Ort zu sein, was
es seiner Erfahrung nach jedoch selten war. Agnes hatte
Ähnliches in ihren Worten durchklingen lassen. Interessiert
legte er die Unterlagen, die er noch in der Hand hatte zurück
auf den Tisch und betrachtete die Frau genauer. Gehüllt in ein
geflicktes Kleid, dem die Mühen anzusehen war, mit wenig
Geld über die Runden zu kommen, strahlte sie
Selbstsicherheit in ihren Worten und ihren Bewegungen aus.

„Mönch, was auch immer Ihr hier tun wollt, achtet auf Euch
und Euer Seelenheil. Ich weiß schon, einer wie mir hört kaum
einer zu, aber es sind nicht die Kriegswirren alleine, die ..."

Erneut erklang von draußen Lärm, der Heynrichs
Aufmerksamkeit forderte und bedeutete der Frau zu
schweigen.

Er trat an das Fenster und blickte hinaus, wo im Innenhof der
Knecht mit einer Reitpeitsche auf zwei armselig gekleidete
Gestalten einprügelte und diese übel beschimpfte, bevor sie
sich vom Hofe entfernten. Verwundert runzelte Heynrich die
Stirn. Spielte es für den Pfarrer in diesem Ort eine Rolle, ob
die Schäfchen vermögend waren oder nicht? Jeder Seele
stand das Recht auf Beistand zu, um dem Seelenheil Frieden
zu gewähren.

Ein giftiger Blick von Seiten des Knechtes in seine Richtung ließ Heynrich nichts Gutes ahnen. Vom Fenster zurücktretend, bedachte er erneut die Dirne mit seiner Aufmerksamkeit und sah sie mit gefalteten Händen besonnen und ruhig an. Um den Knecht würde er sich später kümmern.

„Nun, meine Tochter, so erzähle. Ich werde dich nicht für das verurteilen, was du tust oder bist. Was ist es, das du mir zu erzählen wünschst?"

„Ich weiß ja nicht, aus welchen Gründen es Euch hierher verschlagen hat ... aber ich möchte Euch etwas sagen, das Euch hier gewiss kein anderer mitteilen wird."

Ihr erschöpfter Blick erzählte Bände.

„Es ist für eine einzeln reisende Frau kein Zuckerschlecken. Ich war jahrelang als Marketenderin im Troß unterwegs und darüber lernte ich dann auch den Adjutanten kennen. Aber das spielt hier keine Rolle – nicht wahr?"

„Überlass es mir, zu sagen, was wichtig ist oder nicht. Du möchtest eine Beichte?"

„Vielleicht später, nicht jetzt. Ihr seid wegen der einen im Kerker hier – ist es nicht so?"

„Wie kommst du auf diesen Gedanken, Tochter?"

„Weshalb solltet Ihr sonst mit ihr sprechen wollen? Ich sah Euch in den Kerker gehen, Ihr wart der Einzige, der den Weg zu Ihr fand. Also muss es dafür einen Grund geben."

„Tatsächlich? Ist dem so?"

„Mönch, wer besucht schon freiwillig eine Totgeweihte ohne guten Grund? Hat sie Euch gesagt, warum sie eingesperrt ist?"

„Warum willst du das wissen?"

„Ich nehme an, sie sprach davon, verraten und verkauft worden zu sein. Ich kenne sie besser als die meisten anderen. Eine Zeitlang zog sie mit uns im Tross und hat es mit einem der Soldaten etwas zu gut gemeint ..."

In ihren Augen blitzte es auf und sie ballte die Hände zu Fäusten, zwang sich dazu ihre Emotionen in den Griff zu bekommen, schluckte aufsteigende Wut hinunter und atmete tief durch, bevor sie weitersprach.

„Nun, sie hat ihre Kenntnisse der Kräuterkunde wahrlich gut eingesetzt. Nicht nur um Verletzte zu heilen, sondern auch um   ...“
„... um was? Kräuter sind eine Gabe des Herrn, Tochter!“
„Gewiss sind sie das ... doch jegliches Gute lässt sich auch zum Schlechten nutzen. Viele Kräuter lassen sich als Gifte verwenden. Aber das brauche ich Euch gewiss nicht zu sagen. Sie hat mir geholfen als dies kein anderer tun wollte, hat mir aus einer Zwickmühle geholfen, als ich mein Leben selbst beinahe verwirkt hatte. Dankbarkeit ist ein Zug meiner Gemeinschaft – hilfst du mir ...“

Nachdenklich hielt er inne, als sie abbrach. Agnes war in Kräuterkunde wohl bewandert. Er erinnerte sich, wie sie einst im Kloster für den Kräutergarten und die göttlichen Gaben darin zuständig gewesen war und vortrefflich damit umzugehen verstand. Was im geschützten Rahmen einer Klostergemeinde angesehen war, mochte jedoch außerhalb dessen die Wissenden leicht in Gefahr zu bringen.

„Für die meisten ist die Hilfe einer Heilerin nichts wert. Doch sie nicht. Ganz im Gegenteil. Vielleicht passte das den hohen Herren hier nicht ganz in den Kram.“
„Wie ist das gemeint?“
„So wie ich sage – Agnes kennt die Macht der Kräuter und nutzte sie mitunter um Frauen gewisse Probleme vom Hals zu schaffen.“
„Ich verstehe. Fahre fort! Was kannst du mir Näheres über die Anschuldigungen berichten?“

In den Augen blitzte Lebensfreude aber auch die Sorge um eine liebgewordene Freundin auf.

„Mönch, seid Ihr blind? Wisst Ihr nicht, wie mit den Kundigen umgegangen wird? Ist sie Euch so wichtig, wie ich glaube? Ich kann nur sagen, die Anschuldigungen gegen sie sind falsch. Dazu kenne ich sie viel zu gut. Aber meine Zeugenaussage ist vor Gericht nichts wert und darum wird mich auch keiner anhören. Wenn ich recht habe - und das tue ich – dann ist sie Euch wichtig und hat aus irgendeinem Grund eine Bedeutung für Euch. Ihr könnt sie dort rausholen, ich nicht!"

Ohne aufgefordert worden zu sein, nahm sie auf der Bank Platz und atmete tief durch. Der Redeschwall endete. Sie senkte ihren Kopf und die Stimme, bevor sie fortfuhr.

„Mönch, sie ist mir mehr als eine liebe Freundin und ich ertrage es nicht, sie hinter Gittern zu sehen. Sie hat ein gutes Herz und viele respektierten sie. Mich hingegen ... ich kann froh sein, wenn sie mir meine Dienste entgelten!"

Welcher Art diese Dienste waren, vermochte sich Heynrich durchaus vorzustellen, zog es jedoch vor, es nicht anzusprechen. Kaum merklich zog sie ihre Schultern nach oben und schlug die Hände vor das Gesicht. Kaum wahrnehmbares Zittern deutete Weinen an, bis sie die Hände auf die Knie legte und mit ruhiger Stimme meinte: „Sie tat, was sie für richtig hielt - und sprach oft von einer Bekehrung hin zum Besseren!"

Abrupt stand sie auf und zog dabei das Umhängetuch enger an den Leib, als würde sie frieren. In ihren wasserblauen Augen schimmerten Tränen.

„Man sagt, sie hätte den alten Hans erschlagen. Sie dürfte einige Tage bei ihm untergekommen sein, was einigen Frauen hier nicht in den Kram gepasst hat. Warum wohl? Der Alte war nicht gerade arm, hat sein Vermögen nicht nur vor seiner Familie gut verborgen gehabt, sondern auch vor den Plünderungen gut geschützt. Eine junge Frau vermag so manchem alten Manne das Leben zurückzugeben, wenn Ihr versteht ..."

„Ich verstehe sehr gut, Tochter, fahre fort!"

„Nun, Ihr könnt Euch sicher das Gerede vorstellen .... zum einen suchten die Menschen ihre Hilfe, zum anderen verdammten sie sie. Es ist doch wie überall ... wo der eigene Magen leer ist ... Um den Alten ist es schade, der hat nach einer gemeinsamen Nacht immer genug Eier und anderes Essen mitgegeben, manchmal waren es auch Münzen. Er war ein guter Mann und nicht mehr bei bester Gesundheit und zumeist wollte er ohnehin nur Gesellschaft und nicht das Bett teilen."

Die Dirne drehte sich Richtung Fenster und sah hinaus in den leeren Innenhof, ein weiteres Mal hatte er den Eindruck, dass ihre Stärke von leisem Schluchzen unterminiert wurde. Als sie sich wieder fasste, hob sie die rechte Hand zum Gesicht, bevor sie sich zu ihm zurückdrehte.

„Mönch, sie ist eine Freundin und ich kann ihr nicht helfen. Ihr aber schon. Beantwortet mir eine Frage – Was geschieht mit Engelmacherinnen?"

„Sollten sie die Leibesfrucht entfernen, bevor sie Gestalt und Seele angenommen hat, so werden sie für ein bis zwei Jahre exkommuniziert. Sollten sie jedoch einen beseelten Leib dem Tode überantworten, so soll sie dieselbe Strafe treffen wie jeden anderen gewöhnlichen Mörder, so ist die Gesetzgebung der Kirche."

„Dies ist eines der Dinge, die sie für die Frauen tat. Was glaubt Ihr wohl, was passiert, wenn dieses Thema bei der Anklage zur Sprache käme?"

Sah ihn dann an, als er schwieg und meinte: „Mit den Kräutern vermochte sie Wunder zu wirken, brachte selbst nahezu Verschiedene mit ihrer Hilfe zurück, weg vom allgegenwärtigen Gevatter Tod. Schenkte Leben, wo Paare längst aufgegeben hatten. Sie rettete viele – Soldaten, Mütter, Alte und stand Frauen als Hebamme zur Seite. Sie tat gute Dinge, Bruder, sie tötete nicht, aber man will sie töten!"

Sorgenfalten traten hervor, zogen tiefe Furchen durch ihr Gesicht.

„Was auch immer Ihr tut, seid vorsichtig. Sie hat mächtige Feinde, mit denen sich keiner gerne anlegt. Aber auch Freunde, insbesondere unter den Armen. Nur traut sich keiner von uns zu ihr."

Als sie in ihre Umhängetasche griff, holte sie ein kleines Bündel hervor und reichte es dem Mönch. Wortlos nahm er es entgegen, dabei nach wie vor schweigend. In ein grobes Leinentuch gehüllt und mit einer Wollschnur umwickelt, war es jenem Päckchen des Adjutanten nicht unähnlich.

„Mönch, glaubt Ihr, Ihr könnt helfen?"
„Das wird sich weisen. Erst muss ich die Fäden entwirren, die Zeugenaussagen vergleichen, mir ein Bild von der ganzen Sache machen ..."
„Seid nicht närrisch, Mönch. Ihr macht Euch Hoffnung auf Hilfe, wo keine ist. Die meisten wollen nur ihre eigene Haut retten, wenn sie dafür andere ins Feuer schicken, ist es den meisten nur billig. Betet dafür, dass es nicht auch Eure Seele frißt!"

Ihre Lippen formten ein verführerisches Lächeln, bevor sie sich umdrehte und die wenigen Schritte zur Tür ging. Schon hatte sie den Griff in der Hand, die Tür einen Spalt geöffnet und wandte sich erneut zu ihm zurück.

„Nur eines – es war schwer an die Unterlagen zu gelangen, nutzt sie weise und im Übrigen, mein Name ist Magda, falls wir uns wiedersehen."

Ihm zuzwinkernd verließ sie mit gekonntem Hüftschwung den Raum. Ein Hauch Verführung lag darin oder kam es ihm nur so vor? Heynrich zuckte die Schultern, sich wohl darüber bewusst, welche Wirkung er auf Frauen hatte und wandte sich erneut seinem Fall und dem Packen zu, den sie ihm gegeben hatte. Er löste das Band, schlug das Leinentuch beiseite und fand eine Handvoll Pergamente darin ruhend.

„Interessant!", murmelte er und widmete sich den neuen Unterlagen, „die Wege des Herrn sind doch manchmal wahrlich unergründlich."

 taunend sah sie sich in der Kammer um. Ihr bisheriges Zuhause bestand lediglich aus einem Strohballen im Ziegenstall, den sie für wenige Stunden ihre Bettstatt nennen durfte, sobald ihr tägliches Werk getan war. Manchmal meckerten die Ziegen sie im Schlaf an, sodass sie seltsame Träume davon bekam, selber als Ziege zu weiden und zu grasen oder gar von bösen Wölfen gejagt zu werden.

„Mathilda, die Äpfel und hör auf zu träumen!"
„Ja, natürlich!"

Sie trat zur Hausherrin und reichte ihr den selbst geflochtenen Weidenkorb. Die schönsten Äpfel, die sie mit ihrer Größe erreichen konnte, lagen darin und warteten darauf, zu einer leckeren Speise verarbeitet zu werden. Die Bäuerin nahm den Korb entgegen und begutachtete die reifen Früchte. Mit ihrer Magd hatte sie wahrlich Glück, ein fleißiges Wesen, emsig bei der Arbeit und gottesfürchtig obendrein, die sich nur die Zeit für die sonntägliche Messe und die Beichten beim Pfarrer erbat.

„Herrin, ..."
„Gut, Kind. Geh dort hinein und mach dich sauber. Du wirst die nächsten Tage im Haus bleiben und hier aushelfen! Du sollst bei der Wirtschaft mit anpacken und so der Herr im Himmel will ...!"

Innerlich jubelte die junge Frau auf. Die Plackerei auf den Feldern war harte Arbeit, abends schmerzte das Kreuz. Kaum ein Lächeln entwich der alten, geplagten Frauenseele, als sie die Magd betrachtete, die sie als potentielle Schwiegertochter ins Auge fasste. Mathildas Fleiß und Gottesfürchtigkeit boten eine gute Basis als Mitgift. Ihr Sohn war alt genug für die Ehe und es war an der Zeit, dass junges Leben den Bauernhof mit Lachen erfüllen sollte.

Sie richtete sich ihr Tuch, mit dem sie das Haar vor Schmutz schützte, griff sich die Äpfel und begann sie zu schälen, bevor sie gleichermaßen mit einem Korb Zwiebel verfuhr.

Gehorsam begab sich die Magd in den Nebenraum, der die meiste Zeit des Jahres als Vorratskammer diente. Auf einer hübsch bemalten Truhe lag ein fein gearbeitetes und gefaltetes Leinentuch neben einer Schale mit klarem Wasser.

Knopf für Knopf öffnete sie ihr nussbraunes Oberteil, zog es aus und löste den oberen Teil ihres Unterkleides, sodass es über den Rock hinab hing.

Kaum wahrnehmbar summte sie eine zarte Melodie, tunkte dabei das Leinentuch in das handwarme Wasser, wusch damit ihr Gesicht und den Oberkörper und befreite sich von Erdkrumen und Lehmspritzern auf den Händen. Erst vor kurzer Zeit erblüht, trug sie, trotz schwerer Arbeit, samtweiche Haut mit einigen, wenigen Sommersprossen.

Träumend löste sie ihre Zöpfe, zupfte die Läuse heraus, die sie erwischte und warf sie in die Wasserschale. Kaum wahrnehmbar summend zog sie mit kräftigen Strichen den Kamm durch ihr Haar und biss sich vor Schmerz auf die Lippen, wenn wieder ein kleineres Büschel darin hängen blieb.

Damit beschäftigt, ihre Haare in Ordnung zu bringen, merkte sie zuerst nicht, wie das Tuch vor ihr zu Boden glitt und eine spiegelnde Fläche freigab. Verwundert hielt sie inne und sah zum ersten Mal in ihrem Leben ihr eigenes Spiegelbild. Verschwommen zwar, aber doch deutlich sichtbar. Erstaunt betrachtete sie ihre zarten Gesichtszüge darin. Die offenen Haare fielen ihr vor die Brüste und bedeckten diese.

Sie zog das Tuch gänzlich zur Seite und erblickte eine Gestalt darin neben sich, einen jungen Mann mit verwegenem Aussehen. Das Hemd geöffnet, die leichte Brustbehaarung darunter durchschimmernd, trat er auf sie zu. Überrascht kreuzte sie die Arme vor der Brust und drehte sich erschrocken um, doch da war keiner außer ihr im Raum. Vor Schrecken hörte sie auf zu summen.

Erneut kehrte ihr Blick zurück, wo sie die Gestalt wieder sah. Verwirrt rieb sich die Magd die Augen, als könne sie so die Wahrheit besser erkennen. Schon wollte sie zu schreien beginnen, als sie eine sanfte Hand an ihrem Bauch spürte, bis sie tiefer wanderte und zwischen ihren Beinen verschwand.

„Sch ....“

Leise flüsterte es in ihr Ohr, während die zweite Hand an ihrem Kinn innehielt und langsam den Hals hinab glitt, bis sie direkt über ihrem Kehlkopf ruhte. Ungewohnte Berührungen lösten eine Sturmwelle der Lust in ihr aus. Davon nahezu überwältigt blieb ihr das „Nein“ in der Kehle stecken. Ihre Augen nach oben verdrehend, seufzte sie auf, ließ es zu, dass er sie umdrehte, die Wasserschale zu Boden stieß und sie auf die hochhob. Bogiorig spreizte er ihre Beine und drang in sie ein, während er im gleichen Atemzug seinen Mund auf den ihren drückte und mit ihrer Zunge zu spielen begann.

Willig ließ sie ihn gewähren und zog ihn zu sich, während sie sich fallen ließ und einfach nur den Augenblick genoss. Erst in dem Moment, als sie ihren Höhepunkt erreichte und dieser am Abklingen war, zog er sich aus ihr zurück. Lächelnd strich er über ihre Wange und hob den rechten Zeigefinger vor die Lippen.

Erschöpft wenngleich auch glückselig lächelnd hob die Magd ihren Kopf, seufzte still auf und flüsterte: „Komm wieder ...“, bevor sie das Tuch wieder über die polierte Kupferscheibe zog. Sie würde es als süßes Geheimnis für sich bewahren mit der Hoffnung, ihn wiederzusehen.

 llzu lange erschien ihr die Zeit, die sie mit dem Mönch im gleichen Raum zugebracht hatte, bis sie spürte, es wäre klüger zu gehen, bevor sie sich vergaß.

Wollte sie bei ihm wirklich beichten? Unruhe trieb sie, sein Anblick weckte eine Begierde in ihr, die sie lange Zeit nicht mehr mit dieser Brachialgewalt verspürt hatte.

Das Pochen zwischen ihren Schenkeln und das stetig schneller schlagende Herz trieben Magda vorwärts, bis sie im Unterholz des Waldes eintauchte.

Unter ausladenden Farnblättern ließ sie sich zu Boden gleiten. Ausgestreckt auf weichem Waldboden und auf einem satten Mooskissen roch es nach Walderde und Pilzen. Unter dem Farnblattbaldachin nahe einer alten Eiche blickte sie nach oben, hinauf zum Himmelszelt und lächelte still in sich hinein. Sie erinnerte sich jener Geschichten, die Agnes von einem Dominikanermönch mit haselnussbraunen Augen erzählte.

In einer Mischung aus jenen Geschichten und der tatsächlichen Begegnung ließ Magda ihre Gedanken schweifen, schob den Rock nach oben und ließ ihrer Phantasie freien Lauf. Bald schon drang lustvolles Stöhnen aus ihrem Mund, bis sie vermeinte, Heynrich bei sich liegen zu spüren, wie dieser fordernd über ihren Körper strich und ihr dabei die Hand führte.

Binnen kurzer Zeit lag Magda erschöpft auf dem weichen Moosbett, die Hand weiterhin zwischen den Schenkeln und träumte vor sich hin. Schlechtes Gewissen deswegen plagte sie nicht im Geringsten.

Eine Frage vermochte sie sich jedoch nicht zu beantworten: Wie sollte sie jemandem beichten, den sie lieber nackt auf einem Lager aus Stroh neben sich hätte als bekleidet im Beichtstuhl? Nicht jeder Geistliche war wie der städtische Pfaffe, der sie ständig um ihren Lohn prellte, im Gegenzug allerdings beständige Verfügbarkeit erwartete.

Träumend hinauf zum Firmament blickend, auf dem Wolken langsam vorüberzogen und dabei ihre Formen änderten, legte sich ein Lächeln auf ihre Lippen, im Moment spielte dies keine Rolle.

Noch wollte sie den Moment genießen, sich von den Sonnenstrahlen wärmen lassen und träumen, bevor es zurück in den Alltag ging. Die kommenden Tage würden anstrengend genug werden.

elten hatte ihn sein Urteilsvermögen bislang im Stich gelassen. Viele Frauen reagierten auf seine Gegenwart mit heimlichen Wünschen und wollüstigen Blicken, mitunter auch mit anzüglichen Bemerkungen. Bei Magda jedoch standen nicht die Begierden im Zentrum, sondern Mitleid und Sorge um eine liebgewonnene Freundin. Agnes Wohlergehen schien ihr wichtig zu sein, wichtig genug, um sich dem Knecht und dem Wächter zu widersetzen.

Nach wie vor hielt Heynrich das Päckchen in Händen und betrachtete es. Es würde Zeit brauchen, um sämtliche Fäden zu entwirren und der Wahrheit auf den Grund zu gehen.

Sich ihre Besorgnis in Erinnerung rufend, löste er den Wollfaden und schlug das Tuch auf. Eingewickelt darin lagen weitere Unterlagen und Pergamente, die ihn zum Stirnrunzeln brachten.

„Magda, Kind ... wie bist du nur an diese Dinge gekommen?"

Kopfschüttelnd hielt er ihre Gabe in Händen und spürte, wie wichtig diese Papiere bei der Lösung sein mochten. Im Moment des Durchblätterns zog ein kühler Hauch über seinen Nacken und ließ ihn sein Haupt heben. Seine Sinne nahmen ein eigenartiges Schimmern wahr, das sich im Licht der Sonne in der Fensterscheibe hinter ihm zeigte und wie der Wimpernschlag eines Schmetterlings sein Innerstes berührte.

An den Türrahmen gelehnt stand eine männliche Gestalt und beobachtete den Mönch mit verschränkten Armen. Gewelltes Haar umrahmte die kantigen Gesichtszüge. Kräftige Wangenknochen und ein verträumt wirkender Blick, der weit mehr wahrnahm, als es auf den ersten Blick schien, verfehlten selten ihre Wirkung.

„Dich habe ich an ihr gespürt. Du hast diesen zarten Engel berührt."

Er fuhr sich mit der Zunge über die Lippen.

„Jene Süße, die ich so sehr mag."

Blitzartig entschwand dieses Lächeln aus seinem Gesicht, Feuer trat in die Augen. Er hob den rechten Zeigefinger zu den Lippen und klopfte nachdenklich darauf, als könne er auf diese Weise das Rätsel ergründen.

„Dieser süße, kleine Engel, so zart wie eine Blume, so zerbrechlich wie die anderen Frauen, die ach so gut schmeckten. Ihr Vertrauen in dich, ihre Begierde, die du entfachst, doch warum kann ich sie nicht schmecken? Was ist es, das von dir noch an ihr klebt? Ich verstehe es nicht ..."

Er drehte die Hand mit der Handfläche nach oben und pustete darauf. Staubflocken wirbelten hoch und flogen in Richtung des Mönches. Einzelne sanken auf ihn herab, schimmerten wie goldener Glitzer und blieben auf seinen Schultern liegen.

„Was hast du ihr nur angetan, dass ich ihren Nektar nicht schmecken kann? Ihr süßer Geruch ... Wir werden ja noch sehen, wem sie gehört ... dir und deinem Wollen oder mir!"

Sich vom Mönch abwendend, schüttelte er den Kopf, griff in seinen Bauch und holte einen winzigen Lichtfunken hervor, pustete ihn an und ließ ihn ins Nichts entschwinden, bevor er selbst ebenfalls den Rückzug antrat.

Leise verklangen die Worte, drangen als Flüstern in das Ohr des Mönches, der daraufhin hochsah und wie zuvor nichts wahrnahm. Kopfschüttelnd wollte er sich erneut den Unterlagen widmen, als es sachte an der Türe klopfte und der Knecht eintrat, ohne auf ein „Herein" zu warten. Er stellte ein Brett mit Käse, Speck und frisch gebackenem Brot sowie einen Krug Wein und einen leeren Becher auf die Bank. Der Moment, in dem er das Brett auf den schmalen Tisch stellte, reichte Heynrich, um wie zuvor den Körpergeruch des Knechtes naserümpfend wahrzunehmen. Ein übliches Dilemma dieser Ära.

„Mönch, Ihr solltet etwas zu Euch nehmen. Die übliche Kost des Herrn Pfarrer sollte auch Euch munden."

Kopfschüttelnd betrachtete Heynrich die Gaben und griff bei Brot und Käse zu, verzichtete vorerst jedoch auf den Speck. Der hier ansässige Pfarrer ließ es sich offensichtlich gut gehen, vielleicht ein wenig zu gut, wenn er sich der Schäfchen des Ortes erinnerte.

Heynrich schüttelte den Kopf, offensichtlich hatte der Hausherr so einige seiner Gelöbnisse vernachlässigt. Er würde mit ihm ein ernstes Wort reden müssen.

Brotkrümel von sich abschüttelnd, stellte er das Brett beiseite und schenkte sich Wein ein, bevor er mit der Durchsicht der Unterlagen fortfuhr und aufs Geratewohl nach den Blättern griff.

 eit sie die sicheren Wände des Klosters Freyhausen hinter sich gelassen hatte, lernte sie die wahre Natur des Menschen kennen, sowohl im Guten wie im Schlechten. Sie begriff ihre eigenen Wünsche weit besser, als je zuvor, veränderte sich, wurde reifer und erfahrener.

In all den Jahren blieben die Stunden unter Heynrichs Befragung deutlich vor ihren Augen als beständiger Begleiter und Mahnrufer auf dem Weg zu einem besseren Leben.

Leise aufseufzend schüttelte Agnes den Kopf und kehrte mit ihren Gedanken ins Hier und Heute zurück, faltete die Hände zum Gebet und betrachtete jenes schlichte Holzkreuz, das ihre Kerkerzelle schmückte. Kaum wahrnehmbar flossen Dankesworte über ihre Lippen und sie bekreuzigte sich. Ihn wiederzusehen hatte ihr Mut und Kraft für das Kommende geschenkt, mehr noch, als sie selbst dies dachte.

Erinnerungen tauchten vor ihrem inneren Augen auf, Bilder, in die sie manchmal gerne eintauchte. Eine einzelne Träne wanderte ihre linke Wange hinab und tropfte auf das Stroh unter ihr.

An die Wand vor den Gitterstäben gelehnt, stand die gleiche männliche Gestalt, wie sie bei Heynrich gewesen war und betrachtete Agnes. Für ihn war und blieb sie ein Rätsel. Zum einen lockten in ihr Lust und Stärke geschmiedet aus Leiden und Kummer. Funken, kaum wahrnehmbarer Spuren zeugten von besonderen Erfahrungen. Bittersüß roch dieser Nektar des Lebens und dennoch vermochte er ihn nicht zu schmecken. Nach ihr greifend, zog er sich in ihre Erinnerungen zurück und kramte darin, bis er eine fand, die ihm gefiel und gleichermaßen irritierte.

Was war an ihr so anders, dass er keinen Zugriff zu ihr fand?

Aufkeuchend hielt Agnes in ihrem Gebet inne, fühlte etwas Vertrautes, eine Erinnerung tauchte aus dem Nichts aus, die sie seit geraumer Zeit öfters durchlebte.

An jenem Tag nieselte es, die Arbeit auf den Feldern war seit Wochen getan und die erste Frostnacht vorbei. Aus dem angrenzenden Stall drang das Gemeckere von Ziegen, deren Fell unter der beginnenden Nachtkühle langsam aber sicher länger wurde. Ihre Euter waren voller Milch gewesen, die Agnes noch gemolken und in den Küchenbereich gestellt hatte.

Mit einem einfachen Korb bewaffnet öffnete sie die Tür zum Keller und ging die ausgetretenen Stufen in hinab. Geruch nach Kälte und Erde hieß sie willkommen. Sie entnahm einige geerntete Zwiebel, Karotten und Äpfel ihrer Lagerstatt und befüllte damit den Korb. Es würde ein bescheidenes, jedoch sättigendes und wohlschmeckendes Mahl werden, das sie dem Hausherrn zu bereiten gedachte.

Leise summend und gut gelaunt wollte Agnes schon den Weg zurück zur Küche antreten, stolperte über die eigenen Füße und griff nach etwas, an dem sie sich festhalten konnte. Ihre Hand fand ein Tuch, nach dem sie fasste und zog es im Fallen mit sich. Bislang hatte sie dieses Tuch stets ignoriert, doch jetzt löste es sich, glitt zu Boden und gab einen Spiegel frei, der all die Zeit verborgen im Keller ruhte.

Äpfel und Zwiebel kullerten aus dem Korb. Rasch sammelte Agnes sie wieder ein und erhob sich, stellte aber den Korb neben sich auf den Boden. Zuletzt hatte sie einen Spiegel wie diesen im Haus ihrer Eltern gesehen und das war viele Jahre her. Staunend griff sie danach, berührte ihr Spiegelglas und trat ein paar Schritte zurück. Sanftes Tageslicht drang durch einen kleinen Luftschacht in den Raum und schenkte genügend Licht.

Als sie sich selbst im Spiegel betrachtete, erkannte sie rasch, dass sie weit jünger wirkte, als sie tatsächlich war, beugte sich vor und zog ihr Kleid straff. Lächelnd strich sie über ihren eigenen Körper, den sie als Geschenk empfand. Sie wusste, dass sie auf viele Männer anziehend wirkte und war dem anderen Geschlecht gegenüber durchaus zugetan, auch, wenn sie nur wenigen die Gunst gewährte mehr für sie zu sein.

„Was ist das nur mit euch Männern?"

Ein Lächeln entlockte sich ihren Lippen, als sie an den Mönch dachte, der nach wie vor in ihrem Kopf herumspukte, wenn sie eine altbekannte und geschätzte Regung zwischen ihren Beinen wahrnahm. Sie schloss die Augen und schob den Rock nach oben, spreizte leicht die Beine und lehnte sich an einen Pfosten, der die Decke stützen sollte.

Sachte glitt ihre rechte Hand an jene, pochende Stelle, an der die Wollust aufstieg. Erst bemerkte sie den kühlen Hauch auf ihrem Gesicht nicht, bis ein Geräusch sie in der Bewegung erstarren ließ. Ein vertrautes Gefühl aus Feuer und Hitze zwang sie damals in die Knie und raubte ihr den Atem. Es ähnelte jenem Empfinden aus Klostertagen und weit mehr noch, als der Pferdeknecht sie das erste Mal nahm.

Aufkeuchend versuchte sie, das Feuer zu stillen, das sich einem Flächenbrand gleich in ihr auszubreiten begann.

„Dein innerstes Wesen, verlangst du nach ihm?"

Mit schreckgeweiteten Augen bemühte sich Agnes, sich auf ein Gebet zu konzentrieren und doch misslang es. Wie sehr sie sich auch Mühe gab, so stiegen die Flammen der Lust nur umso mehr nach oben und tauchten sie in ein Feuermeer, das sie längst im Griff geglaubt hatte. Ein amüsiertes Lachen in ihrem Kopf brachte ihr einen Feuerstoß ein, der ihr beinahe den Verstand raubte. Zitternd begriff sie, sie war nicht mehr alleine.

„Bitte ...“
„Sch ....“

Im Inneren vermeinte sie, zu verbrennen, und doch wurden die Flammen stärker und züngelten weiter nach oben. Zwei Herzen schlugen in ihrer Brust, die eine, die sich der Lust hingeben wollte und die andere, die zur Vorsicht gemahnte.

„Bitte ...“
„Ja? Du willst mehr?“

Ohne zu warten, verstärkten sich die Flammen erneut bis sie vor Lust einen Schrei ausstieß und keuchend in einem Höhepunkt sich nahezu verzehrte. In diesem Augenblick fühlte sie den festen Griff einer Hand an ihrem Geschlecht, das ihr Begehren noch mehr verstärkte, bis ihr klarer Verstand kein Wort des Gebetes mehr zu erübrigen vermochte.

Gelächter ertönte in ihrem Ohr, eine Hand hielt sie im Nacken gepackt. Eine Zunge spielte mit der ihren, ohne, dass sie sich wehrte, zu stark war die Woge der Lust längst über sie hinweg geschwappt.

„Agnes, Kindchen ... an dir ist so einfach zu spielen, doch von dir zu nehmen ... was ist dein Geheimnis?“

Nachdenklich sah er sich diese Erinnerung wieder und wieder an und doch erkannte er keine Lösung.

„Sei es, wie es sei ... eines Tages wirst du mir gehören, du weißt es nur noch nicht. Bei mir wirst du all das bekommen, was du brauchst und mehr noch. Du wirst den Pfaffen und die Kirche hinter dir lassen!"

Langsam zog er sich aus ihrem Kopf und ihren Erinnerungen zurück. Je mehr er nach ihr griff, umso mehr entglitt sie ihm damals – und auch später. Eines Tages würde er dieses Rätsel lösen. Eines Tages ...

Aufkeuchend errötete Agnes bei dieser Erinnerung, die aus dem Nichts aufzutauchen schien und brach zusammen. Jene Lust von damals kehrte zurück, brach wie ein Orkan über sie herein und trieb sie in einen Strudel aus Begierden, den sie in ihrem derzeitigen Zustand nichts entgegenzusetzen hatte. Kraftlos ergab sie sich dem Empfinden mit einer Mischung aus peinlicher Berührtheit, Begierde nach mehr und dem Wissen, dies beichten zu müssen.

us ihrem Umfeld entschwindend, zog er sich in seine Sicherheit zurück, hockte auf einem mit feinsten Schnitzereien und Ziselierungen verzierten Stuhl. In Gedanken ließ er Erinnerungen an jene Frauen aufleben, die ihm zum Genuss geworden waren. Sie liebten seine Berührungen, seine Aufmerksamkeit und genossen es ihm Gefährtin für begrenzte Zeit zu sein.

Allesamt trugen sie eine Sehnsucht in sich, die ihm als Nektar diente und ihn nährte, jene süße Lust, von der er lebte und die er von Agnes nicht bekam. Er spürte, wie sie nach etwas verlangte, das er ihr geben könnte und doch vermochte er nicht ihren Nektar zu erlangen.

In Händen hielt er eine kleine Kugel, spielte mit ihr und betrachtete den Glimmer darin, es funkelte und glitzerte, wie Myriaden winziger Schreie, die sich lösten.

Je mehr er über all die Frauen nachdachte, umso deutlicher trat das Antlitz einer einzigen Frau vor sein inneres Auge. Er legte die Kugel vor sich auf den Boden und gab ihr einen kleinen Schubs, ließ sie vorwärts rollen, bis sie innehielt und ausrollte.

„Zeig dich!"

Aus der Kugel erstand Agnes Gestalt. Starr und unverändert wie eine Statue stand sie da und blickte geistlos ins Leere. Wie so oft trug sie auch jetzt das alte, rote Kleid, das ihrer Figur zu schmeicheln schien und die Vorzüge ihrer Weiblichkeit auf eine sanfte Weise betonte. Mit ihren kastanienbraunen Haaren und den braunen Augen mit den grünen Sprenkeln hatte sie Etwas an sich, das ihn anzog.

Gemächlich erhob er sich und trat an die Gestalt heran. Er griff nach ihr, strich über ihren Leib und betrachtete sie genauer, jeden einzelnen Fingerbreit ihres Gesichtes berührend, hob er ihr Kinn nach oben und ließ es wieder los. Nach wie vor blieb Agnes leer, stand seelenlos vor ihm.

Langsam umrundete er die Gestalt, trat an sie heran, umfasste sie von hinten und roch ihren Duft, der ihn an Veilchen und Rosen erinnerte. Wie er ihre Hüften hinab strich ging ein leichter Schauer durch Agnes Körper in der Kerkerzelle und ließ sie hochsehen.

„Was ist es, das dich so besonders macht? Was nur?"

Vorsichtig strich er über ihren Körper, berührte die Brüste einer Frau, an der nie ein Säugling Milch getrunken hatte, fuhr über den Bauch hinab und versank zwischen ihren Beinen, wo er Feuchtigkeit fühlte, die sie stets bei seinen Berührungen empfand.

Seit sie diese Stadt das erste Mal betreten hatte, beobachtete er sie, hielt sich anfangs jedoch im Hintergrund. Es gab genügend Blüten, die er pflücken konnte. Als sie beim Pfaffen Unterschlupf fand und dieser ihr hinterher hechelte, besuchte er sie das erste Mal und wunderte sich, dass er ihren Nektar nicht zu schmecken bekam. Manchmal betrachtete er sie, wenn sie sich in ihrem Zimmer an- und auskleidete, sich wusch und sich selbst berührte. Einige Male sah er sie in einem Hain baden, weit oben in den tiefen Wäldern des Landes, wenn sie ihr kleines Kreuz an den Baum hing und nackt in das kühle Wasser eintauchte.

Sie stellte ihn vor ein Rätsel. Immer, wenn er sich darum bemühte, Zugang zu erlangen, prallte er an ihr ab. Spuren ihres Lebens spiegelten sich auf ihrem Leib und in ihrem Geist. Da existierte ein alter Schmerz in ihr, der ihrem Nektar *eine besondere Süße und Würze verlieh. Wo andere sich ihm leicht ergaben, schien diese Nonne sicher zu sein.*

Manchmal sass sie auch nur auf dem Stuhl, eine schmale Bibel auf ihrem Schoß haltend, die sie all die Zeit wie einen Augapfel behütet hatte. Ihre Augen geschlossen ließ sie sich in diesem Moment treiben. Empfänglich für Eingebungen nutzte er die Gelegenheit, flüsterte ihr Unverständliches ins Ohr und überließ sie dann ihrer Lust. Doch stets misslang ihm der Zugriff auf ihren Nektar.

„Was ist es nur, das dich bewahrt?"

Aufseufzend strich er über die Gestalt, bis diese verblasste und sich erneut zur Kugel wandelte. Er bückte sich und hob die Kugel auf, betrachtete sie genauer und sah darin nichts anderes als glitzernde Schneekristalle, die einem Wirbelsturm gleich sich drehten und herumwirbelten.

Hunger begann in seinen Eingeweiden zu rumoren und so begab er sich auf die Suche nach seiner nächsten Nahrungsquelle, die er in einer 50jährigen Frau fand. Gezeichnet von hartem, arbeitsreichem Leben hatte sie längst mit der Liebe abgeschlossen und widmete sich nur noch ihrer Familie, soweit diese nicht in den Kriegswirren verschieden war.

„Zieh dich aus! Ich will dich sehen!"

Zuckersüß erklang seine Stimme, als er ihr diese Worte ins Ohr hauchte. Während er ihr dabei half die Kleider abzulegen, strichen seine Hände über ihren Körper.

"Du wirst etwas für mich erledigen! Hast du mich verstanden?"

Im Moment ihres Höhepunktes stimmte sie zu, ohne zuzuhören: „Du wirst gehorsam sein!"

ief über die Pergamente gebeugt, nahm Heynrich einen kühlenden Hauch in seinem Nacken wahr und hob das Haupt. Beinahe, als würden Stimmen ihm zuflüstern, hörte er es raunen, ohne das gesprochene Wort zu verstehen.

Kopfschüttelnd wandte er seine Konzentration erneut den Pergamenten zu. Der erste Eindruck, den er gewann, war mager. Kaum mehr als der übliche Firlefanz fand sich darin, Informationen mit Substanz hingegen fehlten. Wer wie er den üblichen Prozessverlauf und die Verfahren kannte, der merkte rasch, dass die Unterlagen nicht vollständig waren.

Richter Meixner musste einiges an Unterlagen mit sich genommen haben, insbesondere jene Papiere, die am meisten zur Klärung der Situation beitragen mochten oder es gab einiges, das noch ausstand. Aus dem vorhandenen Material ließ sich diese Frage nur schwerlich beantworten.

In seinem Kopf fügten sich die Informationen zusammen und ergaben ein, für die Angeklagte, übles Bild ab. Er würde Richter und Anklägern, aber auch Agnes, weitere Fragen stellen müssen, um die Sachlage vollständig aufzuklären.

Nach der ersten Durchsicht erhob sich Heynrich, verschränkte die Hände hinter dem Rücken und trat an das Fenster, blickte in den Innenhof des Pfarrgebäudes hinab und lauschte den Geräuschen der Natur. Von draußen zwitscherten die Vögel um die Wette und der Geruch von Herbst lag in der Luft. Bald schon würden die letzten Felder abgeerntet sein, die meisten Bauersleute hatten gerade jetzt viel damit zu tun ihre Ernten einzufahren.

Menschen neigten dazu, sich mit den Jahren zu verändern, manche zum Schlechten, weitaus mehr jedoch zum Guten hin.

10 Jahre waren seit Freyhausen vergangen, Agnes hatte ihr Leben gelebt und dabei die Höhen und Tiefen eines Daseins außerhalb der Klostermauern kennengelernt. In all dieser Zeit war sie reifer und ruhiger geworden. Er erinnerte sich an ihre Augen, in denen er kein fehl entdeckt hatte. Etwas darin sprach dafür, dass sie die Wahrheit berichtete. Dennoch war die offensichtliche Wahrheit nicht immer die tatsächliche Wahrheit.

Hier würde er für den Moment nicht weiterkommen. Es waren weit mehr Informationen und Fakten nötig, um ihm den geschehenen Sachverhalt zu offenbaren. In dieser kleinen Kammer würde er nicht an die benötigten Fakten herankommen.

Bis auf den kleinen Beutel, den er niemals ablegte, schlichtete er seine wenigen Habseligkeiten sowie die Unterlagen fein säuberlich auf Stapel nebeneinander, Ordnung war schließlich das halbe Leben und verließ das Pfarrhaus. Wärmende Sonnenstrahlen und frische Luft vermochten seit jeher, manches Licht ins Dunkel zu bringen.

Auf seinem Weg nach draußen knarrten und ächzten die Dielen unter seinen Füßen und er sah an den Wänden manch hübschen, fein gearbeiteten Zierrat, der offenkundig von weiblicher Hand geschaffen schien. Geschmückt mit getrockneten Kräutern, Blättern und Blüten schuldeten sie ihre Existenz wohl dem Umstand des jährlichen Erntedankfestes.

Helles Sonnenlicht blendete den Mönch beim Öffnen der Tür. Knarrend quietschten die Türangeln, als wären sie lange Zeit nicht mehr geölt worden. Stirnrunzelnd warf Heynrich einen Blick auf die Angeln und schüttelte den Kopf. Es gäbe einiges hier zu verbessern und zu erneuern. Doch viele junge, kräftige Menschen hatten den Tod gefunden, waren im Schlachtfeld oder im Kindbett verschieden und es fehlte überall an Arbeitskräften.

In der Mitte des Innenhofes bemühte sich Anton darum, den Komposthaufen mit Stroh aus dem Stall zu überhäufen. Fiel das Stroh von der Mistgabel, schimpfte und murrte er zwar, doch ließ sich davon in seiner Arbeit nicht beirren.

An drei Seiten mit Brettern eingezäunt, gab er eine typische Geruchsnote von sich, die frische Erde ebenso wie kompostierbares Material beinhaltete. Für Heynrich nichts Ungewöhnliches, gab es diese Komposthaufen doch auch in den Klöstern.

Neben einer der Bretterwände beäugte ihn misstrauisch eine getigerte Katze, die soeben erfolgreich von einem Beutezug zurückkehrte und dem Knecht entgegenlief, nicht ohne immer wieder einen misstrauischen Blick in Heynrichs Richtung zu werfen.

Vor dem Knecht hielt sie inne und legte ihm die gefangene Maus vor die Füße. Ein Lächeln entglitt dem Mann, als er sich zur Katze beugte und leise mit ihr sprach, sie streichelte.

Wer zu Katzen sprach ...

Wie leicht hätte alleine dieser Anblick den Knecht in die Bredouille bringen können, waren einige seiner Kollegen doch überaus einfach gestrickt, ohne zu hinterfragen.

Binnen weniger Augenblicke stand er vor dem Knecht, der nach wie vor die Katze streichelte und murrend aufstand, als er den Schatten des Mönches vor sich wahrnahm. Misstrauisch huschte die Katze von dannen, dem Knecht die Maus hinterlassend, die dieser in seinen Brotbeutel steckte. Immerhin war auch eine Maus Nahrung und warum sollte er sie verkommen lassen?

Dies wiederum brachte den Mönch dazu, seine Braue zu heben, er hatte schon weitaus Schlimmeres erlebt, als

Menschen, die sich aus Hunger um Rattenkadaver prügelten und ignorierte das Gesehene. Ein kurzer Blick auf den Hals des Knechtes ließ Heynrich die Ketten eines Anhängers erkennen, wobei unter dem Oberteil Metall durchblitzte.

„Welchen Glauben trägst du?"
„Wie meint Ihr dies?"
„Bist du Katholik, mein Sohn?"
„Gewiss, gewiss ... Wäre ich hier sonst nicht am falschen Flecken?"

Heynrich schmunzelte leicht. Da hatte Anton wohl recht.

„Es ist kein Fehler sich zu seinem Glauben zu bekennen."

Nun war es am Knecht in schallendes Gelächter auszubrechen.

„Wo hab Ihr all die Jahre verbracht? Habt Ihr nichts vom Krieg mitbekommen?"
„Der Krieg war keine schöne Sache, aber er ist kein Grund, sich von seinem Glauben zu trennen, wie es manche ganz gerne tun!"
„Was wollt Ihr eigentlich?"
„Wie lange wird der hier ansässige Pfarrer unterwegs sein? Es gibt einiges, das ich mit ihm zu besprechen habe."
„Mönch, mein Herr ist mir in keinster Weise Rechenschaft schuldig. Diese Frage kann ich nicht beantworten. Kann ich nicht."
„Ist er des Öfteren auf Reisen dieser Art?"

Anton legte den Kopf schief, zu denken schien nicht seine Stärke zu sein.

„Ja. Ist er. Ist er."
„Wie lange ist er üblicherweise unterwegs?"
„Das ist verschieden."

Heynrich betrachtete den Knecht von oben bis unten und griff nach der Mistgabel, klopfte darauf und reichte sie Anton zurück.

„Du brauchst bald eine neue."

Zweifelnd sah er den Mönch an.

„Vertrau mir, ich weiß, wovon ich spreche. Doch etwas ganz anderes ... kümmerst du dich auch um die Kirche im Ort?"
„Warum? Das macht der Herr Pfarrer."
„Nein, ich meinte, ob du es bist, der dafür Sorge trägt, dass die Kirche sauber ist, dass Blumen auf dem Altar stehen und überhaupt ..."
„Gewiss, gewiss, mach ich es. Warum?"
„Bereite für morgen alles vor. Jeder, der zu beichten wünsche, möge die Gelegenheit dazu erhalten."

Anton stellte sich kerzengerade hin und sah dem Mönch in die haselnussbraunen Augen. Verwirrung trat in die seinigen, er begriff nicht recht.

„Ihr seid nicht der Herr Pfarrer und der ist nicht da. Kommt er morgen zurück?"
„Das wollte ich von dir wissen, Knecht. Aber nein. Die Beichte werde ich abnehmen, nicht der Hausherr. Betrachte es als deine Aufgabe, die Kirche vorzubereiten und ich erwarte mir gute Arbeit. Hast du mich verstanden?"

Heynrich sah den Knecht an. Dieser war sicher nicht sein ganzes Leben lang Knecht gewesen. Sein Humpeln und Hinken, die Zuneigung zu der Katze und andere Kleinigkeiten sagten ihm, dass da noch mehr hinter dieser traurigen Fassade zu stecken schien.

„Erledige deine Aufgabe, hast du mich verstanden? Lass dies auch in der Stadt verkünden."

„Wie stellt Ihr Euch dies vor? Ich bin Knecht und Diener, aber kein Marktschreier!"

„Anton, unterschätze niemals das einfache Gesinde! Du weißt dies vielleicht besser, als viele andere. Kümmere dich um deine Aufgabe! Haben wir uns verstanden?"

Feuer trat in seine Augen, ein kaum wahrnehmbares Lächeln erschien auf den schmalen Lippen, nur um sofort wieder zu verschwinden.

„Ja, ja, ist gut, ich kümmer mich darum!"

Heynrich stapfte an ihm vorbei, bis er nach einigen Schritten stehenblieb und sich noch mal zu Anton umdrehte.

„Wenn du die Dirne, die du vom Hof gejagt hast findest, bestelle ihr, sie möge sich ebenfalls einfinden. Nicht der Kirche wegen, sondern weil es noch etwas zu besprechen gibt!"

Ohne auf Antwort zu warten, setzte Heynrich den Weg fort und verließ den Innenhof in Richtung Stadt. Anton stand verwirrt da und kratzte sich am Kopf. Vorsichtig lugte die Katze hinter einer Ecke hervor und trottete auf den Knecht zu. Dieser ging in die Hocke, als die Katze sich langsam zu ihm wagte.

„Komischer Kauz ist er, komischer Kauz ... nicht wie du!"

Liebevoll strich er der Samtpfote über den Kopf und lächelte, Tiere hatten ihm nie Schlechtes getan und dieses eine Exemplar zu seinen Füßen wusste die freundliche Geste offenkundig zu schätzen.

aulender Geruch nach schimmeligem Stroh und der Beigeschmack von Fackelfeuer erfüllten die Kerkerzelle.

Agnes hielt das kleine Stückchen Brot, das ihr zum Verzehr gereicht worden war und ihren Magen nicht füllen würde, in Händen und betrachtete es. An den Rändern zeigten sich erste verschimmelte Stellen und die Menge würde nicht reichen, um sie satt zu machen.

Sie wusste, sie sollte essen, um bei Kräften zu bleiben, und doch drehte sie den Brotkanten in ihrer Hand vor und zurück und wusste nicht recht, was sie damit anfangen sollte. Hustend spuckte sie einen dünnen Blutfaden aus, der das Brotstück traf und blickte erstaunt darauf.

„Hunger hatte jeder in diesen Tagen und einer Todgeweihten mehr als das Nötigste zu geben, verbietet alleine die Frage der gerechten Aufteilung. Warum sollten wir an jemanden wie dich kostbare Nahrung verschwenden?" Unverständnis hatte damals in den Augen der Wache gestanden und als sie sich dieser Worte erinnerte, lachte Agnes gequält auf, der Hohn in diesen Worten sollte sie offensichtlich treffen, als sie um vernünftige Speisen gebeten hatte.

Aufseufzend legte sie den Brotkanten beiseite, vermochte sich im Augenblick nicht überwinden, ihn zu verspeisen. Immer wieder rief sich Agnes die letzten Monate in Erinnerung. Hätte sie diesen Ort meiden sollen? Hätte sie es getan, wenn ihr die Konsequenzen bekannt gewesen wären? Oder wäre sie erst recht hergekommen, um zu helfen?

Es war ein langer Weg von Freyhausen bis nach Zwettl gewesen. Seit ihrer Kinderzeit war ihr Leben mitunter kompliziert und schwierig gewesen, wenngleich sie doch das Glück gehabt hatte, nur selten Hunger zu leiden. Aus den

Klostertagen waren ihr nur zwei Dinge verblieben, eine kleine Bibel, die sie sich erbeten hatte und das kleine Kreuz, das man ihr gelassen hatte und das sie auch in der Kerkerzelle tragen durfte.

Erinnerungen kehrten zurück, als sie die kleine Ratte beobachtete, die versuchte das Stückchen Brot zu stehlen und von Agnes nicht daran gehindert wurde. An die Wand gelehnt drehte sie den Kopf zur Seite, seufzte auf, fühlte Glück in sich, dass sie vor Heynrich beichten durfte und wusste, dass sie es weitaus schlechter hätte treffen können.

„Tochter! Sieh mich an!"

Agnes blickte zu den Gitterstäben und staunte.

„Habt Ihr etwas vergessen zu fragen, Vater?"

Auf der anderen Seite der Gitterstäbe stand Heynrich, schweigend, die Hände in den Ärmeln seines Habits verborgen und den Kopf leicht schief haltend. Sein Blick jagte ihr eine Gänsehaut über den Rücken, so ähnlich hatte er sie in Freyhausen angesehen.

Erst nach Momenten, in denen ihr Herz bis zum Hals schlug, trat er näher an die Gitterstäbe heran, kniete zu ihr nieder, reichte ihr die linke Hand und fasste nach ihrer rechten. Mit der anderen griff er nach ihrer linken Wange.

Schweigend ließ sie diese Geste zu und drückte sich aus eigenem Willen leicht gegen seine Berührung, die sie vor so langer Zeit herbeigesehnt hatte. Er griff nach einer Haarsträhne und strich sie ihr über das Haupt zurück, bevor er sie losließ und sie ansah.

„Mein Kind, liebe Agnes, was ist wirklich geschehen? Etwas gibt es, das Ihr mir nicht erzählt habt!"

„Vater, was meint Ihr?"
„Ihr erinnert Euch an das Kloster?"
„Ja. Wie könnte ich dies vergessen?"

Leichte Röte überzog ihr blasses Gesicht, dem seit langem Sonnenlicht und -wärme fehlte.

„Es ist mir nach wie vor in Erinnerung!"

Mehr zu sich selbst flüsternd, vernahm er ihre Worte und lächelte. Was er tat, blieb in Erinnerung, sofern er dies wünschte. Sie entzog sich seinem Griff und verbarg ihr Gesicht in den Händen, bevor sie diese sinken ließ und wie zum Gebet faltete.

„Komm an die Stäbe, Tochter!"

Gehorsam folgte sie dem bestimmenden Ton in seinen Worten, sein Blick machte sie sichtlich nervös.

„Tochter, Ihr seid älter geworden, weiser und klüger und doch ist da etwas, das Ihr mir verschweigt. Wieso?"
„Vater, wovon sprecht Ihr?"

Verwirrung trat in ihre Augen.

„Mein liebes Kind, schweigt Ihr aus Unverständnis heraus? Aus Böswilligkeit wohl kaum, immerhin habt Ihr nach mir verlangt. Also, erzählt, was ist geschehen, worüber Ihr bislang geschwiegen habt?"

Erneut griff er durch die Gitterstäbe hindurch, berührte ihre Stirn mit einer Sanftheit, die sie an ihm nicht vermutet hätte. Scheu schlug sie die Augen nieder, wollte nicht, dass er ihre explodierenden Gefühle im Herzen wahrnahm, die sich überschlugen und verlor sich beinahe in der Berührung. Erinnerungen kehrten einer Flutwelle gleich zurück, brachten sie zum Erbeben und ihren Leib zum Zittern. Nach den

Gitterstäben greifend und darum bemüht sich zu beherrschen, versagte ihr die Stimme, bis Heynrich seine Hand zurückzog. Lächelnd blieb er vor ihr stehen und wartete.

„Woher wusstet Ihr? Ich hatte es vergessen."
„Und was war es?"
„Eine Erinnerung, eine Phantasie vielleicht. Im alten Pfarrhaus stand im Keller ein Spiegel, den ich nie zuvor gesehen hatte. Das Leinentuch war von ihm abgeglitten und ich sah mich selbst darin. Zuletzt war dies im Hause meiner Eltern der Fall."
„Was war es?"
„Ich weiß wahrlich nicht, ob dies nur Einbildung war, als ich davor stand und eine Woge der Wollust über mich schwappte. Es war nicht wie im Kloster, Vater, wahrlich nicht."
„Beruhigt Euch, Ihr habt Zeit!"
„Etwas zog mich zu Boden, ich fühlte Hände auf mir und doch war ich allein."
„Ähnelte es dem Besucher im Kloster?"

Erschrocken hob sie ihren Kopf.

„Nein. Das war anders. Es war nichts, worum ich bat!"
„Beschreibt den Unterschied!"
„Im Kloster erlaubte ich ihm, mich zu besitzen, doch das hier, vielleicht war es nur ein Traum, den Unterschied vermag ich nicht zu benennen."
„Nicht immer sind Träume nur Träume, sondern weit häufiger noch viel mehr als diese. Wo hat er Euch berührt?"

Wortlos deutete sie auf ihre Brüste und ihren Schoß, die passenden Worten brachte sie nicht über die Lippen. Schweigend sah sie ihn an.

„Vielfach, Tochter, verändern sich unsere Empfindungen im Lauf der Geschehnisse. Was war es Eurer Meinung nach?"

Ratlos hockte Agnes in ihrer Zelle, sah ihn nachdenklich an und dachte über das Geschehene nach, bis sie eingestand: „Ich weiß es nicht, Vater!"

Nicht wissend, was sie sagen sollte, Ratlosigkeit lag in ihrem Blick, als sie ihn ansah. Nach wie vor lächelte er, als wolle er ihr Zuversicht schenken und reichte ihr die Hand.

„Vater, was auch immer dies war das ich spürte, ich kann es nicht erklären, habe keine Worte dafür." „Tochter, es ist gut, dass Ihr dies berichtet. Es scheint, als hättet Ihr unbewusst gespürt, dass meine Hilfe hier vonnöten sei, nicht nur Eures Seelenheiles willen, sondern aus anderen Gründen heraus. Bedenket, nicht immer ist der erste Gedanke auch der wahre. Habt Ihr das Wesen nicht aus freien Stücken herbeigerufen, so seid Ihr nicht mehr denn ein Opfer der Umstände, oder habt Ihr es willkommen geheißen?"

Dabei deutete er auf ihren Schoß. Erschrocken wollte sie loslassen, packte er doch ihre Hand mit einer Kraft, die sie von einst noch gut in Erinnerung hatte und sah sie mit oinom Bliok an, der ihr durch Mark und Bein ging.

„Nein, Vater, so war es nicht! Ihr lehrtet es mich im Kloster wohl auf mein Seelenheil zu achten und danach richtetete ich mich all die Jahre."

Tränen traten in ihre Augen, als sie ihn ansah. Selbst die Spur einer Lüge fehlte darin.

„Nun denn, mein Kind, ich will Euch Glauben schenken!"

Bedächtig schlug er das Kreuzzeichen über sie und griff nach ihrem Kinn, zog ihr Haupt zu sich heran und blickte ihr in die Augen, als wollte er sie bis ins Innerste ergründen. Über Minuten hinweg betrachtete er sie auf diese Weise, bis er den Blickkontakt beendete, sie zu sich heranzog und ihr einen kaum wahrnehmbaren Kuss auf die Stirn hauchte. Schweigend schlug Agnes ihre Augen nieder, bevor er ihr Haupt erneut hob und sie einen Blick in seine grünen Augen werfen ließ. Erst im Anschluss daran ließ er sie los.

„Solltet Ihr erneut etwas verspüren, so lasst mich rufen!"

Verwirrt blickte sie ihn an, nickte gehorsam und verstand ihre eigenen Gefühle nicht mehr. In Freyhausen waren die Dinge einfacher und klarer gewesen, doch hier und heute? Mit den Gitterstäben zwischen sich und dem Mönch spürte Agnes eine Unsicherheit wie schon lange nicht mehr. All die Jahre hatte sie sich bemüht ein gottgefälliges Leben mit kleineren Ausrutschern zu führen und nun warfen ein einziger Blick und eine einfache Berührung alles über den Haufen, woran sie so hart gearbeitet hatte.

Ihr Herz schlug schneller, als sie ihn ansah. Zum einen erstarkte neu aufkommendes Verlangen, das sie längst abgelegt geglaubt hatte. Zum anderen fühlte sich ihr Magen flau an vor Respekt und Furcht vor der eigenen Begierde aber auch vor einer alten Sehnsucht, die sich zurückmeldete.

Schweigend blickte sie ihn an, wusste nicht, was sie sagen sollte. Schon wollte sie nach ihm greifen, ihn berühren und hielt sich doch zurück.

„Vater, ich bitte Euch um Verzeihung."
„Wofür, mein Kind? Die Beichte habt Ihr doch abgelegt."
„Es geht nicht um eine Beichte, Vater, noch um eine Tat, die ich beging oder die ich vielleicht nicht verhindert hätte."
„Worum geht es dann?"
„Ich bitte Euch um Verzeihung wegen der Gefühle, die ich damals für Euch hegte und die ich auch jetzt wieder zu fühlen vermeine."
„Erklärt Euch, Tochter!"
„Euer Anblick damals ... ich war zu jung, zu unerfahren, das

weiß ich inzwischen. Jetzt bin ich älter und verfüge über Erfahrungen in beiden Welten, der geistlichen wie der irdischen. Und dennoch, als Ihr mich zuvor berührt habt ... als Ihr ..."

„Gewiss, doch eine einfache Berührung am Kinn löst üblicherweise keine starken Emotionen aus."

„Das meinte ich auch nicht, Vater."

„Was dann? Wovon sprecht Ihr dann, Tochter?"

Agnes betrachtete ihn mit dem Blick eines Habichts, abschätzend und gewissenhaft, bevor sie erneut das Wort ergriff.

„Vater, Eure Augen ..."

„Was ist damit, mein Kind?"

„Sie waren zuvor grün und jetzt sind sie .... braun."

„Tochter ... was auch immer hier vor sich geht ... es gehört gelöst. Und doch, Ihr habt meine Neugier entfacht. Erzählt mir, was es war ..."

„Ihr habt meine Wange, meine Stirn berührt, mich am Kinn gehoben und mir ..."

Verlegen wie schon lange nicht mehr, wandte sie ihren Blick von ihm ab, wagte nicht ihn bei den folgenden Worten anzusehen.

„Ihr schenktet mir einen Kuss, Vater. Diese Sanftmut und Zartheit darin, ..."

„... und doch war dies nicht von mir, meine Tochter."

„Aber Ihr standet die ganze Zeit hier, direkt vor mir."

„Und doch war ich es nicht. Seht mich an – seht mich genau an!"

Strenge trat in seine Stimme, die sie in dieser Art zuletzt im Kloster vernommen hatte. Als sich ihre Blicke kreuzten und er in ihren Augen suchte, vermeinte sie in den seinen zu versinken. Wie schwer es ihr doch gefallen war, ihm von diesem Kuss zu berichten. Obwohl sie ihn liebend gern berührt hätte, unterließ sie es, nach seiner Hand zu greifen.

„Agnes, mein Kind, Ihr tatet gut daran mich zu rufen. Betet, bis ich zurückkehre."
„Vater, was habt Ihr gesehen?"
„Ihr werdet es zeitgerecht erfahren – doch bis dahin – betet! Auf dass Eure Seele keinen weiteren Schaden davonträgt."

Vollends verwirrt blickte Agnes ihm nach, als er sich umdrehte und ging. Was hatte er in ihren Augen bloß gesehen? Etwas in ihr wollte ihm nachrufen, ihn zurückholen, sein Gesicht noch einmal sehen und doch unterließ sie es und schwieg. In Gedanken betend, kehrte ihr Herz an den rechten Flecken zurück und sie unterzog sich jener Kontemplation, die sie in den letzten Jahren vor allzu großer Begierde bewahrte und sie ein keuscheres Leben führen ließ als zuvor.

Obwohl Heynrich ihre Verwirrung spürte und er ihr gern einiges erklärt hätte, galt es vorerst zu schweigen. Etwas in ihren Augen alarmierte ihn, zeigte ihm, dass Magda mit ihren Worten nicht unrecht zu haben schien.

Deutlich spürte er, wie sie mit sich um ihre Selbstbeherrschung kämpfte und ihren Wünschen nicht nachgeben wollte. Vor all den Jahren hatte sie seine strenge Hand an sich selbst kennengelernt und ob sie eine Wiederholung wünschte, erschien fraglich. Gedanken jedoch waren frei, solange sie nicht in die Tat umgesetzt wurden.

Manchmal fragte sich Heynrich, ob Frauen wie Agnes tatsächlich bewusst war, wie nahe sie daran waren, ihr Seelenheil der Lust willen zu opfern, und wie stark sie sein mussten, um genau diesem Verlangen zu widerstehen. Amüsiert stellte er dann fest, wie unterschiedlich die Geschlechter waren und dass jedes seine eigene Last zu tragen hatte. Auch, wenn sie es nicht zugaben, so hatte

Heynrich ausreichend Erfahrung mit dem weiblichen Geschlecht um sagen zu können, dass die Lust für sie Gewinn und gleichermaßen Fluch sein mochten.

Agnes schien willens ihr Bestes zu geben, wie schwer es ihr auch fallen mochte. Willentlich verbarg sie nichts vor ihm, doch das Unterbewusstsein mochte Streiche zu spielen und Dinge verbergen, die es nicht verstecken sollte. Ob unschuldig oder nicht, besessen oder nicht, die Wahrheit würde ans Licht kommen.

Noch einmal drehte er sich um, kehrte zurück und sah sie an: „Tochter, betet! Es gibt keine Rätsel, die nicht zu lösen sind. Achtet auf Eure Seele und reicht mir die Hand!"

Gehorsam streckte sie diese aus und staunte nicht schlecht, als er ihr ein kleines Kreuz gab. Verwirrt warf sie ihm einen fragenden Blick zu. Anstatt zu antworten, lächelte Heynrich nur und nickte ihr zu, bevor er das Gefängnis verließ. Wie erwartet, drückte sie das Geschenk an ihr Herz und lächelte mit einer Träne im Auge hinauf zu ihm, wo seine Schritte langsam verklangen.

„Ja, Vater, ich vertraue Euch! Was auch immer diesmal meine Seele quält ... Ihr werdet mich nicht im Stich lassen."

In der rechten Hand das Kreuz haltend, die linke auf ihr Gesicht drückend, sank Agnes auf das muffige Stroh. Tränen flossen über ihre Wangen. Körperliche Schmerzen vermochte sie zu erklären, doch woher die Pein in ihrem Herzen kam, das konnte sie nur vermuten.

Leise weinend blieb sie hocken, verbarg ihr Antlitz zwischen den Händen und fragte sich, ob sie mit der Bitte, ihn wiederzusehen und ihm beichten zu dürfen nicht etwas heraufbeschworen hatte, das besser begraben geblieben wäre.

ieses Mal würde er sich ausreichend Zeit nehmen für jene, die in dieser Stadt lebten. Was er bislang erfahren hatte, gab ihm zu denken und benötigte einen Blick über das größere Ganze hinweg, wollte er verstehen, was hier vor sich ging und wie er helfen könnte.

Wie viele andere Orte auch, beherbergte Zwettl nicht nur arbeitsame Bürger und Gäste, sondern einquartierte Soldaten und die üblichen Bettler, Huren, Tagelöhner, und die allgegenwärtigen Zwielichtigen. An vielen Stellen der Stadt fanden sich armselige, zerlumpte und häufig kränklich wirkende Menschen, denen die Scharmützel und die hier untergebrachten Soldaten und Söldner mitunter übel mitspielten. Doch wie immer erstand auch hier aus Altem und Zerstörtem neues Leben.

Auf vielen Gesichtern entdeckte er pure Lebensfreude und das Glück, mehr zu haben, als man selber zum reinen Überleben brauchte.

Seine linke Hand ergriff den Rosenkranz, lautlos flossen Worte über seine Lippen, wobei er stets die Menschen um sich herum im Auge behielt. Schmale Gassen führten ihn zu breiteren Straßenzügen, in denen sich mehr Menschen aufhielten. Permanenter Geruch nach Rauch und Schmutz, der Lärm von Schreienden und das Gehämmer von Handwerkern erfüllten die Luft mit Leben, abstoßend und lebendig zugleich. Lärm war Leben und alles andere als still.

Dem folgend, stand er binnen kürzester Zeit auf dem Marktplatz. Einsam und allein lag vor ihm, auf staubigem Untergrund, ein einzelner Apfel mit rötlichen Backen.

„Seltsam ...", dachte er bei sich, sonst blieb verloren gegangenes Essen nicht liegen. Sich bückend griff er nach dem Obst, hob es auf, polierte es an seiner Kleidung und roch daran. Der Apfel machte einen guten Eindruck und so biss er mit Kraft in die Frucht, verzog leicht das Gesicht, so sauer wie er schmeckte. Ein Geschenk des Himmels, wohl mit einer Botschaft versehen, wie er dies befand und den Apfel, so sauer er auch sein mochte, bis zum Gehäuse verzehrte.

Während des Essens blieb er am Rande des Platzes an eine Mauer gelehnt stehen und beobachtete. Inmitten des Trubels entdeckte er eine Gestalt, gehüllt in zerlumpte Fetzen, wie er sie manchmal bei Wanderpredigern sah, die weniger Wert auf ihr Äußeres als vielmehr auf die Bekehrung von Menschen setzten. Die meisten von ihnen hielten es für unter ihrer Würde, auf ihren Körper zu achten und waren selbst auf Distanz deutlich zu riechen.

Schrill erklang ihre Stimme in den Ohren, unverständliche Wortfetzen mit einem Mischmasch aus Deutsch und Latein bei der selbst Heynrich genauer hinhören musste, um zu verstehen, was der Mann von sich gab. Er schüttelte den Kopf und sah zum Firmament hinauf, in Krisenzeiten spross derartiger Menschenschlag wie aus dem Nichts hervor.

Bevor er die Gestalt genauer in Augenschein nehmen konnte, lief sie vor ihm davon und tauchte in der Masse der Menschen unter. Sie zu verfolgen, erschien Heynrich unpassend, solche Wanderprediger waren nicht zu überhören, wenn sie sich im Umfeld aufhielten.

So ließ er seinen Blick streifen, vorbei an einer kleinen Stelle, an der zwei Mönche des nahe gelegenen Klosters Essen an die Ärmsten austeilten. Es roch nach einfachem Eintopf, der mehr Suppe als Beilage beinhaltete, aber denen, die anstanden, einen weiteren Tag überleben half. Auch mit ihnen würde er sich unterhalten, wenn es an der Zeit war.

Eine andere Gestalt interessierte ihn weitaus mehr. Gehüllt in alte Lumpen, ein Tuch über das Haupt gezogen, lugten einige schmutzig-graue Strähnen darunter hervor. Scheu blickte sich die Gestalt nach allen Seiten um und hielt sich dabei im Abseits im Schatten der Gebäude, bevor sie zwischen zwei Häusern verschwand.

Zumeist waren derart herumhuschende Gestalten ein Garant für Informationen aus den zwielichtigeren Kreisen der Gesellschaft. Es wäre verwunderlich, wenn es hier anders wäre. Er warf das Kerngehäuse den Schweinen, die auf dem Rande des Marktes auf den Verkauf warteten, zum Fraß vor, wischte sich die Hände an seinem Habit ab und folgte der Gestalt.

Zwischen zwei Häusermauern, einem schmalen Gang folgend, stand er bald in einem schattigen Hof. Eine kleinere Gruppe von Menschen unterhielt sich in verhältnismäßig ruhiger Tonlage. Weitgehend in schmutzige Fetzen gehüllt schienen sie nicht sonderlich erpicht darauf zu sein anderen zu nahe zu kommen.

Wie viele andere, hatte auch Heynrich von den Pestfällen gehört, die in der Nähe von Zwettl aufgegriffen worden waren. Skeptisch blickte er die Menschen vor sich an und begriff.

„Bruder? Dürft Ihr das Sakrament spenden?"

Vor ihm stand ein Kind, an der Grenze zum Erwachsensein. Auf leisen Sohlen hatte es sich an ihn angeschlichen und war nahe dran ihn am Habit zu zupfen, unterließ es dann doch.

„Ja, dies Recht habe ich, mein Sohn."
„Bitte, kommt mit, mein Vater liegt im Sterben."
„Bring mich zu ihm!"

Einem Sterbenden das letzte Sakrament verwehren wäre grundverkehrt. Vorsichtshalber zog er ein Tuch vor den Mund und folgte dem Jungen in die Kammer der Kranken, die unter erbarmungswürdigen Umständen gepflegt wurden. Tücher hingen von Balken und flatterten leicht, als er an ihnen vorbei ging. Vereinzelt erklangen Huster und leises Wehklagen unter Tüchern hervor, aus einer Ecke hörte er das Weinen einer jungen Stimme, ansonsten war es still. Die Menschen sprachen, wenn überhaupt, nur flüsternd.

Am Ende dieses Raumes lag unter einer zerlumpten Decke eine kaum wahrnehmbare Gestalt. Gekrümmt und immer wieder hustend, vermittelte sie ein trauriges Bild. Der Junge, der Heynrich zu diesem Platz geführt hatte, kniete zur Seite des Kranken nieder, legte seine Hand auf dessen Brustkorb und blickte den Mönch bittend an.

„Bruder ... ich bitte Euch!"

Unter der Decke lugte ein hageres, narbenzerfressenes Gesicht hervor als hätte der Mensch darunter unter den Pocken gelitten. So beließ es Heynrich dabei, das Tuch über seinem Mund zu lassen, betrachtete den Mann genauer und sah den Jungen an.

„Wart ihr im Kloster vorstellig?"
„Weshalb? Die da oben helfen ja doch nicht!"
„Warum glaubst du dann, dass ich dies tue?"
„Ihr tragt andere Kluft, ein anderer Orden vielleicht. Die da oben ..."
„Sie sind verpflichtet zu helfen."
„Bruder ... bitte! Dafür fehlt jetzt die Zeit, aber Ihr ... seid hier!"

Gemahnte ihn der Junge und deutete auf den Mann unter der Decke. Heynrich trat näher und sah dem Alten in die Augen, aus denen längst das Licht entschwunden war, das ihn in dessen Jugend zu einem wahren Heißsporn und

Frauenhelden gemacht hatte. Längst wirkte der Alte entrückt, als zöge es ihn bereits in andere Sphären.

„Mein Sohn, du wünschst die letzte Ölung?"

Kaum wahrnehmbar nickte der Kranke.

„Für die Ölung, hast du etwas zu beichten?"

Leise drangen Worte von den Lippen des Kranken, von denen Heynrich zuerst nichts verstand, obwohl er sonst über ein ausnehmend gutes Gehör verfügte. Mehrmals setzte der Erkrankte an, bis seine Stimme immer leiser wurde und er offensichtlich nur noch mühsam zu sprechen vermochte.

„Verstehst du, was er sagt?"
„Ja, Vater!"
„Gut, dann wiederhole es! Ich muss wissen, was er getan hat, um ihm die Absolution erteilen zu können."

Eifrig nickte der Junge und wiederholte Wort für Wort was der Kranke sprach.

„Lüge und Ehebruch, Vater ... Diebstahl ... kleinere Dinge, nichts Großes ... zum Überleben ... bitte!"

Hustend krümmte sich der Mann zusammen und verfiel immer mehr. Der Moment, in dem er Heynrich mit brechenden Augen ansah, ließen den Mönch erkennen, wie nahe er dem Tode war und wie sehr er seine Fehler bereute. Eine einzelne Träne trat hervor und rollte die Wange des Jungen hinab.

„Bruder, er stirbt ... bitte!"

Flehentlich kniete sich der Knabe vor ihn, packte ihn am Habit in Höhe der Knie und brach in Tränen aus. Schluchzend hielt er sich am Mönch fest.

„Bitte!"

Entkräftet zog der Kranke seine linke Hand unter der Decke hervor und hob sie wenige Handbreit hoch, hustete, erbrach Blut und griff zitternd nach der Hand des Mönches. Sonst versuchte er, dies zu vermeiden, doch etwas in ihm bewegte Heynrich, die Hand des Sterbenden zu halten, bis dieser immer schwächer wurde.

„Bereust du deine Sünden?"

Kaum wahrnehmbar nickte der Kranke und hustete erneut.

„Ich spreche dich von deinen Sünden frei. Möge der Herr deine Seele zu sich ins Paradies holen!"

Mit dem letzten Wort erschien ein seliges Lächeln auf den Lippen des Sterbenden und die Kraft in seiner Hand erlosch. Schluchzend warf sich der Junge auf den toten Körper und ließ seinen Tränen freien Lauf. Zumindest hatte er den letzten Wunsch erfüllt bekommen und sich im Anschluss ins Paradies begeben können.

Heynrich zog es vor, die kleine Familie in ihrem Schmerz alleine zurückzulassen, er hatte getan, was er konnte, alles andere lag nicht mehr in seiner Hand. So trat er den Rückzug an und entschwand im Getümmel des Marktes, ohne zurückzusehen.

ummer zeigte sich im Antlitz der Witwe, stärker, als sie sich dies eingestand. Seit dem Verscheiden ihres Gatten war sie einsam geworden, es gab keine Familie, die für sie da wäre, und die Nachbarn hielten sich von ihr fern, zu sehr waren diese mit ihren eigenen Problemen beschäftigt.

So quälte sie weniger der Hunger ihres Magens, als vielmehr jener des Herzens. Seit Tagen fastend hatte sie kaum etwas zu sich genommen und dadurch ihren Körper geschwächt, viel gebetet und ihrem Geist Nahrung gegeben.

In den letzten Tagen flickte sie die Hütte, so gut sie dies alleine vermochte. Einst, in eine wohlbetuchte Familie eingeheiratet, schien ihr anfangs eine gute Zukunft sicher. Wie Hiob traf sie dann ein Schlag nach dem anderen. Erst verstarb der Gatte im Krieg, sie selbst wurde mehrfach von Schergen geschändet, die Familie starb an Krankheiten, einige davon holte die Pestilenz, andere erlagen Lungenentzündungen und Blutvergiftungen. Die eigene Schwester verschied, samt dem Säugling, im Kindbett und sie selber wurde vom eigenen Haus und Grund vertrieben, bis sie bei einem befreundeten Paar Unterschlupf fand, das erst kürzlich dem Alter erlag. Nichts, bis auf Hunger und Kummer, waren ihr verblieben. Mit Tränen in den Augen hielt sie Lumpen in der Hand, um diese in ein Loch in der Wand zu stopfen. Der kommende Winter streckte Nächtens bereits seine kalten Eisfinger nach ihnen allen aus.

Ein Geräusch schreckte sie aus ihren Gedanken, eine Stimme, die sie lange Zeit nicht mehr vernommen hatte. Lächeln trat auf ihre Lippen, vertraut erklang ihr die Stimme. Selbst den Hunger vergaß sie darüber, etwas anderes begehrte in ihrem Leib auf.

Langsam, nahezu bedächtig erhob sie sich vom Lager, auf dem sie geruht hatte. Leicht hustend und schwach an Kräften, zog sie sich hoch.

„Liebste ...“
„Wo bist du gewesen?“

Eine sanfte Berührung an der Schulter ließ sie die Augen schließen und dem alten Haudegen, der längst einen Teil seiner Kraft eingebüßt hatte, in die Arme fallen.

„Wo warst du nur all die Zeit?“
„Ich war am anderen Ende der Welt, meine Liebe ... am anderen Ende der Zeit!“

Als er sie in die Arme schloss, brach sie zusammen und sackte zu Boden. Seine Hände ruhten auf ihrem Leib, strichen über die ausgemergelten Stellen, schoben ihr den Rock nach oben und zogen ihren Kopf zu sich.

„Bald hast du Ruhe, Liebes! Ruhe auf immer!“

Seine Lippen auf die ihren drückend, nach ihrer Zunge suchend, erbebte sie unter den warmen Händen, bis der letzte Hauch ihren Körper verließ und er sich erhob. Klobige Finger drückten ihr die Augen zu und betteten sie zur letzten Ruhe. In einer Karaffe spiegelte sich nicht mehr jener alte Grauhaarige mit dem vollen Bart und den Narben im Gesicht, sondern ein verwegen aussehender Bursche, dem es leicht fiel, Frauen den Kopf zu verdrehen.

„Ich habe es dir versprochen. Keine Schmerzen mehr! Ein letztes Vergnügen, damit du in Frieden gehen kannst!“

Kniete sich zum Körper der Frau nieder, zog ihr den Rock zurecht, bettete sie auf die Liegestatt und schloss ihre Augen für immer, bevor er den Raum und den toten Leib zurückließ.

m Moment ihres Sterbens spürte Heynrich eine Welle, die ihn ergriff und an ihm zerrte. Er blickte hoch, schickte ein kurzes Gebet los, für eine Seele, die den Weg gefunden hatte.

Ungezählte Tode hatte er in seiner Existenz wahrgenommen, vielen Seelen davon konnte er den Übergang erleichtern, anderen jedoch ...

Er zog es vor, diesen Gedanken loszulassen und ihn wieder tief in seinem Inneren zu verbergen, es war nicht der richtige Moment dafür. Jetzt war es an der Zeit sich mit der Sachlage, um Agnes zu befassen.

Nach wie vor standen die für ihn bereitgestellten Speisen auf dem Tisch. Er sprach einen Segensspruch über die Nahrungsmittel und griff dann beherzt zu. Ein gefundener Apfel alleine reichte nicht als Stärkung für einen kräftig gebauten Mann wie ihn, um ihn bei Kräften zu halten. Selbst als Mann des Gebetes war er sich nicht zu fein, um zuzupacken, wenn dies notwendig war. Ora et labora – Bete und arbeite – war das Gebot der Stunde.

Selten war es ihm in den letzten Jahren vergönnt gewesen zu speisen wie hier. An vielen Orten herrschte Hunger, Nahrungsmittelknappheit und verödete, brachliegende Felder taten das ihrige dazu. Gleiches galt für Klöster, die meist ihre Pforten den Pilgernden und Hungernden gegenüber öffneten. Dafür sprachen seine Klosterbrüder und -schwestern gerne dem Bier zu, dessen Vielfalt er inzwischen kennenlernen durfte. Manchmal nahm er selbst gern einen Humpen, aber stets mit Maß und Ziel.

Ausreichend gesättigt, wischte sich Heynrich die Hände am Tuch ab, legte das Messer beiseite und studierte erneut die ihm überantworteten Papiere und Pergamente. Vereinzelt fanden sich vertrauliche Unterlagen privater Korrespondenz darin, die mit dem Fall Agnes auf den ersten Blick nichts zu tun hatten. Ebenso entdeckte er Abrechnungen, Auflistungen und vieles mehr, das vorrangig gegen die Angeklagte sprach.

Aus seinem Beutel zog er ein kleines Büchlein, das zu den wenigen Habseligkeiten gehörte, die er besaß. Ihm entnahm er ein einzelnes Blatt Papier, auf dem er Fakten notierte, die im Rahmen des Prozesses notwendig sein mochten.

Als die Sonne sich dem Horizont zuneigte und das Tageslicht zu schwinden begann, legte er die Papiere beiseite. Sein Rücken fühlte sich langsam aber sicher steifer an. Sich streckend, erhob er sich und trat zum Fenster, wo nach wie vor Anton seinem Tagewerk nachging und dabei war einen Handkarren mit Äpfeln in Richtung Pfarrhaus zu schieben. Ihm waren das Alter und seine Verletzungen anzumerken, nichtsdestotrotz war er ein fleißiger Mann, der seine Aufgaben getreulich wahrnahm.

Dürftig fielen die Informationen bezüglich Agnes aus, was ihn vermuten ließ, dass der Richter wohl die wichtigsten Unterlagen mit sich genommen hatte. Es war an der Zeit das Studium der Unterlagen zu unterbrechen und dem Körper die notwendige, wohlverdiente Ruhe zu gönnen.

Für einen Moment schien ihm, als würde ein Schatten im Fensterglas aufscheinen. Dumpf erinnerte er sich der Worte seines alten Lehrers vor langer Zeit:
„Sieh genau hin, aber achte auf das im Augenwinkel. Nicht immer ist das Offensichtliche auch das Wahre!"

So sehr er sich auch bemühte, es war nichts, das sich im Augenwinkel zeigte. Manchmal trügten Eindrücke, vor allem, wenn die Müdigkeit einen einholte.

Im dunklen Violett entschwand das Tageslicht und wich klarem Sternenhimmel. Morgen war auch noch ein Tag.

Nächtens ruhte Heynrich auf fremder Lagerstatt, nichts störte seinen Schlaf, bis er, wie jede Nacht zur gleichen Zeit erwachte, um sein Gebet vorzunehmen, wie er es aus dem klösterlichen Leben gewohnt war.

Frühmorgens als leichter Nebel über der noch schlafenden Stadt lag, erwachte er frisch ausgeruht und bei bester Laune und befand, es würde ein guter Tag werden, um Verborgenes ans Licht zu zerren.

Die strahlende Morgensonne unterstrich diesen Gedanken, als sie mit sanften Strahlen sein Gesicht streichelte.

achdem Heynrich von dannen gezogen war, blieb Agnes alleine mit ihren Gedanken zurück. Wie lange hockte sie bereits in diesem elenden Kerker? Die Tage flossen ineinander über und längst hatte sie den Überblick verloren.

Es ging ihr nicht darum, ihr Leben zu wahren, sondern um die Wahrheit. Nicht sie war es, die den Verstorbenen ins Jenseits verfrachtet hatte, doch das wirklich Geschehene ans Licht zu bringen lag nicht mehr in ihrer Macht. Dafür brauchte sie den göttlichen Schutz und einen Mann, der frei war.

Ihr Vertrauen in ihn war groß. Wenn jemand den wahren Schuldigen zu finden vermochte, dann er.

Für ihn göttlichen Beistand erbittend, kniete sie auf dem schimmeligen Stroh, blickte nach oben zu dem kleinen Kreuz und dachte immer wieder an den Mönch mit den wohlmarmorierten, haselnussbraunen Augen. Dann wieder erschienen sie ihr in einem anderen Farbton und warum sagte er, dass er sie nicht berührt hätte? Sollten sie ihre Sinne trügen? Es waren weit seltsamere Dinge passiert. Vielleicht, so ging ihr durch den Kopf, lag es daran, dass sie wochenlang in diesem Kerker einsaß und auf sich selbst und ihre Gedanken zurückgeworfen war.

Während sie saß und betete, kehrten ihre Gedanken häufiger zu Heynrich zurück, bis sich die Macht des Gebetes verlor und eine Erinnerung an Freyhausen erneut aufblitzte. Agnes erinnerte sich jenes Momentes, als er mit nacktem Oberkörper in der Kammer vor ihr stand, aus seinem Gebet hochgeschreckt, ein Bild, das ihr manchmal im Schlaf in den Träumen erschien.

Gedankenverloren gab sich Agnes dieser süßen Erinnerung hin, die für viele Jahre tief in ihrem Inneren verborgen gewesen war und streichelte sich selbst, während sie, von Heynrich träumend, sich ihrer Phantasie überließ. Wärme stieg in ihrem Schoß auf, ein Seufzen entglitt ihren Lippen, als sie sich treiben ließ. Begierde nach seinen Berührungen stieg in ihr auf, sanfter tauchte sie in die Wogen der Wollust ein, bis sie in ihnen verschwand.

Als sie eine Berührung an ihrer Schulter fühlte, riss sie erschrocken die Augen auf, erstarrte einen Sekundenbruchteil bis sie erkannte, wer sie berührt hatte. Neben ihr hockte Heynrich, strich ihr über das Haupt und hob ihren Kopf, sodass er gut in ihre Augen zu sehen vermochte. Fordernd berührten sie seine kräftige Hände und nur Atemzüge später lag er neben ihr auf dem Stroh. Obwohl sie sich gewiss irrte, erschien ihr die Kerkerzelle heller und freundlicher in Gegenwart des Mönches, der wie damals nur Unterhosen trug.

„Vater? Wie ...“

Schon verloren sich die Gedanken nach dem Wie, lieber schwieg und genoss sie seine Berührungen und seine Gegenwart. Sie schloss ihre Augen und griff ihrerseits nach ihm, was er mit einem Lächeln quittierte. Immer, wenn er seine Hand zurückzuziehen suchte, fasste sie nach dieser und drückte sie erneut zurück auf die Stelle, wo diese zuvor gelegen hatte.

Als sie ihre Augen erneut öffnete, blickte sie in seine tiefgrünen Augen und versank darin, versank in den Myriaden von Sternen, die sich in ihnen offenbarten und die sie zum Staunen brachten.

Völlig die Zeit vergessend und selbst die Schläge des Kirchenturms nicht mehr wahrnehmend, war sie längst im

Herzen weit weg von ihrer Kerkerzelle, während seine Berührungen sie vor Lust erbeben ließen. Im Moment ihres Höhepunktes schloss sie erneut die Augen und schrie ihre Lust laut hinaus, bevor sie ermattet auf das muffige Stroh sank, auf dem sie lag.

„Mönch, was seid Ihr nur? Was seid Ihr ... was tut Ihr nur mit mir ...“

Aufseufzend blickte sie hinaus in den leeren Nebenraum, auch der Platz an ihrer Seite war leer. Obschon sie dies glauben mochte, spürte sie den Hauch einer Präsenz, die sie nicht wahrzunehmen, geschweige denn erkennen sollte.

Obgleich die Wollust in ihr sie zum Schreien gebracht hatte, begann Agnes nachzudenken und zu überlegen. Auch, wenn es ihr wundervolle Träume schenken würde für den Rest ihres irdischen Daseins, wusste sie doch ganz genau, dass Heynrich seinem Gelübde in dieser Art nicht abschwören würde.

„Nur, was du brauchst ...“

Schwangen Worte in ihrem Kopf nach.

„Nur, was du brauchst ...“

achtvögel schrien und verliehen der dunklen Tageszeit etwas Schauriges. Weit in der Ferne heulten Wölfe und hießen den Menschen in der Stadt, sie mögen lieber in Sicherheit in ihren Häusern bleiben. Das sternenklare Firmament brachte eine selten klare Schönheit zu Tage.

Wenige Stunden Nachtruhe genügten dem Mönch, Gebete schmälerten die Notwendigkeit des Ruhens, dank der darin geborgenen Kontemplation und ihres meditativen Charakters.

Ausgeruht genehmigte er sich, nach dem Morgengebet die letzten Reste der Speisen vom Vortag, kaum mehr denn eine Stückchen Brot, etwas Käse und ausreichend Wasser. Wein war nichts für den frühen Morgen, umso mehr jedoch das kalte Wasser aus dem Brunnen. Es würde die Lebensgeister hervorrufen.

Erste Sonnenstrahlen durchdrangen die frühe Morgenstunde und zogen mit leichter Wärme ihre ersten Bahnen auf dem sich erhellenden Firmament.

Kühl zog es in den Raum, als Heynrich die Fensterläden öffnete und klare, frische Morgenluft einließ. Selbst die Hähne schliefen noch, während er aus Gewohnheit, bereits erwacht, sein Lager verließ und den wundervollen Sonnenaufgang betrachtete. Bewusst, dass dieser Tag in vielerlei Hinsicht einiges an Herausforderungen mit sich bringen würde, erlaubte er sich ein zufriedenes Lächeln, bevor er den Tag starten würde.

Die Papiere legte er auf einen fein, säuberlichen Stapel und verließ seinen Raum. Lediglich mit den Unterhosen bekleidet, trat er in den Innenhof und ging forschen Schrittes zum

Brunnen. Die frühe Morgensonne schien dezent herab, es war kühl, leichte Gänsehaut zog in seinem Nacken auf.

Aus dem Stall erklangen Arbeitsgeräusche, der Knecht war wohl auch bereits auf den Beinen oder hatte dort sein Nachtlager. Auf direktem Weg ging es für den Mönch zum Brunnen, wo er einen Eimer mit eiskaltem Wasser heraufzog und ihn sich über den Kopf goss. Die Frische erweckte seine Lebensgeister. Tagein, tagaus nutzte er dieses kleine Ritual seiner Gesundheit zuliebe und war bislang gut damit gefahren.

Binnen kurzer Zeit war er zurück in seinem Schlafraum, trocknete sich ab und kleidete sich an. Erfrischt trat Heynrich erneut in den Innenhof, wo der Knecht sich den Schlaf soeben aus den Augen rieb, herzhaft gähnte und einen Apfel in der Hand haltend den Mönch ansah.

„Haben Euer Hochwohlgeboren wohl geruht?"

Begleitet von einem süffisanten Grinsen wusste Heynrich erst nicht recht, ob Anton ihn aufzuziehen versuchte oder es tatsächlich ernst meinte. In seinen Apfel beißend, holte er einen weiteren aus seinen Taschen und warf ihn Heynrich zu.

„Esst ruhig! Wenn Ihr wollt, könnt Ihr später Ziegenmilch haben."

Erst dann löste er sich von der Wand und winkte ihm zu, bedeutete, dass er ihm folgen möge. Zügig eilte der Knecht voran, erstaunlich schnell für einen Mann in seinem Zustand, wie man es ihn auf den ersten Blick nicht zutrauen würde.

Schnurstracks ging es zur Kirche, vorbei an einigen schlaftrunkenen Menschen und einem Nachtwächter, der sich zur Ruhe begeben wollte.

Mehrfach wich der Knecht aus, schien erstaunlich gut zu spüren, wo sich ein Fenster über ihnen öffnen und ein Nachttopf über sie ergießen könnte.

Einige Spritzer aus besagten Nachttöpfen landeten knapp vor Heynrichs Füßen, der darob mitunter den Kopf schüttelte. In den Klöstern, in denen er bisweilen seine Zeit verbrachte, ging es doch ein klein wenig manierlicher zu.

Quer durch die Stadt führte ihn der Knecht, bis sie vor der Kirche standen. Wortlos öffnete Anton die schwere Pforte und ließ den Mönch ein, bevor er selber den Rückzug antrat.

Heynrich stand vor der offenen Kirchenpforte und trat ein. Es roch nach Weihrauch, morgendliches Sonnenlicht beschien den blumengeschmückten Altar und gab Einblick in die Sorgfalt und Liebe, mit der diese kleine Kirche offensichtlich gepflegt wurde.

Wie überall in der Stadt war jedoch auch dieser Ort nicht vor Plünderungen sicher gewesen. Noch immer fanden sich Spuren von Brandschatzungen und einem Feuer, das sich in den detailreichen Holzschnitzereien verewigt hatte.

Heynrich kniete vor dem Altar nieder, bekreuzigte sich und betrachtete das schön geschnitzte Holzkreuz mit der darauf hängenden Statue. Leise flossen die Worte eines Gebets von seinen Lippen, bevor er sich bekreuzigte und erhob.

Bevor er sich umdrehen konnte, hörte er die ersten Schritte von Bußwilligen, die die Kirche betraten. Einige schlurften, andere kamen auf Krücken. Alles in allem erschien es ihm, als wären dies genau jene Menschen, mit denen er sprechen wollte – der Bodensatz der Gesellschaft, aber auch die Ausgestoßenen und Kriegsversehrten, die keiner haben wollte.

Leiser Tumult brachte ihn dazu, sich umzudrehte. Erstaunt sah er eine Gruppe älterer Frauen, die einer Jüngeren den Zutritt verwehren wollte. Eine der Alten packte sie am Schultertuch und wollte sie bereits aus der Kirche schleifen, als Heynrich mit langen Schritten bei ihnen war.

„Was ist los? Jeder hier ist willkommen – ausnahmslos JEDER!"

Mit scharfer Stimme blickte er die Alte an, die sofort kniff und die Hand von der Jüngeren nahm. In sich murmelte sie einiges hinein, deren Bedeutung Heynrich anhand der Stimme erahnte.

„Das Gotteshaus steht jedem offen, egal welchen Status diese Person auch bekleiden mag. Wer beichten möchte, der solle beichten kommen!"
„Aber der Herr Pfarrer ..."

Zuckersüß lächelnd blickte Heynrich die Alte an und meinte mit ebensolcher Stimme:
„Gnädigste, ich bin nicht der Herr Pfarrer, sondern ein Diener Gottes mit dem Auftrag den Seelen der Menschen Beistand zu leisten um ins Himmelsreich zu gelangen!"

Mit diesen Worten drehte er sich um und schlenderte gemütlich zum Altar nach vor, betrachtete die sorgfältig arrangierten Blumengebinde und sprach vor der hängenden Jesus-Statue ein letztes, stummes Gebet.

Erst im Anschluss daran drehte er sich den Menschen zu. Die kleine Kirche hatte sich rasch gefüllt. Schweigsame Gestalten, viele von ihnen hustend oder anderweitig kränkelnd, hockten auf dem Boden und sahen ihn an. Die meisten trugen ärmliche Kleidung, nur wenigen war ein gewisser Wohlstand anzusehen. Ein Gutteil von ihnen gehörte dem Rande der Gesellschaft an und suchte nach Halt in schwierigen Zeiten.

Leere Blicke, kummervoller Ausdruck in den Augen, bleiche Gesichter und abgemagerte Körper, Schäfchen, die nichts außer sich und ihrer Hände Arbeit hatten. Doch gerade diese waren es, wie er immer wieder feststellte, die nach dem Seelenheil suchten und viel dafür taten, sofern sie die Möglichkeit dazu bekamen.

Als Heynrich für all die Gläubigen offenkundig bereit für die Beichte war, regte sich etwas in der Masse. Hoffnung schimmerte in glitzernden Augen.

„Nun, meine Kinder, seid mir willkommen. Jedem von euch will ich zuhören, sprecht frei und geht mit reinem Herzen wieder. Jeder von euch ist mir willkommen, so scheut euch nicht in eure Herzen zu sehen ...“

Laut und deutlich waren seine Worte zu vernehmen, hallten in der weihrauchgeschwängerten Kirche wieder und von einigen schien es, als würde eine Art Stoßseufzer nach oben zu ihm dringen. Es gab viel zu tun und er war hier um diese Arbeit zu erledigen.

ach vielen Stunden, in denen Heynrich sich der flehentlichen Bitten und meist ähnlich gearteter Verfehlungen widmete, zog die Abenddämmerung herauf. In all den Stunden hatte sich bei ihm weder Hunger noch Durst vermeldet, allmählich jedoch kehrten diese Grundbedürfnisse zurück.

Vielen gab er seinen Segen und erkannte in den meisten Gesichtern ehrliche Reue, selten vernahm er schwerwiegendere Sünden. Einige von ihnen schickte er zur Pilgerreise hinab in den Süden, um ihnen die Gelegenheit zu bieten, sich auf sinnvolle Weise einem möglicherweise neuen Leben in geistlicher Gemeinschaft anzuschließen.

Unausweichlich ruhten ebenfalls die Blicke einiger Frauen auf dem stattlichen Mönch, der sich davon nicht irritieren ließ. Viele der Frauen kamen weniger der Beichte, als vielmehr ihrer Neugierde wegen. Das Eintreffen eines jungen Mönches hatte schneller die Runde gemacht, als ihm lieb war. In den Augen mancher Frauen sah er ähnliches Begehren, wie bei Agnes, Erfüllung würde keine von ihnen bekommen, es sei denn in ihren Gedanken.

Wenn es ihn sonst auch amüsieren mochte, so waren derartige Regungen und Wünsche bei einer ernsthaften Beichte fehl am Platz, schließlich sollte sich der Beichtling mehr auf das eigene Seelenheil, denn auf den Schoß konzentrieren. So kam es mehr als einmal dazu, dass er besagte Frauenwelt rügte und darauf hinwies, dass er für lustvolles Empfinden nicht zur Verfügung stünde und sie mit hochrotem Kopf und gesenkten Häuptern nach Hause sandte.

Erst, als der letzte Beichtling die Kirche verließ, kniete Heynrich erneut vor dem Altar. Selbst ihn strengte es an, wenn er den ganzen Tag die Sünden anderer vernahm. Vielfach waren darunter die üblichen Laster, wenn sie gegen die Gebote verstießen, doch zumeist handelte es sich um Verstöße der Lust oder des Besitzes wegen. Häufig genug verleiteten und verlockten die niederen Triebe und schwache Geister ließen sich allzuleicht verleiten. Manche nutzten die Gelegenheit sich ihrer Verfehlungen als Soldaten oder Söldner reinzuwaschen, wenngleich in Kriegszeiten die Auslegungen der Sünden mitunter anders wahrgenommen wurden.

Während er auf den Knien vor dem Altar betete, setzten sich die einzelnen Puzzleteile langsam zusammen und ließen die Lösung erahnen. Eine Idee setzte sich fest. In Gedanken versunken, spürte der Mönche, wie an seinem Habit gezupft wurde. Er drehte den Kopf zur Seite, wo ein Kind vor ihm stand, dem er – nach wie vor kniend – direkt in dessen wasserblauen Augen sehen konnte. Mit einem Hauch von Sommersprossen wirkte es kindlich, aber mit einem Blick, der selbst einem erwachsenen Menschen Schauer über den Rücken jagte. Es sprach nicht, zupfte aber erneut an seinem Habit. Barfuß und in zerlumpte Kleider gehüllt gehörte der Junge mit dem Wuschelkopf nicht zu den Gutsituierten.

„Ja?"

Nach wie vor schweigend eilte es zur Pforte und winkte Heynrich. Neugierig geworden folgte ihm der Mönch. Der kleine Junge eilte voran, blickte sich immer wieder um, ob der Mönch ihm folgen würde. Bekam er den Eindruck, Heynrich wäre zu langsam, rannte er zurück, fasste nach dessen Hand und zerrte ihn vorwärts.

„Wohin bringst du mich?"

Antwort erhielt er darauf keine. Der Junge schwieg beharrlich, zerrte aber beständig an seiner Hand. Es wäre nicht das erste

Menschenkind, das stumm war, dem er in seinem Leben begegnete.

Kaum hatten sie die Stadtgrenze überquert und die ersten Felder hinter sich gelassen, tauchte der Junge in ein Dickicht aus Rosendornen ein, das sich wie ein Gürtel zwischen Nadelwald und Feld legte. Erst als er dort stehenblieb und nach einigen reifen Hagebutten griff, ließ er die Hand des Mönches los und sah ihn noch einmal eindringlich an, bevor er ins Dickicht schlüpfte und zwischen den Dornenbüschen verschwand.

Heynrich warf einen Blick zum strahlenden, wolkenlosen Firmament und seufzte leise auf, betrachtete das Gestrüpp näher und erkannte rasch, dass der Junge ihn zur schmalsten Stelle geführt hatte. Vorsichtig warf er einen Blick in Richtung Stadt, ob ihnen jemand gefolgt wäre, und sah dann zum Waldrand.

Wollte er wissen, wohin ihn der Junge zu bringen gedachte, gab es keine Alternative als ihm zu folgen. Sorgsam schob er die Dornenranken beiseite und löste vorsichtig jene Dornen, die sich in seiner Kleidung verhakten. Bis er den Dornengürtel durchquert hatte, dauerte es eine geraume Weile. Kaum hatte er die letzten Dornenhaken gelöst, stand er inmitten einer herrlich duftenden Waldlichtung, an deren Rändern sich Blüten fanden, die einen sanften Duft nach Früchten und Rosen verströmten. Unter seinen Füßen lag ein Meer aus weichem Moos, Efeuranken umhüllten die Bäume, aus einer Ecke summte es. Als er den Kopf hob, entdeckte er einen Bienenstock und lächelte. Es war ein schöner Flecken Waldes, an den ihn der Junge geführt hatte. Jetzt stellte sich nur noch die Frage nach dem Warum.

„Wo steckst du?"

Weit schneller als er, war der Junge davongeflitzt und Heynrich sah nur noch seinen hellen Wuschelkopf zwischen den Bäumen eintauchen und hinter einigen Büschen verschwinden. Mit langen Schritten folgte er ihm einen schmalen, dornenfreien Pfad entlang und fand sich in einem Meer aus großen Farnblättern wieder, wo es nach Erde, Pilzen und Rauch roch.

Wie ein Wiesel hatte sich der Junge zwischen den Farnblättern verkrümelt und so stand Heynrich völlig alleine auf einer mittelgroßen Lichtung, auf die das Sonnenlicht herab strahlte. Sachte wehte Wind über Farnblätter und rief auf seinen Lippen ein Lächeln hervor. Frieden strahlte dieser Ort aus, unendlichen Frieden, als gäbe es nirgendwo Streit und Kampf.

Er setzte sich auf eine kräftige Wurzel, die einladend am Rande der Lichtung aus dem Boden ragte, wartete, bis der Junge zurückkehren würde und genoss den Anblick, der sich ihm bot. Mit ihren warmen Strahlen schien die Sonne auf jene Spinnweben herab, die der laue Wind an ihm vorbei trug. Es duftete nach Herbst.

Als er den Blick hob, begann er zu lächeln. Auf der anderen Seite der Lichtung stand ein Reh und blickte zu ihm. Schweigend saß er einfach nur da und erfreute sich an diesem Anblick, bis es den Kopf zur Seite drehte und wieder in den Tiefen des Waldes entschwand.

Zu seiner linken Seite trat eine ältere Frau aus dem Dickicht, den Jungen an der Hand und auf einen Stock gestützt, schob sie die großen Efeublätter beiseite, warf dem Knaben einen Blick zu und musterte Heynrich.

„Kommt mit, Mönch. Ihr werdet erwartet, da ist jemand, der Euch sehen wollte!"

In ihren Worten tauchte ein eigenartiger Unterton auf, ein Akzent, der sich nur bei genauerem Hinhören offenbarte. Sie drehte um und entschwand wieder zwischen den Farnen, die ein ungewöhnlich hohes Ausmaß angenommen hatten.

Ihr folgend, stand er wenige Augenblicke später in einem kleinen Zeltlager, das von außen nicht zu sehen war. Verborgen im Wald und erbaut hinter dichten Büschen, war es auf den ersten Blick nicht zu erkennen.

„Kommt schon Mönch, worauf wartet Ihr?"

Leises Geschirrgeklapper und flüsternde Stimmen bezeugten, sie war nicht alleine in diesem Zeltlager. Schnurstracks führte sie ihn bis zu einer Zeltplane, über der einige Efeuranken hingen. Die Alte hob das Tuch und bedeutete Heynrich mit einer Geste einzutreten. Im Zelt selbst roch es nach verbrannten Kräutern, einige hingen von einer Stange, wo sie trocknen sollten, andere lagen auf einem Teller, bereit zur Weiterverarbeitung.

„Vater?"

Krächzend erklang eine vertraute, weibliche Stimme, unter einem Tuch schob sich eine Hand hervor und winkte ihn heran.

„Wenn Ihr dies seid, bitte ..."
„Mönch ..."

Die Alte ließ das Tuch los und ihn zurück.

„Bitte ..."

Heynrich hockte sich neben der Gestalt auf den Boden, und wartete, bis sie das Tuch vom Kopf streifte. Er musste genauer hinsehen, um die darunter Liegende als jene Dirne zu identifizieren, die ihn besucht hatte.

„Magda?"
„Ja, Vater."
„Was ist geschehen?"

Zitternd griff sie nach seiner Hand, zog sie nach oben zu ihren aufgeplatzten Lippen und küsste diese, bevor sie sie wieder losließ. Ihre wasserblauen Augen waren blutunterlaufen und fast gänzlich zugeschwollen und der linke Wangenknochen war dermaßen lädiert, dass sie aussah, als hätte sie ein Dreschflegel getroffen.

„Vater, ich weiß, dass ich sterben werde. Ich bin keine Christin, das war ich nie, aber ..."

Hustend spuckte sie Blut auf das Tuch.

„... ich bitte nicht um Gnade oder um Vergebung. Ich bitte nur darum, meiner Freundin zu helfen. Sie ist ein guter Mensch. Lasst sie nicht im Kerker verrotten."
„Tochter ... das habe ich nicht vor! Ich suche die Wahrheit!"
„Haltet die Augen offen. Es ist nicht das Offensichtliche ... nicht das Schmerzhafte, das den Verstand raubt. Es ist tiefer ..."
„Kind, was willst du mir sagen?"
„Vater, so wenig Christ ... was seid Ihr wirklich?"

Als sie nach seiner Wange griff und sich dabei vom Lager hob, so gut sie dies vermochte, sah sie ihn mit schmerzverzerrter Miene und einem schiefen Lächeln an, soweit es ihre zerschlagenen Wangen zuließen.

„Ihr seid ein guter Mann, alt im Herzen, das spüre ich. Ihr werdet noch vielen Seelen erretten. Ich wünschte, ich hätte Euch früher kennengelernt – viel früher. Findet die wahren Schuldigen!"

Als ihre Augen brachen, fiel ihre Hand kraftlos zu Boden. In ihrem letzten Blick ruhte etwas, das er nicht benennen konnte.

Langsam schloss er ihre Augen, legte ihre Hand auf ihren Körper zurück und zog auf der Stirn ein Kreuz, dabei ein Gebet murmelnd. Für einige Atemzüge blieb er an der Seite der Toten und betrachtete aufmerksam das nun entspannte Gesicht einer einstmals schönen Frau. Vielleicht mochte ihr Leben nicht leicht gewesen sein, doch soweit er dies beurteilen konnte, hatte sie ein gutes Herz besessen.

„Auch, wenn du dich selbst nicht als Christ gesehen hast, warst du es doch mehr als manch einer der sich selbst als Christ betrachtet!"

Erst dann erhob er sich und verließ das Zelt. Davor wartete die ältere Frau, nach wie vor auf den Stock und den Jungen gestützt. Hinter ihr trat ein alter Mann humpelnd hervor und legte tröstend seine rechte Hand auf die Schulter der Frau. In den Augen der beiden stand Schmerz geschrieben, als hätten sie etwas verloren, das ihnen unendlich kostbar war.

„Magda war ..."
„Unsere Tochter und seine Mutter ..."

Dabei drehte sie den Kopf und sah zum Jungen hin, in dessen Gesicht Heynrich die gleichen Augen wie bei Magda erkannte.

„Mama!", rief der Junge, riss sich von der Frau los und rannte hinein ins Zelt.

„Wir ..."

Beruhigend zog der Alte die Frau an sich und meinte mit ähnlichem Unterton zu Heynrich:
„Sie war unser letztes Kind, nun bleibt nur noch der Junge.

Schwere Zeiten ... ihr letzter Wunsch, den Mönch zu sehen! Geht jetzt bitte!"

Die Tränen in den Augen der Alten waren nicht zu übersehen, auch, wenn sie sich bemühte sie zu verbergen. Schweigend trat Heynrich den Rückzug an und verließ das Lager, es gab einiges, über das er nachdenken musste.

Gemächlich setzte er einen Fuß vor den anderen und griff dabei nach seinem Rosenkranz. Als er wieder auf der Lichtung stand, setzte er sich auf die gleiche Wurzel wie zuvor und hielt inne. Einem Feenzauber gleich, schien das Licht durch die Bäume hindurch, beleuchtete das Bett aus Moos, zwischen dem sich Grashalme der Sonne entgegen reckten.

Wieder stand ein Reh auf der anderen Seite der Lichtung und beobachtete den Mönch. Ohne Scheu stand es da und sah ihn wissend an.

Da spürte er eine Ahnung in ihm aufkeimen, erhob sich und verließ die Lichtung ohne, dass das Reh die Flucht ergriff. Es spürte, der Mönch war keine Gefahr.

rschöpft trabte der Schimmel in den Innenhof, bevor er lautstark wieherte. Sein vertrauter Stall rief nach ihm.

„Herr Pfarrer ..."

Anton hielt in seiner Arbeit inne, stellte die Mistgabel an die Wand und stopfte sich einen einzelnen Strohhalm in den Mund. Darauf herumkauend nickte er seinem Dienstherrn zu und griff nach den Zügeln des Rosses. Er reichte dem Pfarrer die Hand, die selbiger einfach ignorierte und an ihm vorbei vom Pferd glitt.

Schulterzuckend nahm der Knecht es zur Kenntnis und zog das Tier am Zaumzeug in den Stall. Ross wie Reiter wirkten müde und erschöpft, als wären sie tagelang unterwegs gewesen.

Hinter dem Knecht klopfte sich der Reiter den Staub von den dunklen Kleidern, seine Eingeweide knurrten vor Hunger und Durst.

„Kümmer dich um den Gaul!"

Er drehte sich um, verließ den Innenhof, spuckte auf den staubbedeckten Boden und schlug polternd die Tür zum Hauptgebäude hinter sich ins Schloss. Aus der Vorratskammer roch es verführerisch nach Speck und Käse. Daneben lag frisch gebackenes Brot, an dem er sich ausreichend bediente. Obschon die letzte Wegzehrung erst kürzlich aufgebraucht worden war, nutzte er seine sorgfältig gefüllte Speisekammer, in der sich mehr befand, als er und sein Knecht binnen Jahresfrist essen konnten.

Erst, als sein Magen gesättigt und sein Durst gestillt war, zog er sich mitsamt seiner wohlgefüllten Reisetasche in seinen Arbeitsraum zurück. Müde von der Reise zog er die Stiefel aus und wollte sich schon setzen, als er merkte, dass der Raum nicht so war, wie er ihn hinterlassen hatte. Das Tintenfass stand leicht verschoben, die Schreibfeder war anders platziert und auch der Weinkrug mit den beiden Zinnbechern, die er auf seinem Sekretär stehen hatte, waren verschoben.

Ohne sich die Stiefel anzuziehen, riss er die Tür auf und brüllte:
„Anton! Wo steckst du Sohn einer Made wieder? Komm herbei! Sofort!"

Wütend wippte er mit dem linken Fuß auf und ab, bis sein Knecht mit hochgezogenen Schultern heranschlich. Schweigend trottete er vor seinen Dienstherrn und wartete, bis das Donnerwetter, das über ihn hereinbrach, endete.

„Na wenigstens bist du in der Nähe statt dich wie sonst in der Stadt bei den Huren herumzutreiben. Was hast du in meinem Zimmer zu suchen gehabt? Antworte! Also? Ich höre!"

Nach wie vor schwieg der Knecht beharrlich und wagte nicht den Hausherrn anzusehen, woraufhin er von seinem Dienstherrn eine Ohrfeige gescheuert bekam, die seinen Kopf nach rechts schleuderte.

Ob des Lärms in seiner Arbeit gestört, öffnete Heynrich die Tür seines Zimmers und betrat den Gang.

„Genug!"

Donnernd erklang seine Stimme und gebot Einhalt, weniger der Züchtigung, als vielmehr der Ruhestörung wegen. Verdattert stand der Pfarrer mit offenem Mund da und winkte den Knecht weg, woraufhin dieser umgehend Fersengeld gab.

„Wer seid Ihr denn?"

Ein kurzer Blick auf den Habit des Dominikaners reichte aus, dass der Pfarrer die Augen verdrehte und aufseufzte. Für einen Moment standen sie sich schweigend gegenüber, auf der einen Seite ein kräftiger Mönch in den besten Jahren und auf der anderen Seite ein verlebter Gemeindepfarrer, der das Leben offensichtlich gründlich ausgekostet hatte. Auf einen Disput mit dem Jüngeren wollte sich der Pfarrer nicht einlassen. Schweigend stand Heynrich da, die Hände in den Ärmeln verborgen und wartete, was den Hausherrn sichtlich nervös machte.

Hinter der nächsten Ecke hielt sich der Knecht verborgen, der es vorzog, vorerst Mäuschen zu spielen und zuzuhören. Hier war jemand, der seinem Dienstherrn Paroli bieten konnte und dies auch tat.

„Anton, verschwinde!"

Gänsehaut zog im Nacken des Knechtes auf, der schleunigst das Weite suchte. Grinsend trat er den Rückzug an.

„Schade!"

Gleichermaßen murrend wie amüsiert, verschwand der Knecht um seiner Arbeit nachzugehen und befand, das würde noch interessant werden.

Im eigenen Heim gestört, ließ der Pfarrer überdeutlich durchblicken, was er von seinem ungebetenen Gast hielt.

„Was wollt Ihr hier?"

Mit einem Lächeln auf den Lippen, das einem das Blut in den Adern gefrieren lassen mochte, trat Heynrich näher an den Hausherrn heran, bis er dessen weingetränkten Atem riechen konnte.

„Der Adjutant schickte mich Quartier zu nehmen!"

Erbleichend trat der Pfarrer einen Schritt zurück, als hätte er sich einen alten Mann erwartet und keinen Mönch in der Blüte seines Lebens.

„Dann müsst Ihr der Mönch sein, der auf Wunsch der Angeklagten eingeladen wurde."
„So ist es. Und Ihr werdet mit mir zusammenarbeiten! Doch bevor wir die Dinge näher erörtern, gestattet, daß ich mich vorstelle: Bruder Heynrich, Inquisitor, dem Heiligen Stuhl direkt unterstellt, und ihr seid?"
„Offensichtlich der Hausherr und Pfarrer dieser Gemeinde, wie Ihr Euch wohl denken könnt – Martin Karner mein Name! Mir wurde gesagt, ein Mönch käme um der Dirne im Kerker seine Aufwartung zu machen, aber es hieß auch, er würde im Kloster nächtigen!"

Auf den ersten Blick wirkte der Pfarrer arrogant, doch der zweite Blick auf seine bloßen Füße ließen Heynrich innerlich schmunzeln. Deutlich erkennbar leuchtete die Nervosität in den Augen auf, Schweiß stand auf der Stirn und ein offensichtliches Unwohlsein brachten den Hausherrn in eine delikate Situation.

„Nun, so bitte, seid mein Gast, so weit mir möglich, werde ich Euch natürlich unterstützen, aber mischt Euch nicht in meine Kirchengemeinde ein."
„Vielen Dank für Eure Gastfreundschaft. Was Eure Kirchengemeinde betrifft, so hielt ich es für meine Pflicht, ihnen in Eurer Abwesenheit eine Gelegenheit zur Beichte und zum Gottesdienst zu geben. Ist es nicht unsere Aufgabe, die Schäfchen des Herrn zu hüten?"
„Unsere Aufgabe ... und doch ist es meine Gemeinde, nicht die Eure!"

Darauf lächelte Heynrich nur, derartige Diskussionen um Zuständigkeiten gab es immer wieder.

„Es sind unser aller Schäfchen!"

„Natürlich ist diese Aufgabe eine wahrlich gewichtige. Dennoch unterlasst in Hinkunft eigenmächtiges Einmischen. Oder seid Ihr dafür gesandt worden und nicht, um Euch um die Dirne zu kümmern?"

„Nun denn, weil wir gerade von der Dirne sprechen ... Ihr seid Zeuge des Mordes gewesen? Seid doch so gut und erzählt mir davon, vielleicht bei einem Schlückchen Wein?"

Einladend deutete Heynrich in Richtung Speisebereich, in dem sich gewiss noch das ein oder andere Schlückchen finden ließe.

„Warum eigentlich nicht?"

Sich umdrehend, ging er in Richtung Speisekammer voran. Wein war er beileibe nicht abgeneigt. Als er den Raum betrat und den Krug hob, rümpfte der Pfaffe die Nase und seufzte.

„Ich hätte ins Kloster gehen sollen, da ist der Wein besser! Oder das Bier ... nun gut! Nehmt Platz!"

Dabei deutete er auf die Sitzbank und griff in den Vorratsschrank, holte zwei Zinnbecher vom Regalbrett und stellte diese vor den Mönch, bevor er mit einem gefüllten Krug zu ihm trat. Obwohl Heynrich keinen Hunger litt, rochen Speck, Kräuter und das frische Brot verlockend.

„Ihr habt schon gespeist?"

„Ja. Euer Knecht versorgte mich nach durchaus großzügigem Maßstab! Sind all die Speisen nur für Euch oder gebt Ihr auch Euren Schäfchen etwas ab?"

Leichter Sarkasmus fand sich in diesen Worten.

„Ihr wißt, dass all dies Kircheneigentum ist!"
„Oh, gewiss doch, als Herr dieser Pfarrei steht es Euch jedoch frei, darüber nach bestem Vermögen zu verfügen!"

Schweigend schenkte der Pfarrer in die Zinnbecher ein und zog es vor, nicht darauf zu antworten.

„Schön. Ihr seid also hier um die Sache mit dem Mord zu klären. Pah – Hexenwerk war es, sag ich Euch. Entweder das oder schnöder Giftmord. Nichts, mit dem man sich allzu lange befassen sollte um des eigenen Seelenheils zuliebe."

Hob den Becher an die Lippen, leerte ihn in einem Zug und schenkte sich augenblicklich wieder nach.

„Es ist klüger, diese Dinge abzulegen und zu vergessen."

Erneut nahm er einen kräftigen Schluck und wurde dann ruhiger, während er sich an den Becher klammerte.

„Morde geschahen in den Kriegsjahren häufig, das ist doch wirklich nichts Außergewöhnliches. Bevor ich Euch antworte, sagt mir doch, warum gerade Ihr damit beauftragt wurdet etwas zu klären, das doch längst in einem Prozess steckt."
„Ich bin von meinem Vorgesetzten zum Stillschweigen verpflichtet. Jedoch so viel sei gesagt, dieser Fall könnte ein Teil einer größeren Sache sein und meine Spezialität liegt im diskreten Lösen spezieller Fälle."

Mit diesen Worten stand Heynrich auf, holte einen Speckkanten, zog ein Messer aus seinem Ärmel, schnitt ein paar Scheiben davon ab, deutete einladend darauf und nahm selbst einen kleinen Schluck Wein.

„Das können die oben ganz gut ... Schweigen aufbrummen ..."

Aufseufzend goss sich der Pfarrer einen weiteren Becher Wein in den Rachen und griff beherzt zu, obwohl er erst vor Kurzem gespeist hatte.

„Wisst Ihr eigentlich wie schwer es ist, heutzutage gutes Essen zu bekommen?"
„Ich bin mir sicher, dass Ihr ausreichend Mittel und Wege dazu findet!"

Während Heynrich mit einem einzigen Becher auskam, schien sich der Pfarrer eher betrinken zu wollen. Als seine Augen glasig wurden und er leicht zu lallen begann, blickte er Heynrich verschwörerisch an.

„Nun, die Dirne war für eine gewisse Zeit zu Gast in meinem Hause. Inzwischen erscheint es mir als Fehler, ich hätte sie gleich wieder rauswerfen müssen. Doch wie hätte das ausgesehen, wenn ich als Pfarrer eine Nonne aus dem Hause werfe?"

Missbilligend sah er Heynrich an und fuhr fort:
„Ich war sogar so spendabel und erwarb Ersatzkleidung für sie, die sie für ihre alltäglichen Pflichten tragen konnte. Das alte Kleid war längst so zerschlissen und oftmals geflickt, an manchen Stellen dermaßen dünn, dass darunter ihre bloße Haut durchschimmerte ... das eine hübsche rote Kleid ... es war teuer ... aber wie sie mir meine Großzügigkeit vergolten hat ..."

Begierde trat in seine Augen, eine Funke Lust, der sofort wieder entschwand.

„... so konnte sie doch nicht vor die Gemeinde treten. Also bekam sie von mir Nahrung, Unterkunft und Kleidung. Im Gegenzug dazu führte sie mir den Haushalt und kümmerte sich um all die anderen Belange, für die ich keine Zeit hatte, schrieb Briefe für mich, die ich ihr diktierte, wenn die Gicht meine armen Knochen wieder plagte. Ich gewährte ihr deshalb auch Zugang zu meinen Räumen."

Er holte Brot und reichte es Heynrich, auf dass dieser es schneiden möge.

„Nun, wir waren nicht immer einer Meinung, die Gründe dazu waren zu vielfältig und wie oft sie mir Vorhaltungen machte ... so suchte ich dann eine Möglichkeit, sie wieder loszuwerden. Als die alte Hannah zur Beichte zu mir kam und über das schwere Los ihres Bruders klagte wußte ich, das war die Lösung. In diesem Moment erschien es mir eine gute Idee, sie bei ihm unterzubringen und somit zwei Fliegen mit einer Klappe zu schlagen. Er hätte Hilfe und Unterstützung und ich wäre sie endgültig los. Wer konnte denn ahnen, dass sie ihn, den ehrenwerten Dorfältesten, so einfach abmurksen würde?"

Als der Pfarrer den letzten Schluck trank und die letzte Scheibe Brot verspeiste, klammerte er sich an diesen einzelnen Becher wie ein Ertrinkender an einen Strohhalm.

Bei halboffener Tür huschte eine kleine, braungetigerte Katze vorbei, ein abgemagertes Tier, das einer Maus hinterherjagte und wieder entschwand.

„Schon mal Katze probiert? Die Dachhasen schmecken mitunter gar nicht schlecht, wenn die Kräuter passen. Aber um auf das Thema zurückzukommen ... was wollt Ihr eigentlich genau wissen?"
„Die Tat selbst, wurde sie dabei gesehen oder war sie nur mit dem Toten in einem Raum, welche Beweise gibt es für ihre Schuld, welche sprechen für ihre Unschuld. Im Vertrauen, ich gab ihr einen wichtigen Auftrag. Ihr habt gewiss den Umschlag mit dem päpstlichen Siegel gesehen, und dieses Verhalten passt nicht dazu."
„Lasst mich eine Gegenfrage stellen. Was ist daran misszuverstehen, wenn sich in ihren Habseligkeiten Güter des

Dorfältesten fanden und sie sich mit jenen verbündete, die außerhalb der Gemeinschaft stehend, nur zum Huren und zum Betteln kommen? Viele von denen stehlen. Doch das ist Euch gewiss bekannt."

Mit einer vielsagenden Geste bekreuzigte sich Pfarrer Karner und spuckte auf den Boden.

„Gewiss sah ich den Umschlag und gab ihn zurück. Bevor sie nicht rechtskräftig verurteilt und auf dem Richtblock hingerichtet wird, wäre es ein Sakrileg den Umschlag zu öffnen. Aber das wisst Ihr selbst. Wobei sich natürlich, wie Ihr Euch denken könnt, nun die Frage stellt, welchen Vergehens unser Ort beschuldigt wird, dass er derartige Aufmerksamkeit verdient hat und inwieweit Eure „Schwester" eine tatsächliche Nonne ist. Oder ist es seit Neuestem üblich, dass Klosterschwestern alleine auf Reisen gehen und, wenn sich der Unzucht hingeben?"
„Sie erhielt von allerhöchster Stelle einen Dispens. Manchmal muss man sich in den innersten Kreis des Bösen einschleichen, um die Anführer zu fassen. Dennoch, eine derartige Todsünde zu begehen erscheint mir unglaublich. Und wenn sie nur Habseligkeiten des Ältesten bei sich gehabt hat, nun das allein ist kein Beweis für einen Mord."
„... und doch ist es seltsam, einer Nonne eine Aufgabe zu geben, sich wie ein gewöhnliches Weib zu verhalten. Weiber sind weitaus anfälliger für Versuchungen der Weltlichkeit."

Geistig wirkte der Pfarrer, als tauchten Erinnerungen auf, die er am liebsten verwerfen würde und schien gedankenverloren abzuschweifen.

„Nun, ich sagte ja schon, dass unser Dorfältester nicht mehr alleine sein sollte. Er war ein guter Mann, aber außerstande den gesamten Haushalt alleine zu führen. Sie sollte ihn schlichtweg unterstützen, die Küche führen, die Wirtschaft – einfach all die Dinge, die eben so anfallen."

„Als sie bei mir war, nun, aus ihrer Kammer drangen in regelmäßigen Abständen die eigenartigsten Geräusche. Manchmal, wenn es mir zu seltsam wurde, sah ich nach und sah, wie sie Unzucht beging ... meist alleine – doch zuletzt im Stall ... es war jemand bei ihr, jemand aus dem Gesindel aus den Wäldern, mit dem sie sich eingelassen hatte. Wer dies war, ich weiß es nicht .... viel zu dunkel alles, nur Ihr glaubt doch nicht allen Ernstes, dass auf kirchlichem Gelände derartige Dinge geduldet werden?"

In seinen Augen blitzte es auf, Neid klang durch. Heynrich vermochte sich gut vorzustellen, wie dieses Geschehen abgelaufen war, wollte schon einwerfen, dass die Geistlichkeit keineswegs so keusch lebte, wie sie dies geschworen hatte, doch behielt er den Kommentar lieber für sich.

„Hätte sie sich wie ein normales Frauenzimmer gekleidet, hätte sie gewiss leicht einen Platz als Mätresse ergattern können. Viele Männer im Ort hätten sie gerne ..."

Der Pfarrer senkte die Stimme.

„... nun, ich spreche natürlich von der Beichte. Da bekommt man – wie Ihr gewiss wisst – so einiges zu hören. In den ersten Tagen nahm ich ihr die Beichte ab, danach nicht mehr. Nach einiger Zeit sandte ich sie zum Dorfältesten, eben als Unterstützung! Die ersten Tage verliefen auch ganz ruhig und wie gewohnt. Sie schien ihm gut zu tun, wie sie Kräuter wählte, um ihm seine Gesundheit zurück zu bringen. Vielen im Ort war sie lieb geworden, durch ihr Wissen im Umgang mit den Kräutern. Selbst den Apotheker unterstützte sie mitunter. Wohl Kenntnisse durch ihre Zeit im Kloster. Und sie kann von Glück sprechen ... nicht alle hier waren ihr deshalb wohl gesonnen ..."
„Aus welchem Grunde?"
„Wie gut ist es, wenn Frauen Kenntnisse um Kräuter haben? Wie leicht entstehen Gerüchte um Hexerei? Nun, dies war es

aber nicht, was ihr zur Last gelegt wurde. Aber sagt mir was geschieht, wenn sie bei mehreren Frauen vor dem Wochenbett war und ihnen Kräuter verabreichte zur Linderung der Beschwerden und diese schlussendlich ihre Kinder nur noch unter die Erde bringen konnten? Diese Vorwürfe ließen sich zwar nie bezeugen, aber stehen Gerüchte im Raum ..."

Kälte schoss in seine Augen.

„Ich sprach sie darauf an, aber sie leugnete diese Vorwürfe. Nun, im guten Glauben nahm ich eben ihre Worte für bare Münze und hielt nur die Augen offen. Jedoch gab es nichts, das diese Vorwürfe tatsächlich untermauerten. Einige, getrocknete Kräuter fand man natürlich auch bei der Untersuchung der Güter, die sie ihr Eigen nannte."

Er hob den Krug, drehte ihn um, sodass nur noch einzelne Tropfen herauskamen.

„Wollt Ihr noch Wein?"

Ohne abzuwarten fuhr er fort:

„Eines Nachts dann, als ich von einer letzten Ölung heimging, kam ich am Haus des Dorfältesten vorbei. Die Fenster waren offen, ich sah sie über sein Lager gebeugt und ihm mehrmals ins Gesicht schlagen, er jedoch bewegte sich nicht im Geringsten. Natürlich trat ich näher, doch mich im Schatten haltend. Er wirkte überaus bleich, und zwar in einer Weise, wie es nur die Toten an Farbe haben. Am nächsten Morgen, als meine Schwester, die gute Anna, den Dorfältesten besuchen wollte, fand sie ihn nur leblos in seinem Bette liegend. Sie eilte daraufhin zu mir und ich erzählte ihr, was ich am Abend zuvor sah. So war es doch nur logisch, was geschehen sein mochte."
„Meiner Erfahrung nach ist das Offensichtliche nicht immer das Geschehene. Stellt euch doch einmal vor, sie betrat seine

Kammer, fand ihn leblos daliegend vor. Würdet ihr nicht auch versuchen, ihn durch ein paar Ohrfeigen aufzuwecken? Und danach, ob des Wissens über eure Neider, die Flucht ergreifen,... Eine Möglichkeit von vielen."

Ein kühler Hauch strich über Heynrichs Nacken und ließ ihn hochsehen. Für einen Wimpernschlag vermeinte er, einen Schatten im Türrahmen wahrzunehmen. Wo er für klaren Verstand nur wenige Schlucke zu sich genommen hatte, schien sich der Pfarrer eher auf den beständig leerer werdenden Weinbecher zu konzentrieren und mehrmals zu Heynrichs Becher schielen.

„Nun, gewiss, Mönch, nicht immer ist alles, wie es auf den ersten Blick scheint. Genauso gut könnt Ihr aber auch sagen, dass der Teufel seine Klauen im Spiel hat. Vielleicht ist es eine gute Idee die Dirne daraufhin zu untersuchen. Ein Weib, auch wenn es von oberster Stelle eine Erlaubnis bekam um sich in den Kreisen der Hölle zu bewegen, bleibt doch nach wie vor ein Weib, das leicht zu verführen ist und ist es einmal aus den Klosterräumen draußen, gibt es so viele Möglichkeiten, mit denen der Gottseibeiuns sie verführen mag. Woher wollt Ihr wissen, dass sie nicht einer Versuchung erlag?"

Er stützte sein Kinn auf seine aufgestellten Hände, der Becher stand am Tisch, leergetrunken und betrachtete den Mönch, als würde er durch ihn hindurchsehen. Längst waren seine Augen glasig und er wirkte, als würde er jeden Moment einschlafen.

„Ich sagte Euch, was ich sah. Erzählte Euch, was ich auch dem Magistrat berichtete. Der Dorfälteste war ein gottesfürchtiger Mann. Noch ein paar Tage zuvor bat er um eine Beichte, die ich ihm abnahm, direkt am Bett, weil er zu schwach war zum Gehen. Eine Krankheit, die das Alter mitunter mit sich bringt. Nichts Außergewöhnliches. Die Kräuterbrühen, die Eure Nonne ihm dann verabreichte, brachte ihn dazu, dass er das Bett wieder zu verlassen in der Lage war. Mit Rückschlägen natürlich. Aber dennoch. Und doch war etwas seltsam an ihr. Meine Schwester besuchte ab und zu den Dorfältesten, ein alter Freund von ihr, lieb wie ein Onkel. Rührend, wie sie sich um ihn bemühte. Dann fand sie in den Kräutern der Dirne, in der Küche ein paar Dinge, die keiner zu sich nimmt, ohne Leib und Leben zu riskieren. Doch wartet. Ich hole sie Euch!"

„Weshalb sind diese Kräuter bei Euch und nicht beim Richter?"

Der Pfarrer erhob sich, zuckte ob dieser Frage mit den Schultern und verließ die Küche mit leicht schwankendem Gang, wie er sonst auf hoher See der Normalität entsprach. Kopfschüttelnd blickte Heynrich ihm nach, wie viele Geistliche sprachen doch dem Genuss von Alkohol überdeutlich zu und dachte sich seinen Teil.

ach wie vor in Erinnerungen verhaftet, ruhte Agnes auf ihrem Lager aus müffelndem Stroh, froh darüber, dass sie ihr zumindest die eigenen Kleider gelassen hatten. Andere, die manchmal in die Kerkerzellen verfrachtet wurden, trugen mitunter kaum mehr als dünne Leinenkleider, die kaum die Blößen zu bedecken vermochten.

Im Halbschlaf an die Begegnung von zuvor denkend, ruhte ein leichtes Lächeln auf ihren Lippen, sie hatte aufgegeben darüber nachzudenken, wie dies möglich war. Spielte es wirklich noch eine Rolle? Gewiss, beichten würde sie ihm das schon, es wäre eine Notwendigkeit alleine um ihres Seelenheiles willen, aber durfte sie das, was geschah im Augenblick nicht wenigstens genießen?

Ohne es bewusst zu registrieren, glitt ihre Hand erneut zwischen die Schenkel, bis sie vor Wonne aufseufzte. Doch noch bevor sie zum Höhepunkt kam, wurde die Tür aufgerissen, Licht fiel von oben herab, benetzte die Stufen, die zu den Kerkerkammern führte. Lärm schreckte Agnes aus ihren Gedanken, sodass sie sich aufraffte, den Rock nach unten zog und ihre eigenen Arme über die Beine legte, als könne sie sich auf diese Weise schützen und vielleicht gar verbergen.

Zwei kräftige Männer schleppten eine junge Frau herbei, die sie aus den Lagern vor der Stadt kannte. Starr vor Schrecken und Entsetzen hing sie in den Armen der kräftigen Burschen. Nur wenige Augenblicke später knarrte die Tür neben Agnes, die beiden Wachen zerrten die Gefangene heran und in die Gefängniszelle, lachten herzhaft auf, machten einige Scherze auf Kosten der Neuen und schlossen hinter ihr die Zellentür.

Einer der beiden klopfte dem anderen auf die Schultern, spuckte in die Zelle hinein und polternd zogen sie von dannen.

Von oben erklang Tumult, eine Diskussion, Streiterei und Gelächter, doch Worte konnte Agnes nicht verstehen. Sie kannte die beiden nicht, vielleicht waren es neue Wachen, die ihren Dienst für die Stadt versahen. Binnen kurzem polterte der Größere der beiden zurück, legte Waffe und Helm auf einen Schemel und schloss erneut die Pforte zur Nebenkammer auf.

Grinsend nestelte er an seiner Beinkleidung, bis er vor der Gefangenen stand, diese an den Haaren hochzog, ihren Kopf packte und sie an die Wand drückte. Aufjaulend schrie diese auf und wehrte sich, soweit ihr zarter Körperbau dies zuließ.

„Bitte nicht ...“

Das Grinsen im Gesicht der Wache verschwand und er schlug ihr kräftig ins Gesicht.

„Oh, glaub mir, ich weiß sehr gut was eine wie du brauchst!“

Entschlossen und mit grimmiger Miene griff er nach ihren Händen und drückte sie über ihrem Kopf an die Wand, während er ihr Kleid packte und es mit kräftigem Ruck aufriss und ihren jungen Körper bloßlegte.

„Bitte ... hört auf!“

Ohne weitere Worte strich der Wächter über ihren Leib, packte die linke Brust und drückte mit Kraft zu, was die Gefangene aufjaulen ließ. Weitaus zarter ließ er die Hand nach unten wandern und drückte sie zwischen ihre geschlossenen Beine. Als sie dagegen ankämpfte, schlug er ihr erneut ins Gesicht und befahl:
„Mach schon!“ Und quittierte ihre Weigerung damit, dass er ihr

die Beine mit seinem rechten Knie auseinander drückte. Durch den nun erleichterten Zugang verschwand seine Hand, wo sie nichts zu suchen hatte, bis er feist grinsend meinte: „Ach wie schön, du bist noch ..."
„Vergreifst du dich gern an Kindern?"

Agnes stand an den Gitterstäben und spuckte in seine Richtung, schüttelte den Kopf und blitzte ihn wütend an.

„Bist du nicht Manns genug, dass du es nötig hast, ein Kind zu schänden?"

Wut blitzte in den Augen des Mannes auf, als er zu Agnes sah, die Gefangene losließ und die Kerkerzelle wechselte. Bereits nach wenigen Schritten war er aus der Zelle draußen und schloss hinter sich ab, lachte, als er sah, wie die Gefangene beschämt jene Fetzen, die einst ihr Kleid gewesen waren, versuchte zusammenzuhalten und daran fast verzweifelte.

Er trat an Agnes heran, die nach wie vor auf dem Stroh hockte und meinte:
„Sieh mal einer an ... du bist noch gar nicht aufgeknüpft?"
„Was hat sie verbrochen, dass ihr sie so behandelt?"
„Geht dich nichts an, du Teufelshure!"
„Lüge!"
„Ach, du riskierst viel ... wer schützt dich denn, wenn ich das mit dir mache?"

Kraft lag in seinen Armen, als er blitzschnell Agnes am Hals packte, sie hochhob und an die Wand drückte. Bald schon bekam sie keine Luft mehr. Um Atem ringend schlug Agnes um sich, und doch war er kräftiger als sie. Erst, als ihr schwarz vor Augen wurde und sie zu Boden rutschte, lockerte er den Griff an ihrem Hals.

„Wenn ich will, kann ich dich umbringen und es auf den Teufel schieben."

„Das könntest du ..."

Agnes rieb sich die Stelle am Hals und atmete tief durch, soweit es ihre geschwächten Kräfte zuließen.

„Lass sie nicht so, gib ihr etwas, damit sie sich bedecken kann!"

„Was bekomm ich denn, wenn sie was bekommt?"

Schweigend ging Agnes in die Knie, zitternd aus Kraftmangel heraus, öffnete dabei die Beinkleider der Wachen und sah nach oben. Gierig packte dieser ihr Haar und harrte der Dinge, die da kommen mochten. Gleichsam schweigend nahm sie sein Gemächt in den Mund und schloss die Augen. Der Geruch war widerlich, als hätte er sich seit langem nicht gewaschen. Den Typus Mann, der nur mit seinem Schwanz dachte, kannte sie wahrlich zur Genüge, zumeist waren diese nach dem Erguss zufriedengestellt. Sie gab sich Mühe seinen Begierden Folge zu leisten, bis sie schmeckte, dass er gekommen war, und zog sich dann zurück.

„Nun, dafür bekommt sie etwas, braves Kindchen – und dich lass ich am Leben, vielleicht komme ich dich bald wieder besuchen!"

Schon dachte Agnes, es sei vorbei, doch wurde sie rasch eines Besseren belehrt. Mit schreckgeweiteten Augen starrte die Gefangene in der Nachbarzelle zu ihnen und zog sich an die entfernteste Ecke zurück.

Kräftig drückte er Agnes zu Boden, bis sie unter ihm lag, schob ihren Rock hoch, schlug ihr die Beine auseinander und ehe sie es sich versah, nahm er sie, bis er erneut kam. Wortlos zog er sich aus ihr zurück, verließ die Kammer, warf der anderen einen Sack zu, den er in der Ecke liegen sah und verschwand wieder.

Angewidert spuckte Agnes aus und wandte sich der Anderen zu.

„Miriam, komm her!"

Ihr tränenüberströmtes Gesicht hebend, den dünnen Blutfaden an ihrem Mundwinkel hinabrinnend schluchzte diese. Sie war noch so jung. Jünger als sie damals im Kloster, eine Ausgestoßene aus der Gesellschaft. Zitternd kroch sie zu Agnes und schnappte sich den Sack, ihre Blößen damit bedeckend.

„Was haben sie dir nur angetan."

Kopfschüttelnd griff Agnes durch die Gitterstäbe nach ihr und spürte das Zittern. Spuren von Schlägen am hellen Körper, das linke Auge begann anzuschwellen und an den Oberschenkeln sah sie Blutspuren.

„Haben sie ..."

Kopfschüttelnd, wie zuvor, drückte Agnes Miriam an sich, soweit die Kette und die Gitterstäbe dies zuließen.

„Lass zu, was ich mache ... lass es einfach geschehen!"

Sanfter wurde ihre Stimme, beruhigender, begann sie über Miriams Körper zu streichen. Erst über den Kopf und dann leicht über den ganzen Körper bis ihre Hand langsam zwischen den Schenkeln verschwand und sie sie dort zu streicheln begann. Zuerst wollte Miriam auch ihre Hand wegschieben, doch ein leises „Schhhh..." ließ sie innehalten. Bald schon schloss sie die Augen und gewährte Agnes Zugang, während sie ruhiger wurde und sich ihr Zittern legte.

Tränen versiegten und sie fühlte sich in den Armen der Älteren geborgen, die ihr Frieden schenkte.

Leise begann Agnes ein Lied zu summen, das ihr selber oft genug über traurige Zeiten hinweg geholfen hatte und lächelte. Es war gut, dass Miriam nicht geschändet worden war, wie so viele andere Frauen in diesen Tagen. Sie würde auf sie achtgeben, so gut sie dies aus der Gefängniszelle heraus vermochte.

ährend Heynrich auf den Pfarrer wartete, überdachte er die bislang vorhandenen Informationen. Noch hatte er keinen Funken eines tatsächlichen Beweises für Agnes Schuld gefunden, aber ihm war auch bewusst, dass Menschen mitunter irrational dachten, wenn sie jemanden für schuldig hielten. Umso wichtiger waren sachliche Punkte, die der Anklage aber auch der Unschuld Nahrung gaben.

Binnen kürzester Zeit kehrte der Hausherr zurück und legte ein verblichenes Leinentuch auf den Tisch.

„Hier, dies alles hat meine Schwester gefunden, und sagt mir nicht, dass diese Pflanzen Teil des üblichen Küchenbereiches darstellen!"

Ohne es noch einmal anzugreifen, schob er das Tuch zum Mönch, setzte sich ihm gegenüber und wartete. Heynrich schlug das Tuch auf und inspizierte die darin eingewickelten Kräuter.

„Fürwahr, diese Pflanzen sollte kein Unkundiger verwenden, jedoch in kleinsten Mengen angewendet können auch diese hier viel Gutes bewirken, hier zum Beispiel, die Tollkirsche. Richtig verwendet hilft sie gegen Koliken, ebenso der Stechapfel ... wie sagte schon Paracelsus – all Ding ist Gift - allein die Menge machts. Lasst mich raten, der Dorfälteste litt unter Gicht jund schweren Magenkrämpfen. In Kombination mit diesen Weidenröschenblättern, der Farnwurze hier und der Blutwurz ist dies eine sehr wirksame Medizin."

Misstrauen trat in die Augen des Pfarrers.

„Wieso kennt Ihr Euch mit so etwas aus? Ihr seid kein Apotheker. Aber ja. Mit der Gicht liegt Ihr nicht verkehrt. Er litt darunter, da habt Ihr schon Recht. Dennoch. Dieses Zeug ist gefährlich und sollte am besten gar keine Verwendung finden!"

Verstimmt packte er die Kräuter wieder in das Leinentuch und stand auf, gleichwohl schien er eine anders geartete Reaktion erwartet zu haben.

„In den nächsten Tagen sollte der Richter wieder eintreffen. Bis dahin dürftet Ihr Zeit haben, Euch mit den Dingen näher auseinanderzusetzen."
„Gut! Ach, wenn Ihr die Güte haben wollt", wieder setzte er ein vielsagendes Lächeln auf, „bringt doch die Unterlagen, die Ihr noch besitzt zu mir! Ich will mir ein ausreichendes Bild verschaffen, das versteht Ihr gewiss!"

In den Augen des Pfarrers stand zwar Unwillen, dennoch nickte er gehorsam und zog sich, nach wie vor ohne Stiefel, erneut in seinen Raum zurück. Der Alkohol sorgte bei ihm für einen gehörigen Brummschädel und ihm verlangte nach Schlaf.

Nachdenklich blieb Heynrich bei seinem Becher Wein sitzen. Eben erst von der Lichtung zurückgekommen, wollte er sich noch etwas sammeln und später ein Gebet sprechen. Als er dann aufstand und sich in sein Zimmer zurückziehen wollte, öffnete sich die Tür und der Knecht trat ein.

„Mönch. Es ist Besuch da!"

Hinter ihm stand ein Wachmann, der den Knecht rüpelhaft beiseiteschob.

„Nun, wo ist der Pfarrer?"

Er sah den Knecht an und wandte sich an Heynrich, der aber nur den Kopf schüttelte.

„Er wird in seinem Zimmer sein. Wartet einen Augenblick, ich suche nach ihm, suche ihn!"

Ohne genauer nachzufragen, verschwand der Knecht im Inneren des Gebäudes.

„Seid Ihr auf der Durchreise Mönch?"

Noch bevor er darauf Antwort bekommen könnte, griff er nach dem Becher des Pfarrers und leerte den letzten darin befindlichen Rest. Er rülpste und stellte den Becher zurück auf den Tisch, wofür er von Heynrich das Hochziehen einer Braue erntete.

„Spielt auch keine Rolle. Ihr Kirchenvolk seid schon seltsam. Predigt Wasser und sauft selber Wein so wie der Pfarrer hier. Aber da ist er ja nicht der Einzige. Woher kommt Ihr?"

Wieder kam Heynrich nicht zu Wort, als Gepolter erklang und der Pfarrer, mit dem Knecht im Schlepptau, zurückkehrte. Allzu glücklich wirkte Pfarrer Karner nicht, war dieser doch erneut um Schlaf und Ruhe gebracht worden.

„Ah, da seid Ihr ja. Gut! Ihr werdet vom Adjutanten erwartet."
„Gut, gut. Wofür braucht er mich?"
„Ihr sollt als Zeuge zur Befragung dabei sein und falls unser „Neuzugang" die letzte Ölung benötigt ... !"
„Wer ist es dieses Mal?"

Der Pfarrer wirkte genervt, wackelig auf den Beinen stehend schien ihm der Wein nicht sonderlich gutgetan zu haben. Warf dann einen Blick zu Heynrich und setzte ein Lächeln auf, das ihm die Lösung versprach.

„Verzeiht mir, doch ich bin von der Reise noch erschöpft. Wollt Ihr nicht für mich übernehmen, Mönch?"

Süffisant fügte er hinzu: „Ihr habt ganz sicher mehr Kraft in Euren jungen Knochen als ich alter Mann!"

Heynrich nickte, bot sich hier doch eine gute Chance, nicht nur, um vielleicht Informationen zu erhalten, sondern ebenso um ein besseres Bild der Geistlichkeit zu bieten, als es Pfarrer Karner im Augenblick tat.

„Natürlich, Herr Pfarrer, ruht Euch aus, ich will gerne diese Aufgabe übernehmen."

Dem Wachmann nickte er zu und meinte: „Bringt mich zur Befragung!"

Manchmal geschahen die richtigen Dinge zur richtigen Zeit und nicht selten war es von höheren Mächten so vorgesehen. Es würde sich noch zeigen, wofür dies gut war, manche Pläne des Göttlichen offenbarten sich erst, wenn sie dies tun sollten.

ndlich ruhte Miriam schlafend in Agnes Armen. Mühsam den Sack über ihren geschundenen Leib gezogen, fühlte es sich gut an, für Momente freundliche Zuwendung zu erfahren.

Miriam hatte nicht nur ein gutes Herz und war trotz aller Widrigkeiten stets gut gelaunt gewesen, sondern verfügte überdies über ein erstaunliches Wissen in der Kräuterkunde. Sie selbst hatte zwar den Kräutergarten gut gepflegt, aber vieles von Miriam gelernt, nicht nur, wie sich selbst giftigste Pflanzen gut zum Heilen nutzen ließen. Agnes tat es im Herzen weh, dieses unschuldige Wesen leiden zu sehen.

Wieder knarrte die Eingangspforte und Licht fiel herein. Schritte erklangen, drei Stadtwachen kamen herbei. Der Älteste unter ihnen schloss mit dem rostig wirkenden Schlüssel die Tür auf und die beiden anderen zerrten die schlaftrunkene Gefangene aus Agnes Armen. Überrumpelt fiel der Sack zu Boden und mit kaum bedeckten Blößen zerrten sie sie mit sich, hinab in die Tiefen des Gemäuers.

„Wo bringt ihr sie hin?"

Agnes schrie ihnen nach, ohne dass sie eine Antwort erhielt, und rüttelte an den Gitterstäben. Erneut wurde es still und man ließ sie in Unwissenheit alleine zurück.

„Liebes Kind, ich bete für dich!"
„*Vergiss sie ...*", flüsterte es in ihrem Ohr.

Erneut kniete sie sich vor dem Kreuz nieder und sprach ein Gebet für die Seele, die wohl bald der Pein anheimfallen würde, dabei bemüht, die Stimme in ihrem Kopf zu ignorieren.

Sich kaum der Männer erwehrend, stolperte Miriam mit, teils wurde sie geschliffen, waren ihre Beine doch kürzer als die der Wachen und es ging ihnen viel zu langsam. Sie blickte zum ausgetretenen Boden, auf dem sich vereinzelte Wasserlacken fanden, stolperte die Stufen hinab und stand schließlich vor einer massiven geöffneten Tür.

Als sie den Raum dahinter erblickte, verlor sie jegliche Hoffnung. An den Wänden standen eine Streckbank und ein Behälter mit Kohle. Schlaginstrumente und andere Dinge, die sie nicht erkennen konnte, lagen in einem wilden Durcheinander auf verschiedenen Ablageflächen.

Die Kälte, die sie verspürte, kam weniger von der Temperatur, als vielmehr von jenen Schmerzensschreien, die sie zu vernehmen wähnte. Pure Angst durchdrang den jungen Leib, als sie sich der Situation bewusst wurde, in der sie sich befand.

Zitternd und bebend blieb sie schreckensstarr stehen, als ihr die Wachen auch noch die letzten Überbleibsel ihrer Kleidung nahmen und sie mit einer Eisenkette am Boden fixierten. So gut sie dies vermochte, bedeckte sie mit ihren Händen ihre Blößen, kniete nieder und wünschte sich, dieser Alptraum möge ein Ende haben.

Einer der Stadtwachen sah sie an, grinste dreckig und meinte: „Bis der Pfarrer auftaucht können wir doch ein wenig Spaß miteinander haben. Oder wie siehst du das?"

Die anderen zwei lachten und zogen sich aus der Kammer zurück, schlossen hinter sich die Türe und ließen die beiden alleine. Fast schon zärtlich strich er ihr über den Kopf, hob ihr Kinn und kniete sich vor ihr nieder, sodass sie auf Augenhöhe waren.

„Bitte, nicht ..."

„Schhh ...."

Er legte ihr einen Finger auf die Lippen, erhob sich und trat hinter ihren Rücken, griff sich ihre Hände und hielt sie fest, während seine Hand auf Wanderschaft ging und zwischen ihren Schenkeln verschwand. Vor Angst zitternd ließ sie es geschehen, hatte dabei vor Scham die Augen geschlossen. Seine Berührungen waren rauer, weniger sanft als die von Agnes und zerrte an ihrem Geschlecht, ohne Rücksicht zu nehmen.

„Bitte, hört auf!", flüsterte sie kaum wahrnehmbar, woraufhin sie nur Gelächter erntete.

In diesem Moment betrat Heynrich die Kammer.

„Fort von ihr, du Abschaum! Solange ihre Schuld nicht festgestellt ist, wirst du sie behandeln, als wäre sie deine Schwester. Obwohl bei niederem Gewürm wie dir ..."

Schlagartig hielt der Mann inne.

„Wer seid Ihr denn?"

Während er Miriam losließ, musterte er Heynrich von oben bis unten und klopfte sich dann Staub von der Kleidung.

„Ihr seid jedenfalls nicht der Pfarrer. Was also wollt Ihr hier? Seid Ihr im Gefolge des Richters?"

Seelenruhig grinste er Heynrich dreckig an und roch noch einmal an den Fingern, mit denen er Miriam betatscht hatte.

„Schert Euch lieber zurück, woher Ihr gekommen seid! Ihr seid nichts anderes als ein Mönch. Was habt Ihr hier schon zu sagen? Oder wollt Ihr sie etwa für Euch selbst beanspruchen?"

Grinste ihn an, wie jemand, dem nichts mehr heilig war, drehte sich um und war schon am Weg zur Tür. Bevor er die Kammer verließ, drehte er sich noch einmal um und meinte: „Habt Spaß mit der Kräuterhexe!"

Lachend ließ er die beiden allein. Erst war Miriam vor Schrecken erstarrt, dann begann sie zu schluchzen und zog sich soweit an die Wand zurück, wie es ihr anhand der Kette möglich war. Nach wie vor kauerte sie am Boden und warf nur einige scheue Blicke in Richtung des Mönches. Leises Schluchzen klang aus ihrem Mund, das selbst Heynrich kaum wahrnahm. Schmerz aus dem tiefen Inneren, der keine Aufmerksamkeit erregen wollte. Sie kroch in sich zusammen, als hätte sie mit Geistlichen nicht die besten Erfahrungen gemacht.

Seufzend schaute sich Heynrich um, entdeckte in einer Ecke ein paar alte Säcke, wovon er einen ergriff und mit seinem Messer drei Löcher hineinschnitt. Er löste ihre Fesseln und reichte ihr den Sack.

„Bedecke dich, Tochter.."

Scheu hob Miriam den Kopf, wagte kaum Heynrich anzusehen. Griff nach dem Sack und zog ihn rasch über den Kopf und den Körper. Erst in dem Moment, in dem sie ihre Blößen bedecken konnte, erhob sie sich schüchtern und warf ihm einen kurzen Blick durch ihre Haare hindurch zu, die leicht verfilzt an ihr herunterhingen.

„Danke!"

Kaum wahrnehmbar sprach sie dieses eine Wort aus, bevor sie sich wieder zurückzog und nach wie vor kaum wagte ihn anzusehen. Ein paar Atemzüge später fragte sie schüchtern: „Warum helft Ihr mir?"

Scheu hob sie ihren Kopf, zog sich aber weit genug von Heynrich zurück, sodass er sie gerade nicht berühren konnte, selbst, wenn er dies versuchen würde. Dann stand sie ihm schweigend gegenüber, hob die Arme auf die Höhe der Brüste und umfasste ihren Leib, als wäre ihr eisig kalt und versuchte sich auf diesem Weg zu wärmen.

Einen halben Kopf kleiner als Agnes wirkte sie zerbrechlich. Kastanienbraunes Haar und dunkelbraune Augen ließen sie wie ein scheues Reh wirken, das auf der Flucht vor den Jägern in einer Schlucht gefangen war und sich keinen Ausweg wusste.

Schweigend stand Heynrich da und wartete. Er ließ ihr die Zeit, die sie brauchte. Es war nicht das erste Mal, dass er einer Frau wie ihr gegenüberstand und es würde nicht das letzte Mal sein.

Minuten verstrichen schweigend, bis sich die junge Frau wieder halbwegs gefangen hatte. Obwohl sie nach wie vor kaum wagte ihn anzusehen, tat sie es dann doch. Schmerz und Verlust standen in ihren Augen geschrieben.

„Ihr seid gütig zu mir, was wollt Ihr?"
„Warum sollte ich etwas wollen?"
„Ihr wollt alle etwas!"

Für einen Atemzug war er nahe dran seine Hand zu heben und nach ihr zu greifen, doch in ihrer Situation käme diese Geste gewiss falsch rüber. So beließ er es dabei, die Hände in die Ärmel des Habits zu stecken und sie anzusehen.

Allmählich beruhigte sie sich, entspannte sich leicht und fühlte wieder die Schmerzen der Prügel, die sie kassiert hatte. Ein Funkeln in ihren Augen sagte ihm, dass sie sich wohl zu wehren verstand, wenn es nötig werden würde, aber noch war diese Notwendigkeit nicht gegeben. Sie wirkte stärker, als es auf den ersten Blick erscheinen mochte.

Erst jetzt setzte er zu einer Antwort an, doch noch bevor er etwas sagen konnte, schwang die Tür auf und zwei Männer der Stadtwache, in Begleitung des Adjutanten, traten ein. Dieser warf Miriam einen arroganten Blick zu, bevor er an den beiden vorbeiging.

Hinter ihnen schloss eine der Wachen die Tür und bezog dort Posten.

Krämer blieb vor Heynrich einen Moment stehen, besah ihn von oben bis unten und meinte: „Ist der Suffkopf wieder mal nicht willens seiner Aufgabe nachzukommen?"

Er seufzte auf und deutete in eine Ecke des Raumes, wo Stühle und ein Schreibpult standen.

„Wenn er Euch geschickt hat, mir soll es recht sein, solange die Geistlichkeit anwesend ist! Nehmt Platz!"

Dabei deutete er auf den linken Stuhl, während er selbst in der Mitte Platz nahm. Die drei vorhandenen Sitzplätze gaben einen hervorragenden Überblick über den gesamten Raum, um dem Geschehen leicht folgen zu können. Neben dem linken Stuhl stand ein kleines Pult mit Platz für Tinte und Federkiel.

„Ich gehe davon aus, dass Ihr mitschreiben werdet, so wie dies unser Herr Pfarrer tat!"

Er reicht Heynrich einige Blatt Pergament und wollte ihm schon Tintenfass und Schreibfeder geben, doch dieser winkte ab, was der Adjutant mit Erstaunen quittierte.

„Nun, wie Ihr wünscht. So wollen wir mit der Befragung beginnen! Bring sie herbei!"

Der letzte verbliebene Wächter packte Miriam am rechten Oberarm und zerrte sie vor den Adjutanten.

„Er wird dich jetzt loslassen, doch überlege dir gut, ob du versuchst zu fliehen. Es würde dir nicht gut bekommen und überdies würdest du damit sofort deine Schuld eingestehen. Dies jetzt ist eine erste Befragung, nicht mehr. Hast du mich verstanden?"

Ruhig und besonnen flossen diese Worte über seine Lippen. Er betrachtete die Frau von oben bis unten, wie sie in ihrem Sack steckte, blieb jedoch auf seinem Stuhl sitzen. Miriam kam sich vor wie ein Stück Ware, das auf ihren Wert hin überprüft werden sollte. Unwohlsein und Angst machten sich in ihr breit.

„Du weißt, warum du hier bist?"

Als sie nickte, fuhr er fort:
„Gut. Du wirkst bei guter Gesundheit. Es wäre schade, die Mittel der Folter anzuwenden. Ob wir sie benötigen liegt jedoch alleine an dir! Wie äußerst du dich der Anklage gegenüber?"
„Ich bin keine Giftmischerin!"
„Und doch wurden bei dir tödliche Kräuter gefunden, die nur Giftmischer und Hexen nutzen."
„Befragt eure Ärzte, sie nutzen die gleichen Pflanzen."
„Ärzte sind hoch gebildete Fachleute, die genau wissen, was sie tun!"
„Und doch sterben unter ihren Händen jedes Jahr Menschen. Das müßte nicht sein!"
„Du stehst unter Anklage, nicht die Ärzte! Streitest du ab, dass du Kenntnisse um giftige Kräuter hast?"
„Nein."

„Gibst du zu, dass du Gift braust?"
„Lüge!"

Ihre Stimme zitterte.

„Ich braue kein Gift!"
„Nein? Wozu brauchst du dann das Wissen um die tödlichen Kräuter?"
„Es gehört dazu um nicht zu viel zu verwenden, wenn wir jemanden heilen!"
„Wir? Ach jetzt wird es aber interessant. Deine Gruppe, in der du lebst oder meinst du jemand anderen?"

Sie schwieg. Nach wie vor blieb er ruhig auf seinem Stuhl sitzen, warf Heynrich einen erstaunten Blick zu, da dieser nicht willens war, sich Notizen zu machen, sondern lieber die Angeklagte beobachtete und interessiert der Unterhaltung folgte.

„Nun, du wirst noch reden. Sprichst du freiwillig oder sollen wir es aus dir herausprügeln? Oder bist du gar mehr als eine Giftmischerin?"

Nach wie vor schwieg sie.

„Herr Inquisitor, wollt Ihr uns nicht Eure „Kunst" der Wahrheitsfindung zeigen? Bislang hatte ich das Vergnügen noch nicht, jemandem wie Euch bei seiner Arbeit zuzusehen. Offensichtlich erkennt die Angeklagte nicht die prekäre Situation, in der sie sich befindet."

Ein grimmiges Lächeln umspielte Heynrichs Gesicht, das nicht nur Miriam Angstschauer über den Rücken jagte. Die Wahrheit, ein hochheiliges Gut, sollte nicht mit Füßen getreten werden, sondern gehörte gehegt und gepflegt, auch wenn sie nicht immer schön anzusehen war.

„Wohlan, so bringe man mir die Kräuter, welche bei dieser Person gefunden wurden, nur so kann ich sie effektiv befragen!"

„Gut. So sei es!"

Der Adjutant griff in die kleine, schmucklose Truhe, die er mit sich führte und entnahm dieser ein kleines Leinenbündel, das er Heynrich reichte. Wortlos erhob sich dieser mit dem Bündel und trat an einen kleinen Tisch heran, der sonst als Zwischenlager für diverse Foltergerätschaften diente. Dort schlug er das Bündel auf und entdeckte darin verschiedenste Kräuter, die gerne bei Prozessen zur Anklage herangezogen wurden. Die meisten davon kannte er, bei einigen musste er selbst im Gedächtnis nach deren Wirkung kramen.

Interessiert beobachtete Adjutant Krämer den Mönch, wie dieser die Kräuter betrachtete, einige von ihnen hob und an ein paar sogar roch, bis er sie allesamt zurücklegte und ein einige Schritte beiseitetrat.

Viele davon, wie Quendel oder Petersilie fanden sich in nahezu jeder Küche zur Würze. Getrocknete Kräuter wie Löwenzahn oder Brennnessel eigneten sich in verschiedenster Weise zur einfachen Heilung, wie sie jede Familie bei Bedarf selbst anwandte. Andere waren spezieller und heikler im Umgang, diese nutzten bevorzugt die Heilkundigen.

Getrocknetes wie kürzlich Gesammeltes fand sich in diesem kleinen Sammelsurium der Natur und gehörte allgemein wohl eher in die erfahrenen Hände von Apothekern und Ärzten, denn in die Hände einer zarten, jungen Frau.

Beeren der Tollkirsche, Eisenkraut, Farnkraut, Wasserhanf, Efeublätter und -wurzeln, Beifuß, Bärlapp, Misteln, ein Säckchen getrockneter Eibennadeln, die Knolle des Eisenhutes, ...

Eine der Pflanzen kannte er zwar vom Namen her nicht, jedoch erinnerte ihn der Geruch an eine längst vergangene Zeit, als er selbst noch grün hinter den Ohren gewesen war.

Fein säuberlich hatte Heynrich die Pflanzen vor sich ohne offensichtliche Reihenfolge ausgebreitet und stand nun mit verschränkten Armen neben dem Tisch und sah zu Miriam.

„Nun denn, tritt vor, meine Tochter. Du wirst mir genau erklären, wie du diese für Unwissende hochgiftigen Pflanzen zur Heilung einsetzt, bedenke, dass ich in der Kräuterkunst bewandert bin. Sollte ich den Verdacht hegen, dass du dies zu üblen Zwecken einsetzt, so wird sich die Art der Vernehmung verändern."

Bewusst fügte er seiner Stimme etwas Bedrohliches hinzu, das Miriam eine Gänsehaut über den Rücken jagte. Seine Art zu sprechen jagte ihr mehr Angst ein, als die ganzen Gerätschaften im Raum. Scheu trat sie an den Tisch heran, betrachtete die Pflanzen darauf genauer und blickte verwirrt drein.

„Nicht alles davon gehört mir."

Verwirrt sah sie Heynrich an, vor dem sie einen gehörigen Respekt zu haben schien.

„Habt Ihr nie auf Farnkraut geschlafen? Es hilft gegen Probleme mit dem Kreuz – sofern Ihr niemanden kennt, der Euch den Rücken wieder geradebiegt. Petersilie und die anderen Küchenkräuter – diese findet Ihr doch selbst in den kleinsten Gärten und auf jedem Bauernhof. Nehmt Teufelsapfel, Beifuß oder Sumpfporst, wie Ihr sie hier seht – kennt Ihr bessere Schmerzmittel als diese? Bilsenkrautsamen, atmet den Rauch ein, es hilft gegen Zahnschmerzen, fragt die Soldaten im Dienst des Adjutanten und sie werden Euch sagen, dass ihnen damit geholfen wurde. Bilsenkraut, Schierling, Mädesüß oder den Nachtschatten hier ..."

Sie schwieg für einen Augenblick, konzentrierte sich auf die Kräuter und blickte dann scheu zum Mönch, nur, um gleich wieder wegzusehen.

„... wir heilen, weil es eure Ärzte nicht tun. Wir helfen, weil die meisten sich eure hochgelobten Ärzte nicht leisten können."

Sie sah die Anwesenden der Reihe nach an, warf einen scheuen Blick zu Heynrich und schlug dann die Augen nieder. Erneut konzentrierte sie sich auf die Kräuter und griff gezielt nach ein paar bestimmten, die sie dem Mönch in die Hand drückte.

„Nehmt diese Blüten und übergießt sie mit kochendem Wasser. Seht Euch den Mann an und sagt mir, woran er leidet. Seht Euch die Haut an, die Augen und wie er sich bewegt. Diese Blüten helfen!"

Jetzt erschien die Stärke in ihr, auf die er gewartet hatte, die Kraft einer Wissenden, nach der er bislang in ihren Augen vergeblich gesucht hatte. Heynrich schaute kurz auf die Blüten, nickte, fügte noch Enzianwurzel aus seiner eigenen Tasche hinzu und reichte die Mischung dem Adjutanten.

„Aufgrund Eurer Blässe, der Müdigkeit und Eurem erschöpften Auftreten dürftet Ihr bereits unter Blutarmut leiden. Sie gab Euch Tausendguldenkraut, wertvoll um das Blut zu stärken und die Verdauung anzuregen. Der Enzian hilft dabei. Und Ihr solltet viel Petersilie zu Euch nehmen. Sagt mir, wie sieht es mit Eurem Urin aus? Scheint er normal, oder schäumt er oder ist dunkel? Dann könnten die Probleme von der Niere herrühren."
„Was wollt Ihr mir damit sagen, Herr Inquisitor? Dass ich krank sein soll?"

Das Lächeln des Adjutanten gefror und er erbleichte.

„Wenn Ihr es genau wissen wollt, ja, er ist seit Monaten an manchen Tagen schäumend. Doch ansonsten geht es mir gut. Der Herr im Himmel wird mich schützen, wie er es immer tat."

Für einen Moment verzog er das Gesicht, als hätte er Schmerzen, riss sich dann zusammen und betrachtete Miriam genauer, bevor er den Blick abwandte und zu Heynrich sah. Er schien nicht recht zu wissen, was er von alledem halten sollte.

„Braucht Ihr noch mehr Beweise, Mönch? Wenn ja, dann seht Euch diesen Mann dort an!"

Miriam blühte auf, war in ihrem Element und deutete auf eine der Stadtwachen.

„Lasst ihn auf die venerischen Krankheiten untersuchen", woraufhin dieser erst erblasste und dann knallrot anlief.

Dann stellte sie sich vor Heynrich, der gut zwei Kopf größer war als sie selbst. Blickte ihm in die Augen, kniff die ihren leicht zusammen, um besser zu erkennen, und riss sich von ihm los. Sie suchte zwischen den Blüten und zog eine mit zitternden Händen hervor.

„Eure Augen, Mönch ... Ihr seid seltsam."

Mitten im Satz brach sie ab, als hätte sie bereits zu viel gesagt. Sie trat an Heynrich heran, hob ihre linke Hand, als wolle sie über seine rechte Wange streichen, zog dann jedoch die Finger zurück und drückte ihm die Pflanze in die Hand, bevor sie zwei Schritte zurücktrat und abwartete.

Trockene, nach wie vor leicht samtene, kleinere Blätter schmiegten sich an einen ebenso samtenen Stängel, wanden sich nach oben hin zu mehreren kleineren Blütenknospen und einer Blüte, die dabei war sich zu entfalten. Ihr fahler Farbton holte Erinnerungen an seine Jugendtage zurück und einen kleinen Teich, in dem sich das Sonnenlicht widerspiegelte.

Für einen Moment schien es, als blickte sie durch ihn hindurch, an seiner Seele vorbei.

„Mönch ..."

Ein leichtes Lächeln umspielte Heynrichs Gesicht, er nickte ihr leicht zu. Zielgerichtet hatte sie jene Blüte gewählt, die ... das Lächeln entschwand, er wurde wieder ernst.

„Nun, damit ist einmal bewiesen, dass du dich mit der Heilkunst auskennst, wäre dies ein Verbrechen so müssten alle Brüder, Schwestern und Laien, welche in den Hospizen der Kirche arbeiten, ebenso angeklagt werden. Was also genau wirft man dir vor?"
„Betrug, sagten sie. Doch weshalb soll ich betrügen, wenn ich heilen und damit helfen kann?"

Stolz hob sie ihren Blick, Stolz sah Heynrich in ihren Augen, Stolz auf ihr Wissen, das sie seit Kindertagen aufgesogen hatte. Und doch war da noch etwas mehr in ihr, ein Gefühl, ein Gespür, wie es vielen vom fahrenden Volk eigen war.

„Meine Schwester und ich kümmern uns um all jene Kranke, die sich nichts leisten können. Sie wie ich ... Ich sammle die Kräuter und sie bringt sie den Apothekern und Ärzten, es ist ein kleines Zubrot für uns, damit wir überleben können."

Nach wie vor schwieg der Adjutant, reichte aber Heynrich eine Schriftrolle, die dieser entgegennahm und entrollte.

So es keine Gegenzeugen geben mag, stellt die Angeklagte unter den Verdacht des vorsätzlichen Betruges von harmlosen Kräutern Auszüge und Tränke bereitet zu haben, deren Wirkung im Nichts verläuft.

Um teures Geld erkauft, brachte die Mischung in keinster Weise Besserung mit sich. Im Gegenteil. Veränderte den Krankheitsverlauf der ehrenwerten Frau Getrud Bogner. Verlor sie nicht zuletzt dadurch ihr eigen Leben.

Anklage erhoben durch ihren Bruder Martin Bogner, dessen Haushalt sie führte.

„Ihre Schwester ist jene, die die Kräuter verkauft, eine Dirne, die in einem Lager vor der Stadt lebt. Vielleicht ist sie Euch über den Weg gelaufen, rostrote Haare und wasserblaue Augen ..."

„Ihre Schwester?", dachte Heynrich überrascht und erinnerte sich an die Worte des alten Paares im Zeltlager.

„Magda würde niemals jemandem etwas zuleide tun, ebenso wenig wie ich. Wir heilen und helfen!"

Miriam trat ein paar Schritte vor, betrachtete die Kräuter erneut und griff nach einer getrockneten Blume. Sanftes Blau schimmerte in ihren Blüten. Reichte diese Blume Heynrich und griff nach seinem linken Handgelenk.

„Glaubt Ihr wirklich, ich wäre in der Lage diese Kräuter zum Schaden einzusetzen? Diese Blume heilt, aber ich glaube, Ihr kennt auch andere Fähigkeiten dieses Krautes."

Heynrich nickte.

„Erklärt es ihm."
„Sie schenkt sanfte Träume, wenn es nötig ist. Wenn der Schmerz im Inneren zu groß wird. Die Lehre der Säfte, wie eure Ärzte so gern dran festhalten, die Blutegel, die sie so gern ansetzen ... zehren die Kräfte der Betroffenen aus.

Kräuter wie diese hier, verhelfen dem Betroffenen zu ruhigem Schlaf. Im Schlaf liegt oft der Schlüssel zur Heilung. Der Körper entspannt, der Geist vermag dadurch zur Ruhe zu gelangen. Manchmal liegt der Schmerz eines Körpers in einem unsteten Geist und manchmal benötigt das Blut Hilfe, wie hier – durch den Immergrün."

Sie legte die Blüte in seine Hand, ließ ihn los und griff nach Weißdorn und Johanniskraut, die sie ebenfalls in Heynrichs Hand drückte.

„Meine Schwester erzählte mir von einer älteren Frau hier im Ort, die Mühe damit hatte ihr Herz zu beruhigen, ein unsteter Geist in ihrem Körper. Unruhe, Unzufriedenheit, die sie trieb. Sie war krank, erschöpft. Eure Ärzte hätten ihr gewiss einen Aderlass verordnet. Ich vermengte ihr diese drei Kräuter zur Heilung. Weißdorn für das Herz, Johanniskraut für die Seele und Immergrün für das Blut."

Enttäuschung ruhte in ihren Augen, als sie den Adjutanten ansah.

„Hättet Ihr mir gesagt, weshalb ich angeklagt wurde, ich hätte Euch gewiss Antwort geben können. Ist es so sinnvoll uns wie Dreck zu behandeln, nur, weil wir nicht Teil eurer Gemeinde sind?"

Spuckte vor ihm auf den Boden. Für einen Augenblick fühlte Miriam eine sanfte, liebevolle Hand auf ihrer Schulter, ein Säuseln in ihrem Ohr.

„Ihr war nicht mehr zu helfen. Sie gab nichts und erhielt dafür nichts."

Erbleichend schwieg Miriam auf einmal, trat zurück und setzte sich mit überkreuzten Beinen auf den Boden. Es gab nichts mehr, das sie noch zu sagen hatte.

Im gleichen Moment bäumte sich Agnes in ihrer Zelle auf, Lust durchströmte ihren Körper, als sie Heynrichs Antlitz gewahr wurde und sie sich in seinen Händen fallen ließ und in seinen tiefgrünen Augen erneut versank. Mit Kraft drückte er sie zu Boden und sah sie mit nun roten Augen an.

„Du dummes Ding. Sieh mich an ... Sieh mich genau an!"

Sein Blick ließ sie erbeben, Angst begann ihr die Kehle zuzuschnüren. Furcht lief ihr wie Gänsehaut den Rücken hinab und wandelte die Wollust zu etwas, das sie einer Meereswoge gleich zu überwältigen und überrollen schien.

Schweigend lag Agnes mit gespreizten Beinen auf dem Rücken, versagte dabei, ihre Glieder zu bewegen. Von ihm mochte sie den Blick nicht abzuwenden und betrachtete mit eigenartiger Mischung im Herzen den nackten Oberkörper des Mönches über ihr. Längst hatte er nach ihren Handgelenken gegriffen und sie mit seinen kräftigen Händen zu Boden gedrückt, sein erregtes Geschlecht drückte sich hart und fordernd an ihre Scham, ohne in sie einzudringen.

Fordernd drückte er jedoch seinen Mund auf den ihren und drang mit seiner Zunge ein, suchte nach der ihren und spielte damit, nur, um sich wieder zurückzuziehen.

„Was bist du doch für ein lüsternes Geschöpf!"

Er ließ ihre Handgelenke los und setzte sich zwischen ihren Beinen auf und ließ sie sein Muskelspiel im Schein der Fackeln betrachten.

„Vor Ewigkeiten suchtest du nach etwas, das dir keiner zu geben vermochte ..."

Während er ihr Oberteil aufknöpfte und ihren Oberkörper entblößte, strichen seine Hände über ihre Haut und ließen sie vor Lust erbeben, bis er seine rechte Hand auf ihren Bauch legte und etwas Unverständliches von sich gab. Obwohl sie Angst in sich aufkeimen spürte, formte sich eine Welle der Lust in ihrem Unterleib, wie nie zuvor, eine Woge, die sie mit sich zog.

Für einen winzigen Moment fühlte Heynrich selbst unter der Erde ein Aufbäumen in den Taschen seines Habits, wo er jenen Spiegel mit sich trug, den er seit Freyhausen bei sich hatte. Etwas war im Gange, das spürte er deutlich.

Agnes schrie auf, als er ihre Haare packte und ihren Kopf dadurch zu Boden presste. Trotz aufkeimender Angst hatte sie nichts dagegen, nach wie vor vertraute sie ihm, wenngleich die Lust, die er in ihr soeben hervorrief sie in Höhen katapultierte, die sie nur ganz selten zuvor erlebt hatte.

„Bitte ..."

Mit ihren freigelassenen Händen griff sie nach seinem Geschlecht und seinem Hinterteil, drückte beides zu sich, sah ihn flehentlich an und wiederholte noch einmal: „Bitte ..."

Als er in sie eindrang, war dies mit einer Härte und Kraft, die sie in dieser Weise nicht kannte und sie auf einen Strom an Lust mit sich zog.

„Du gehörst mir – für immer ..."
„Nein."
„Nein?"

Lachend ließ er von ihr ab.

„Das glaubst du wirklich? Erinnere dich!"

Vor ihrem inneren Auge tauchte die Szene im Keller erneut auf. Keuchend versuchte Agnes sich wieder zu finden, doch der Strom der Lust zog sie weiter und hielt sie fest. Doch obwohl es sie ängstigen sollte, fühlte sie keinerlei Furcht in sich aufsteigen.

„Ja, ich erinnere mich, doch Angst machst du mir keine damit!"

Dröhnend lachte der Mönch über ihr, packte ihren Hals und drückte sie tiefer zu Boden, bis sie kaum noch Luft bekam. Dumpf klang mit dem Lachen etwas nach.

„Nun, ich glaube schon, dass du mir gehören willst. Fühle, was ich mit dir mache!"

Er zog sich aus ihr zurück und fasste zielgerichtet in ihrem Inneren nach jenem Punkt, der sie dazu brachte, die Augen zu verdrehen und loszulassen, endgültig loszulassen. Schmerz und Lust vermengten sich zu einem Ganzen, das ihr den Verstand raubte.

„Oh mein ..."

Bibbernd vermochte sie nicht einmal diese einfachen Worte auszusprechen. Für einen winzigen Moment schloss sie die Augen, Heynrichs Antlitz verschwand und machte einem anderem Bild Platz, einem Mann mit leicht gelockten Haaren und unrasiertem Gesicht, jünger als Heynrich. Doch auch das entschwand rasch wieder.

„Willst du das wirklich verlieren? Nie mehr Lust spüren? Keine Begierden mehr?"
„Nein, das ..."
„Glaubst du, ein anderer bekommt, was mir zusteht?"
„Dir zusteht?"
„Du gehörst mir!"

Binnen kürzester Zeit verlor sich Agnes in einer Mischung aus tiefster Lust und Angst, hervorgezerrt aus einem verborgenen

Flecken ihrer Selbst. In dem Moment, als sich die Lust brechen wollte, hielt er inne.

„Bitte ...“

Bettelnd flehte sie wie zuletzt im Kloster.

„Willst du mir gehören?“
„Bitte, was immer du willst...“

Leise lachend brachte er sie zu einem Höhepunkt, wie sie ihn nie zuvor gespürt hatte. Eine Intensität, die sie alles vergessen ließ. Der Schrei, den sie dabei ausstieß, durchdrang selbst die dicken Kerkermauern, bis hinab zu jener Kammer, in der die Gefangene befragt wurde.

Miriam erschauerte in ihrem zerschlissenen Sack, kroch mehr in sich zusammen. Heynrich vernahm den gedämpften Schrei aus den oberen Regionen der Kerkerzellen, wirkte alles andere als angetan davon und lenkte augenblicklich davon ab: „Nun, wollen wir uns kurzfassen. Die Angeklagte hat ihr Kräuterwissen bewiesen, jedem hier. Ihr ist bewusst, dass die Verabreichung wirkungsloser Kräuter mit dem selben Aufwand wie die Zubereitung wirksamer Medizin gleichzusetzen ist. Es ist also unlogisch, anzunehmen, dass sie willentlich und bewußt eine Täuschung vorgenommen hat. Wir alle wissen, dass Menschen trotz medizinischer Hilfe sterben. So ist Gottes Wille, und wer sind wir, dass wir sie für den Willen Gottes bestrafen? Stimmt Ihr mir hierbei zu, Herr Adjudant?“
„Wir sind hier zur Wahrheitsfindung, Herr Inquisitor. Das ist die Aufgabe dieser Befragung. Kräuterkunde ist nicht mein Spezialgebiet, das gebe ich wohl zu. Insofern trifft es sich gut, dass Ihr hier seid. Nun, an mir soll es nicht liegen, wenn Ihr dieses Urteil zu fällen wünscht.“

An die Stadtwachen gerichtet: „Bringt das Weib vor die Stadt, wohin sie gehört!“

An Miriam gewandt: „Und du wirst dich hier nicht mehr blicken lassen. Ich will dein Gesicht nicht mehr sehen. Hast du mich verstanden? Am besten wäre ohnehin, wenn ihr diese Gegend endgültig verlassen würdet! Ihr bringt nur Unfrieden in unseren Ort."

Eingeschüchtert kroch Miriam in sich zusammen, zog den Kopf ein und nickte.

Krämer winkte den Wachen zu, die Miriam unter den Armen packten und nach draußen brachten. Leises Wimmern zeugte vom ruppigen Griff. Rasch entschwand das Klagen und Heynrich blieb mit dem Adjutanten allein zurück. Schwerfällig erhob sich dieser von seinem Stuhl.

„Ihr habt Recht mit Eurer Vermutung. Ich bin nicht sonderlich gesund, aber ein Mann in meiner Position darf sich keine Schwäche erlauben, geschweige denn, sie zeigen. Manchmal habe ich Mitleid mit den Dirnen vor der Stadt. Wirklich entbehren können wir sie halt auch nicht. Die meisten von Ihnen ..."

Schwieg und hustete, seine Gesichtszüge erbleichten.

„... ich spüre, dass ich nicht mehr lange zu leben habe."

Sah Heynrich direkt an, Klarheit im Blick.

„Ihr wirkt auf mich anders, als unser Pfarrer. Der alte Saufkopf ist in vielerlei Hinsicht unbrauchbar, aber er schafft es gut, die Schäfchen um sich zu scharen und sie bei Laune zu halten. Manchmal könnte unsere Gemeinde vielleicht eher jemanden wie Euch brauchen. Jünger und energischer, aber was weiß ich schon ... Ich habe gesehen, was ich sehen musste. Es gibt ein paar Dinge, die ich Euch erzählen werde – doch diese müssen unter dem Beichtgeheimnis verbleiben."

„Was wollt Ihr mir sagen?"
„Nicht sagen, sondern zeigen!"

Er griff erneut in die kleine Kiste und reichte Heynrich ein weiteres Stück Pergament daraus.

„Die wahre Ursache des Todes ist darin aufgezeichnet. Es waren nicht die Kräuter, die sie ihr verabreichte. Der Wille des Herrn ... nun, das ist nicht auszuschließen. Es wäre allerdings ein schlechtes Zeichen, wenn gerade diese Dinge über eine ehrbare Frau bekannt werden würden ..."

„... in den letzten Tagen litt meine Schwester unter Anzeichen einer Krankheit, die mich zwangen, sie fernab von den Menschen zu pflegen. Es ist ein Segen für sie, dass sie ihr Leiden endlich beenden durfte. Die Kräuter, die wir bekamen, sie verhalfen ihr zumindest zu einem friedlichen Schlummer, doch gegen die Beulen an ihrem Hals und den Ellenbogen vermochten sie nichts zu unternehmen ... Gott hab sie selig ..."

Erst blickte Heynrich das Pergament an und dann den Adjutanten.

„Die Pestilenz ist bereits in der Stadt, ich sah sie und ihre Opfer selbst. Wie also kommt es, dass dieses Pergament nicht bei der Befragung zutage trat?"
„Wie glaubt Ihr, reagiert eine Stadt wohl auf die Anzeichen dieser Erkrankung? Stadtwachen sind auch nur Menschen, die eben zum Schutz der Stadt hier sind. Hätte ich dies Pergament eingebracht, glaubt Ihr, die Angeklagte wäre noch am Leben? Ich bin kein Unmensch und ich werde mich gewiss vor dem Herrn rechtfertigen müssen für meine Taten. Seht Euch die Werkzeuge an, trotz der Kriegswirren sind sie selten genutzt worden, ich habe stets mein Herz gefragt, um einen Ausweg zu finden und so einige Male den ehrenwerten

Richter von allzu großer Grausamkeit abgeraten. Manchmal geht es nicht anders, doch zumeist ..."

Bis auf das Rascheln von Mäusen, die über Stroh huschten, war es still.

„Ihr kamt her wegen der Dirne dort oben. Wieso sie gerade Euch, einen hochrangigen Mann der Kirche kennt, ist mir wahrlich schleierhaft. Wenn Ihr sie so gut kennt, wie sie dies eindringlich verlautbaren ließ, dann sagt mir – haltet Ihr sie für schuldig? Unabhängig von den Unterlagen, die ich Euch gab."
„Ich gehe immer von der Unschuld aus, und versuche mich vom Gegenteil zu überzeugen, unvoreingenommen jedoch alle Beweise Für und Wider genauestens abwägend."
„Mit anderen Worten, Ihr seid mit der Beweisführung noch nicht zu Ende. Nun gut, das ist verständlich. Der Richter sollte bald eintreffen. Wenn Ihr noch mit ihm sprechen wollt, ich werde ihm Bescheid geben. Solltet Ihr noch etwas benötigen, dann gebt ebenfalls Bescheid."

In seinem Kopf wirbelten die Gedanken, als er den Mönch schweigend vor sich stehen sah. Frieden in einer Stadt wie dieser zu wahren, war schwer, mitunter kaum möglich und doch ...

„Herr Inquisitor, was auch immer die Dirne dort oben an Euch band, sie tat gut daran, Euch zu erbitten. Doch eines ..."

In genau diesem Moment wurde die Tür aufgerissen, einer der Stadtwachen eilte herbei.

„Herr Adjutant, Ihr werdet gebraucht!"

Dieser nickte.

„Herr Inquisitor, wir werden das Gespräch später fortsetzen. Ihr wisst ja, wo Ihr mich finden könnt!"

Erneut sich seiner Aufgabe besinnend, folgte er der Stadtwache und ließ Heynrich alleine in der Kammer zurück. Es schien beinahe, als hätte der Adjutant die Wahrheit gesagt, an vielen der Gerätschaften fanden sich Rostflecken und millimeterdicke Staubschicht. Kaum genutzt, lagen sie auf ihren Plätzen und warteten auf ihren Einsatz. Lediglich eine Handvoll davon schien sich regelmäßigerer Nutzung zu erfreuen, wobei es sich meist um Schlaginstrumente der weniger letalen Methoden handelte.

Mit einem Finger strich er über die Streckbank in der Ecke, auf der sich ebenfalls schon leichter Staub angesammelt hatte. Als er in die Hocke ging und das Stroh beiseiteschob, fand er einige, eingetrocknete Blutspuren am Boden.

Als er genug gesehen hatte, trat er an die Tür und war schon dabei, den Raum zu verlassen, als er sich noch einmal umdrehte und den Blick schweifen ließ. Es war an der Zeit zu gehen. Zwei einsame Fackeln an den Wänden erhellten den schmalen Gang mit den ausgetretenen Stufen nach oben, an den Wänden und dem Untergrund schimmerte es leicht feucht.

Bei den Kerkerzellen angekommen, vernahm er eine wohlvertraute Stimme.

„Vater!"

In Gedanken versunken wäre er beinahe an ihr vorbei gegangen, doch dies eine Wort ließ ihn innehalten und Agnes ansehen, wie sie verschämt in der Kerkerzelle hockte und ihn geknickt und beschämt ansah.

„Vater, ich bitte Euch um etwas von Eurer Zeit! Ein Fehler ..."

Aufmerksam wandte er sich ihr zu.

„Sprecht, meine Tochter."

Agnes wagte kaum, ihm in die Augen zu sehen, etwas musste seit seinem letzten Besuch hier mit ihr geschehen sein. Es war ihr anzumerken, wie schwer es ihr fiel, nicht sofort wieder wegzusehen, obwohl dies beim letzten Besuch nicht der Fall war.

Allein dieser eine Augenblick reichte Heynrich, um die Scham in ihren Augen zu erkennen, die sie empfand.

„Vater, ich bin mir nicht sicher, ob es nur ein Traum war oder ob ich wahrlich gesündigt habe. Doch ich versprach Euch ..."
„Wovon sprecht Ihr, Tochter?"
„In einer Kerkerzelle gibt es kaum Möglichkeiten zur Sünde. Doch es gibt sie. Erinnert Euch an Freyhausen, erinnert Euch an die Macht der Gedanken."
„Ja, dies ist wahr."
„Vater ...", sie schluckte, hielt inne, dachte nach.
„... nichts lag mir in all den Jahren ferner, als meine Seele in Gefahr zu bringen. Und doch bin ich nicht sicher, ob ich dies nicht gerade zuvor tat. Ich versprach Euch die Wahrheit und Ehrlichkeit, so gut ich dies vermag. Vielleicht könnt Ihr mir helfen, dies zu unterscheiden. Vielleicht träumte ich und es war nicht real – wenn es denn doch wirklich geschah, dann benötige ich Eure Hilfe mehr denn je."

Offen sah sie ihn an, blickte in seine haselnussbraunen Augen, obwohl ihr die Peinlichkeit des Erlebten nicht abzusprechen war.

„Ich war mir sicher, Euch zuvor hier in meiner Zelle zu wissen. Wie Ihr ..."

Mehrmals setzte sie zitternd an zu sprechen, und war froh darüber, dass er über ausreichend Geduld verfügte.

„Tochter, was wollt Ihr mir sagen?"
„Wenn ich nicht wüßte, dass Ihr unten gewesen wäret, so hätte ich darauf geschworen, dass es hier zum Beischlaf kam - mit Euch."
„Werdet deutlicher, was meint Ihr?"
„Vater, Ihr wart bei mir in der Zelle, nackt wie der Herr Euch schuf und dann in mir ... und Ihr ... Ihr ..."

Agnes brach ab.

„Tochter, seht mich an! Nein, wendet den Blick nicht ab, sondern seht mir in die Augen! Sagt mir, war es je ein Wunsch, dass dies geschehen möge?"

Gegen seine Aufforderung senkte sie den Blick, atmete tief durch und sagte dann: "Ja, Vater, seit ich Euch damals das erste Mal sah!"
„Tochter, mir mir habt Ihr den Beischlaf nicht vollzogen, das kann ich Euch versichern, aber selbst eine lebhafte und blühende Phantasie kann Gefahren mit sich bringen, vermag jene anzulocken, die der Widersacher losschickt um zu prüfen und einzufordern. Ihr bewegt Euch auf einem äußerst schmalen Grad mein Kind."

Leichte Sorge lag in seiner Stimme. Ihr Herz wurde schwer.

„Es ist mir nicht möglich zu sagen, oder zu unterscheiden, ob ich dies nur träumte oder ob mehr dahinter steckt. Es fühlte sich so echt an, wie damals im Kloster und doch anders."

Flehen stand in ihren Augen geschrieben, als sie nach den Kerkerstangen griff. Sie wagte nicht, nach draußen zu greifen, nach seinen Händen zu fassen, auch, wenn sie dies gern getan hätte, fühlte sich nicht würdig dazu. So trat er näher an sie heran, hob ihr Kinn, betrachtete ihr Gesicht von allen Seiten und ließ es dann erneut los.

„Tochter, was auch immer Ihr getan habt, es ist nie zu spät zur Reue. Es ist nie zu spät, um einen Fehler umzukehren, sofern der Wille vorhanden ist."

Er faltete seine Hände vor dem Leib und betrachtete sie aufmerksam, wie sie sich Tränen vom Gesicht wischte.

„Vater, ich glaube, ich habe gesündigt. Doch was mir nicht vergönnt ist, ist das Wissen, ob wahr oder nur in Gedanken."

„Wenn Ihr den Beischlaf vollzogen habt, ohne einem Mann anzugehören, so ist dies wohl als Sünde zu werten. Jedoch habt Ihr keinem an Leib und Leben geschadet. Es war die Wollust, die Euch bereits damals trug. Manchen ist ein Leben in Keuschheit nicht möglich. Ihr, meine Tochter, gehört dazu. Doch das treibt Euch nicht in die Fänge des Widersachers."

In ihrem Inneren tobte ein Widerstreit der Gefühle. Das Gefühl von Scham, das sich in den letzten Jahren aufweichte, kehrte mit einer Heftigkeit zurück, die sie beinahe zu überrollen sohien.

„Haltet den Kopf aufrecht und seht mich an Tochter!"

Die Strenge in seiner Stimme tat den gewünschten Effekt, Weichheit war hier fehl am Platze, um zu helfen.

„Über all die Jahre hinweg habt Ihr, so gut Ihr konntet, Euch um ein gottgefälliges Leben bemüht. Habt Ihr den Eindruck, es wäre erneut etwas wie damals?"
„Nein, das nicht. Damals nahm er keine Rücksicht, auch wenn er Lust schenkte. Diesmal ist es anders. Er sieht aus wie Ihr und doch wieder nicht, als würde er eine Maske tragen ..."
„... oder Euch zeigen, was Ihr sehen möchtet!"
„Wie meint Ihr dies?"
„Wenn er in Euer Herz sehen kann, dann weiß er auch, was es begehrt. Ihr habt Eure eigenen Wünsche gesehen, Tochter,

habt dies zuvor selbst bestätigt."
„Meine Wünsche?"

Heynrich griff nach dem alten Holzschemel an der Wand und nahm darauf Platz. Sie folgte, indem sie sich auf das Stroh kniete und ihn weiterhin ansah. Tränen schimmerten in ihren Augen, ein Herz, das im Körper schlug und ihr keine Antworten geben mochte.

„Tochter, das Herz ist ein seltsames Ding. Es verbirgt und schützt, ist freigiebig und gibt Leben. Das Herz trägt Wünsche und Begierden, aber auch die Stärke um genau diese zu einem besseren Wege zu führen. Es obliegt Euch, welchen Weg Ihr wählst. Mich zu rufen war Eure Entscheidung in eine der Richtungen. Ich glaube, Ihr seht, wer ich bin. Schon lange wandere ich unter den Menschen. Lange schon im Dienst der Kirche. Der Ordnung wider dem Chaos, Ihr tragt eine Gabe und einen Fluch. Ihr unterwerft Euch Euren Begierden, Euer Körper beherrscht Euren Geist. Dennoch denkt Ihr über Euer Handeln nach. Vielleicht gibt es doch noch Hoffnung für Euch."

Mit diesen Worten stand Heynrich auf, berührte ihre Schulter durch das Gitter hindurch, ließ sie einen tiefen Blick in seine Augen werfen, zeigte ihr einen kurzen Blick in sein Innerstes, und wandte sich ab. Erschüttert von dem, was sie gesehen und gespürt hatte, erstarrte Agnes. Eine einzelne Träne rollte über ihre linke Wange, die sie nicht einmal bemerkte. Wem er gestattete, einen Hauch seiner Seele zu spüren, der würde dies den Rest des eigenen Daseins nicht mehr vergessen.

„Wer war sie, an die Ihr Euer Herz verloren habt?"

Für einen kurzen Moment durchfuhr Heynrich ein Stich in selbiges. Eine Erinnerung kehrte für einen Moment zurück, ein Augenblick, den er selbst manchmal aufleben ließ, nur um zu wissen und zu spüren, ... Nichts, das er vergessen wollte ... seiner Aufgabe gerecht zu werden ...

„Tochter, das spielt keine Rolle für Euch!"

Er verließ den Kerker und trat hinaus an die frische Luft und wusste, Agnes stand vor einer Entscheidung, die sie alleine treffen musste. Niemand sollte eine Entscheidung für einen anderen treffen.

Doch auch er selbst benötigte einen Moment, um sich zu sammeln. Selten zuvor hatte er jemandem Einblick in sein Innerstes gewährt und dies sollte auch so bleiben. Dass sie diesen verborgenen Bereich seines Selbst erspürt hatte ... als wenn da eine Verbindung gewesen wäre zwischen ihnen beiden für den winzigen Bruchteil eines Augenblicks, etwas, das es in der Art ...

Heynrich blickte nach oben zum Firmament und schickte ein stummes Stoßgebet hinauf, wie hatte sie diesen Teil seiner Selbst nur finden, geschweige denn betrachten können?

Agnes ließ in ihrer Kerkerzelle ihren Tränen freien Lauf. Was sie in seinen Augen gesehen hatte, den Schmerz und die Kraft darin - sie würde es nie mehr vergessen, aber sie begann zu verstehen. Selbst die Fragestellung zum Thema Fluch und Gabe – es war nicht der Moment, um das zu hinterfragen. Der Hauch von Wissen, den sie gespürt hatte, ein Herz, das sie gefühlt hatte, wie schwer mochte sein Leben wiegen im Gegensatz zu ihrem?

Agnes würde das, was sie gesehen hatte, für sich behalten. Manchmal war es notwendig sich ein klein wenig zu öffnen und sei es nur für einen winzigen Hauch, nur, um augenblicklich wieder die Pforten zu schließen. Es würde hinterher nie mehr so sein, wie es einmal gewesen war.

hne zurückzusehen, ging Heynrich am Wächter vorbei und suchte den Adjutanten auf, Ungesagtes musste ausgesprochen werden.

Als er vor dessen Haus eintraf, stand er vor einer alten Frau, die, mit einem leeren Korb in der Hand, gerade im Begriff war zu gehen.

„Mönch? Ihr wollt zum Hausherrn?"
„Ja."
„Der ist noch nicht wieder zurück. Doch wenn Ihr wollt, begleitet mich auf den Markt, ich könnte ohnehin ein paar kräftige Arme gebrauchen."

Sie sah Heynrich von oben bis unten an und meinte nur:

„Ihr wirkt kräftig!" Und lachte dabei wie ein junges Mädchen.

„Mönch, die Beichte bei Euch ... sie war gut für die Seele, Ihr geht anders um mit uns, als der Herr Pfarrer!"

Von Gesinde ließ sich stets so einiges in Erfahrung bringen, zumal es immer noch galt, den wahren Schuldigen zu entlarven. Gemächlichen Schrittes folgte er der Alten, die es nicht unbedingt eilig hatte und mal hier, mal da ein Pläuschchen hielt.

Ihrem Verhalten nach war sie eine respektierte und angesehene Persönlichkeit in Zwettl, was Heynrich amüsierte, nicht zuletzt, weil sich die Gespräche immer wieder glichen und es meist nur darum ging, wie es den lieben Anverwandten im Moment erging. So zog sich der Weg unnötig in die Länge, aber wie er schon des Öfteren gemerkt hatte, manchmal brachten Umwege die besten Ergebnisse mit sich.

Mitten auf dem Markt gestaltete sich ein ziemliches Gewusel, es war eng, wie auf allen Märkten, wenn die Menschen Nahrung oder schlichtweg Ansprache brauchten. Stimmengewirr und vielfältigste Persönlichkeiten tummelten sich auf dem Flecken, selbst die immer vorhandenen Bettler fehlten nicht.

An einer Ecke rempelte ihn - mehr aus Versehen – eine Frau an, die darum bemüht war, ihr rotes Haar unter einem Tuch zu verbergen. Nach ihrer Kleidung zu gehen, gehörte sie der höheren Schicht an.

Sofort zog sie den Kopf ein und versuchte im Strom der Menschen zu entschwinden. Vor seinen Füßen lagen ein paar Blätter Papier, die ihr aus der Hand gefallen waren. Heynrich hob sie auf, ein Siegel klebte auf ihnen. Er zeigte die ungeöffneten Briefe der Alten und deutete auf das Siegel.

„Wem gehören sie?"

Die Alte betrachtete es für einen Moment und lachte auf.

„Das Siegel des Richters. Woher habt Ihr sie?"
„Die Rothaarige, die dort verschwunden ist."

Dabei deutete er auf die Menschenmenge vor sich.

„Seine Frau. Ihr solltet sie ihr bringen. Könnte wichtig sein. Doch vorher, wollt Ihr mir noch beim Tragen helfen?"

Vor ihr standen mehrere Käfige mit Hühnern und ein großer Sack Getreide, den die Alte kaum alleine zu tragen willens war, wobei er sich fragte, ob sie nicht mit Absicht mehr gekauft hatte, als notwendig war, nur weil sie ihn gleich als Packesel missbrauchen würde. Nun, das war jedenfalls neu, amüsierte er sich in Gedanken, einmal eine Frau, die ihn aus anderen Gründen denn aus der Lust heraus interessant fand.

„Natürlich. Wie heißt es doch in der Bibel, was du deinem Nächsten hast getan."

Mit Leichtigkeit packte er die Einkäufe und bahnte sich einen Weg zurück zum Haus des Adjutanten. Dort angekommen ließ er sich den Weg zum Haus des Richters erklären, und marschierte los.

Mit den Briefen in der Hand stand er binnen kürzester Zeit vor einem alten Gemäuer, das schon bessere Tage gesehen hatte. Erst reagierte keiner auf sein Klopfen, bis er erneut und lauter an die Pforte hämmerte.

Schlurfende Schritte kamen gemächlich näher, Eile legte die Person dahinter nicht an den Tag.

Als sich die Tür vor ihm öffnete, drang kühle Luft zu ihm, aus schmalen Fensterritzen drangen einige, wenige Sonnenstrahlen, die ihm nur zeigten, dass die Person, die ihm öffnete, eine Frau zu sein schien.

„Ein Mönch ... wollt Ihr auch Almosen?"
„Nein. Dafür bin ich nicht hier."
„Was wollt Ihr dann?"

Aus dem Hintergrund hervor, drang eine männliche Stimme:

„Wer ist es, der stört?"
„Ein Mönch!"
„Was will er?"
„Also, was wollt Ihr?"

Das kleine Streitgespräch amüsierte Heynrich, er legte ein dezentes Lächeln auf und übte sich vorerst in Geduld, bevor er fragte:

„Bin ich hier beim Haus des Richters?"
„Gewiss, das weiß doch nun wirklich jeder hier."

„Da ich aber nicht von hier bin ... ist die Hausherrin zu sprechen?"

„Gewiss. Doch wartet einen Moment."

Die Gestalt eilte davon, nur um wenige Augenblicke später zurückzukehren.

„Tretet ein. Die Hausherrin erwartet Euch. Doch sagt, um Himmels Willen, was Ihr von Ihr wünscht? Die Herrin ist viel beschäftigt!"

„Ich bringe ihr etwas, das sie gewiss brauchen kann."

„Nun gut! Wenn Ihr die Güte haben und mir folgen wollt!"

Rasch gewöhnten sich seine Augen an das düstere Licht. Die junge Dienstmagd, die ihn eingelassen hatte, führte ihn zu den Räumlichkeiten der Hausherrin. Verstohlen warf sie ihm den ein oder anderen begehrlichen Blick zu, bis sie sich zurückzog.

Als Heynrich eintrat und von der Dame des Hauses begrüßt wurde, wirkte diese beschäftigt und war nicht sonderlich davon angetan, von jemandem gestört zu werden.

„Bitte, tretet ein! Rosalia sagte, Ihr hättet etwas für mich?"

Heynrich setzte ein neutral-freundliches Lächeln auf, bis sie hochsah und kreidebleich wurde.

„Ich sah Euch doch vorhin auf dem Markt."

„Ja. Allerdings. Kann es sein, dass Ihr etwas vermisst?"

Ihre Reaktion war ihm Antwort genug, so zog er die Briefe hervor und reichte sie ihr.

„Ihr habt sie fallenlassen. Gewiss werdet Ihr sie noch benötigen."

Kreidebleich und mit zitternden Händen nahm sie die Briefe entgegen. Angst spiegelte sich in ihren Augen wieder, auch, wenn sie den Blick sofort senkte.

„Meine Tochter, Euer Verhalten sagt mir, dass ihr vielleicht Hilfe benötigt."

Die Tür hinter sich zuziehend, sah er sie durchdringend an, wie immer, wenn er eine Frage dieser Art stellte. Analysierend. Beobachtend und die Reaktion auf die Frage abwartend. Zitternd stand die Hausherrin vor ihm, trat an den Tisch zurück und atmete schwer.

„Diese Briefe ... Ihr habt keine Ahnung, welchen Wert sie darstellen."
„Nun, dann klärt mich darüber auf."
„Sie stammen von oben, von meinem Gatten angefordert."
„Von oben? Was meint Ihr genau?"
„Kirchlich, wenn Ihr es genau zu wissen wünscht."
„Doch es ist Euer Siegel darauf."
„Das Siegel meines Gatten. Er ist im Namen der Kirche unterwegs und schickte diese Briefe an mich."
„Tochter, wenn Ihr dies so sagt, gedenkt Euer Gatte dann noch länger unterwegs zu sein?"
„Allerdings."

Schweigen beherrschte für einen Moment den Raum.

„Wollt Ihr Wein? Ich trinke nicht gerne allein."

Heynrich nickte, einem kleinen Schluck Traubensaft war er nicht abgeneigt. So schenkte die Hausherrin ein und reichte Heynrich einen schön verzierten Zinnbecher.

„Ihr scheint neu in der Stadt zu sein. Was führt Euch her?"
„Nun, Tochter, da ich ohnehin zu Eurem Gatten wollte ... ich wollte mit ihm sprechen – im Auftrag der Kirche."

„Die Kirche vergibt heutzutage viele Aufträge, meint Ihr nicht auch?"
„Bedenkt, die Kirche ist ein gewichtiger Teil im Leben aller Schäfchen. So ist es nur natürlich, dass sie entsprechend Aufträge vergibt."

Sein Lächeln schien auf sie beruhigend zu wirken und sie entspannte sich. Was ihn beinahe schon amüsierte war der Blick, den sie ihm zuwarf – weniger verlangend nach ihm als Mann, als vielmehr Neugierde auf Informationen aus fernen Landen.

„Mönch, Ihr dürft gern zum Essen bleiben. Wenn diese Briefe verloren gegangen wären, so hätte dies gewiss Probleme verursacht, die ..."

Schluckte.

„... es wäre vermutlich ein Problem geworden. Wünscht Ihr, dass ein weiteres Gedeck aufgetragen wird?"

Heynrich überlegte nicht lange und nickte dann, auch auf diesem Wege ließen sich jene Information beschaffen, die er gut gebrauchen könnte. Und wer vermochte zu sagen, ob sich nicht noch weitere Dinge eröffnen würden.

„Ja, gerne. Ich bleibe."
„Folgt mir, das Essen müsste eigentlich schon bereitet sein."

Die Hausherrin stand auf und verließ den Raum, bat ihn mit einer Geste, ihr zu folgen.

Den Speiseraum dominierte ein mittelgroßer Tisch, der bis zu 10 Personen Platz bot und den massive Stühle rahmten. Eine hübsche Franziskus-Statue in einer Nische am Kopfende bezeugten die Frömmigkeit der Bewohner. Holzdielen am Boden, ein Teppich unter dem Tisch und ein passender Luster mit Kerzen darin erhellten zu dunkleren Zeiten den Raum, der offensichtlich nicht nur zum Speisen genutzt wurde.

Ein Gedeck stand am Kopfende des Tisches bereit. Die Hausherrin deutete darauf, bat Heynrich Platz zu nehmen. Läutete dann die Glocke und nahm zu seiner rechten Seite Platz.

„Rosalie, ein weiteres Gedeck und bring das Essen!"

Schweigsam folgte die Dienstmagd den Anweisungen, brachte ein weiteres Gedeck und die Suppe. Ein einfaches Gemüsegericht, das ohne hohe Kosten zubereitet werden konnte.

„Bitte, greift zu!"

Die Art der Würze war einfach, mit frischen Kräutern und einem Hauch zu viel Liebstöckel versehen.

„Ihr habt mir auf meine Frage nicht geantwortet, Tochter. Benötigt Ihr Hilfe?"

Ein leichter Schatten zog sich über ihr Antlitz, der jedoch augenblicklich wieder entschwand.

„Wie kommt Ihr auf diesen Gedanken?"
„Es ist meine Aufgabe zu helfen und Ihr wirkt, als könntet Ihr Hilfe benötigen. Nicht im materiellen Sinne, sondern vielmehr im geistlichen. Gestattet mir die Frage ... wann war Eure letzte Beichte?"
„Diese ist, zugegeben, etwas länger her. Mein eigener Beichtvater verschied vor mehreren Monaten und seither..."
„Ihr habt einen Pfarrer im Ort."
„Habt Ihr ihn Euch angesehen und wie er die Menschen hier behandelt? Er mag ein guter Geistlicher sein, jedoch ist er ebenso ein überaus weltlicher Mensch. Nein. An meinen

Beichtvater lege ich gewisse Grundkriterien, die der hier ansässige Pfarrer nicht erfüllt. Kaum jemand geht gerne zu ihm, meist riecht er nach Wein und stinkt nach Knoblauch."

„Ihr dürft ihn nicht alleine nach diesen Kriterien beurteilen."

„Oh, das tue ich gewiss nicht. Ich stamme aus gutem Hause und bin in der Bibel wohl belesen. Wenn ein Geistlicher nicht einmal die simpelsten Dinge daraus beantworten kann, so ist wohl eher die Frage, ob er nicht falsch am Flecken ist."

Diese Kritik bekam Heynrich des Öfteren zu hören, über Geistliche, die nicht mehr als einen Schnellsiedekurs bekommen hatten. Mit ihnen war es unmöglich, eine gepflegte Konversation zu halten, und zumeist interessierten sie sich mehr für das leibliche Wohl als für die Seelen ihrer Schäfchen. Häufig handelte es sich bei ihnen um simple Gemüter, die gerade einmal die nötigsten Grundbedingungen für einen Hirten erfüllen mochten.

„Ja, ich sehe, dass Ihr dem geistlichen Wohl sehr zugetan zu sein scheint."

Er ließ seinen Blick im Raum schweifen, in dem sich Statuen und verschiedene Bilder unterschiedlichster Künstler fanden, die allesamt Szenerien aus der Bibel oder von Heiligen erzählten. Eines davon stach ganz besonders hervor – ein noch junger Künstler, dessen Arbeiten jedoch eine Aussagekraft trugen, die selbst er selten erblickte.

„Mein Wunsch war es, einst ins Kloster zu gehen, doch meine Eltern entschieden anders. Sie vermählten mich mit dem Richter, dem sie noch so einiges an Geld schuldeten. Ich kann mich über meinen Gatten aber nicht beklagen. Er ist ein guter Mann, der für mich sorgt und mich gut behandelt, mir auch nie das Gefühl vermittelt, gekauft worden zu sein. Und doch ... vielleicht eines Tages ..."

In ihrem Blick stand leichte Trauer über einen Wunsch zu lesen, der sich nie erfüllt hatte und es vielleicht auch nie tun würde.

„Nun, vielleicht gibt es dafür eine Lösung, die Euch ein klein wenig unkonventionell erscheinen mag...“

Unterbrach sich, als Rosalie das Hauptgericht brachte, einfach gehalten, nicht viel teurer als die Speisen der durchschnittlichen Bevölkerung und ebenso mit Gemüse und etwas Fisch zubereitet.

„Greift zu, der Fisch ist aus dem eigenen See.“

Tatsächlich verstand es Rosalie aus den einfachsten Dingen hervorragende Speisen zuzubereiten.

„Und doch hege ich den Verdacht, da ist noch so einiges mehr, das Ihr bislang niemandem erzähltet.“

Zartes Lächeln legte sich auf ihre Lippen, bevor sie sich den nächsten Bissen einverleibte.

„Gewiss, doch glaubt Ihr allen Ernstes, dass jeder Euch gleich etwas mitteilen würde, nur weil Ihr eine Kutte tragt? Diese lässt sich doch sehr einfach beschaffen, meint Ihr nicht auch?“
„Ihr seid skeptisch ... das ist gut.“
„Eine Notwendigkeit in unseren Tagen. Wenn Ihr jedem sofort alles glaubt, was dieser erzählt, dann werdet Ihr binnen kürzester Zeit arm und vielleicht auch tot sein. Leichtgläubigkeit können wir uns nicht leisten!“

Wissend beobachtete sie Heynrichs, während seine Mimik einer Katze auf Beutejagd ähnlich. Doch nicht die Lust war es, die darin ruhte, sondern weit mehr die Erfahrenheit einer Wirtschafterin. Kraft lag in ihren Worten. So griff er in seinen Beutel und reichte ihr ein Schriftstück der Kirche, das ihm einst überantwortet worden, ihn als Mitglied derselben ausweisen sollte. Ein kurzer Blick darauf genügte ihr, bis sie es ihm zurückreichte.

„Und doch, obwohl es echt scheint, wirkt Ihr seltsam, ganz anders als die Geistlichen unseres Klosters oder jener, die ich kennenlernen durfte! Ihr sprecht wie einer jener Herren aus Florenz, mit denen ich korrespondiere."

Sie erhob sich, trat an das Fenster und blickte hinaus, bevor sie sich dort stehend umdrehte und ihren Gast ansah. Aus ihrem Kleid zog sie ein spitzenbesetztes Tuch und schnäuzte sich, bevor sie es in ihren Ärmel zurücksteckte und erneut zum Tisch trat. Jedoch nicht, um sich zu setzen, sondern um vor dem Mönch stehenzubleiben.

„Was hat die Inquisition hier zu schaffen?"

Schon wollte er zu einer Antwort ansetzen, als sie ihn an der linken Schulter packte und ihn genau beäugte.

„Wenn die Inquisition in einer Stadt eintrifft, dann gibt es zumeist einen Grund und der ist selten ein guter."

Er gab sich Mühe, nicht aufzulachen, und zog es vor schweigend im Stuhl sitzen zu bleiben.

„Ich bin zwar keine Schwester und Euch damit auch nicht direkt unterstellt, aber Ihr seid mein Gast und als solcher gebietet es die Höflichkeit mir auf meine Frage zu antworten. Warum also ist die Inquisition zu uns geschickt worden?"

Statt eine Antwort zu geben, nahm er sich einen Apfel vom Tisch und schälte ihn in aller Seelenruhe. Ruhig sah sie ihn an und setzte einen Gesichtsausdruck auf, der für viele kryptisch scheinen mochte.

„Ihr verhaltet Euch anders als die üblichen Mönche, tragt Schnitzereien am Kreuz, wie ich sie nie zuvor gesehen habe, obwohl sie wunderschön sind, wie ich zugeben muss!"

Sie griff nach seinem Kreuz, ohne es zu berühren. Hübsch waren die Schnitzereien tatsächlich, wenngleich für das ungeübte Auge kaum zu erkennen.

„Kein gewöhnlicher Mönch trägt derartigen Zierrat! Also, warum seid Ihr erstaunt? Ihr verhaltet Euch nobler und zurückhaltender, wählt die Worte mit Bedacht und in Eurem ganzen Erscheinen seid Ihr mehr Herrscher als Diener! Eure Arte Euch zu geben ist nicht die eines normalen Geistlichen. Auch wenn nichts in den Unterlagen stand, die Ihr mir gegeben habt, so frage ich mich doch ..."

Sie hielt in ihrem Redeschwall inne und nahm auf ihrem Stuhl Platz. Amüsiert war Heynrich ihren Ausführungen gefolgt und bewunderte beinahe schon ihr genaues Auge und ihre Beobachtungsgabe.

„Ja, es ist wohl wahr. Ein einfacher Mönch bin ich nicht, sondern ein Diener der nach der Wahrheit strebt."

Er bot ihr die Hälfte des geschälten Apfels an und verzehrte seine Hälfte mit offensichtlichem Genuss.

„Doch ich bin kein Herrscher, kein Politiker!"
„Oh, davon sprach ich auch nicht. Man muss nicht der Regentschaft angehören um zu herrschen ..."

Lächelte ihn an und wechselte dann das Thema.

„Bedenkt, als Frau des Richters erhalte ich viele Informationen und ich bin in der Stadt gut integriert. Es gibt nur wenige Geheimnisse, von denen ich nicht erfahre. Unsere Mönche hier sind keine Dominikaner wie Ihr einer seid – und dass

Zwettl einen neuen Gast beherbergt, wurde mir bereits zugetragen."

„Tatsächlich?"

„Aber ja. Es wird so einiges gemunkelt, auch, dass die Inquisition ihre Finger nach unserer Stadt ausgestreckt hat. Nur eines verstehe ich nicht – was ist der Grund dafür? Seid Ihr wegen der Gefangenen im Kerker hier oder hat Eure Anwesenheit einen anderen Grund?"

Schmunzelnd lehnte er sich zurück und faltete die Hände in seinem Schoß. Die Gerüchteküche bewährte sich doch immer wieder.

„Ist es wegen der Mörderin im Gefängnis?"

„Ja, sie ist der Grund, weshalb ich hier bin, doch ob sie eine Mörderin ist ...!"

„... wurde noch nicht bewiesen. Wollt Ihr mir das sagen? Verratet mir doch, wie besonders muss sie sein, dass sie es schaffte nach einem Mitglied der Inquisition zu verlangen?"

Schweigend beobachtete er seine Gastgeberin, die offensichtlich nicht mehr weiterwusste, bis er dann einwarf.

„Sie war schon früher mein Beichtkind, vor vielen Jahren!"

„Ihr mögt sie!", stellte sie in den Raum und fuhr fort: „Was ist an Euch, dass sie nach Euch verlangte und deswegen selbst der Prozess aufgeschoben wurde?"

„Soviel vermag ich Euch zu sagen, das sie eine Nonne ist, welche in meinem Auftrag unterwegs war, der Rest unterliegt dem Beichtgeheimnis. Wahrlich, noch betrachte ich sie nicht als Mörderin, sondern als des Mordes Beschuldigte. Ich pflege kein Urteil zu fällen, bevor ich mich mit der Sachlage auseinandergesetzt habe."

„Nichts liegt mir ferner, denn ein Urteil zu fällen. Das ist Aufgabe meines Mannes, nicht meine!"

Sie schloss ihre Hände wie zum Gebet und betrachtete den Mann ihr gegenüber.

„Und doch werde ich nicht ganz schlau aus der Sache. Doch was ich sagen kann ist, dass Ihr auf mich einen ehrlichen Eindruck macht, Ihr die Lügen nicht als das Eure angenommen habt. So jemand für Euch wichtig ist, ..."

Überlegte kurz und fuhr dann fort:
„... zu helfen scheint mir ein Teil Eures Lebens zu sein. Verzeiht mir meine Direktheit! Vielleicht ist es Zeit das Mahl zu beenden und Euch nicht länger von Euren Aufgaben fernzuhalten. Doch bevor Ihr geht, ich möchte Euch noch etwas zeigen."

Sie erhob sich, trat zu einer anderen Tür und öffnete diese, wartetet, bis Heynrich ihr folgte und ließ ihn in eine kleine Bibliothek, in der ein schmaler, hübscher Altar stand.

„Bitte, nehmt doch Platz, Mönch. Gestattet mir, Euch einen kleinen Trunk anzubieten."

Sie reichte ihm einen kleinen Becher mit Wein, süßlich lieblich, rot.

„Mein Gatte wird erst in einigen Tagen eintreffen. Ihr habt mir einen großen Gefallen getan, indem Ihr mir die Briefe brachtet – nun liegt es an mir, Euch dies zu vergelten."

Folgsam nahm er Platz und sah ihr zu, wie sie an eines der Regale herantrat und zwischen dicken Wälzern einen kleinen, schmalen Band hervorholte. Diesen reichte sie, zusammen mit einigen Pergamentrollen, dem Mönch.

„Ich weiß nicht genau, ob Euch dies helfen wird oder kann. Es sind Unterlagen, die die Gefangene betreffen. Mehr gibt es – meiner Kenntnis nach – nicht. Wenn noch etwas fehlt, dann muss mein Gatte sie mit sich führen. Wenn Ihr ihren Fall bearbeitet, dann braucht Ihr dieses Wissen vielleicht. Nehmt Euch Zeit sie zu untersuchen, seht Euch um, wenn Ihr dies wollt, ich muss noch eine Kleinigkeit erledigen, bevor ich zurückkehre. Danach ... vielleicht hättet Ihr die Güte, mir die Beichte abnehmen zu wollen?"

Blickte ihn an mit einer Ehrlichkeit im Blick, den er selten sah. Um die 40 war sie, vom Leben gezeichnet, aber mit gesundem Stolz im Herzen und ohne jegliche offensichtliche Überheblichkeit. In ihren Jugendtagen mochte sie eine Schönheit gewesen sein, nun trug sie die Schönheit im Glauben im Herzen und strahlte dies ebenso aus.

Ihr hochgestecktes Haar trug sie mit Stolz in kastanienbraun und einigen weißen Fäden, die es durchzogen. Leichte Falten an den Mundwinkeln und den Augen zeugten vom Leben, das sie gelebt hatte und ständig spielte sie mit einem kleinen Rosenkranz, der an ihrer Seite hing, als würde ihr Leben davon abhängen.

„Wenn Ihr etwas benötigt, dann klingelt nach Rosalie, sie wird sich um alles kümmern!"

Sie deutete auf die Klingel an der Seite, verließ die Bibliothek und verschloss die Tür hinter sich.

Ihr Weg führte sie in die eigene Kammer. Als sie den Raum betrat, in den Spiegel blickte, erspähte sie einen altbekannten Schatten, der ihr manch einsame Stunde versüßte. Sie ergriff die Hand, die er ihr reichte und zog sie zu sich hinter den Spiegel.

„Ich kann nicht lange bleiben, ich habe einen Gast ..."
„Ich weiß ... kenne ihn, sah ihn ... aber sag, willst du mit ihm wirklich deine Zeit vergeuden?"

Charmant lächelte er sie an, in seinen Augen stand Feuer, als er sie an sich und mit sich auf eine Liege zog, er seine Lippen auf die ihren presste und nach ihrer Zunge suchte.

Ihr Herz schlug schneller, als sie seine Berührung fühlte, die sie so sehr genoss und es dauerte nicht lange, bis ihre Kleidung fiel und sie sich mit ihm verband, in seinen Armen dahinschmolz. Seine Berührungen taten ihr gut, ließen sie leben und aufblühen und binnen kürzester Zeit vergaß sie alles um sich herum.

ür einen Moment nahm Heynrich erneut jene Präsenz wahr, die er schon einmal gespürt hatte. Er hob den Kopf, lauschte und bemühte sich, mehr wahrzunehmen, doch so schnell, wie es kam, so rasch entschwand das Gefühl auch wieder.

Kopfschüttelnd wandte er sich erneut den Unterlagen zu, die vor ihm lagen. Allzu viel Neues fand er darin nicht, zumeist handelte es sich dabei um Unterlagen, die sowohl steuerliche, wie auch anders geartete, wirtschaftliche Aspekte berücksichtigten. Auf mehr gingen diese Papiere nicht ein.

Auf dem Tisch standen ein gut befülltes Tintenfass und eine Feder. Erneut griff er nach einem leeren Blatt und nahm sich die Freiheit heraus, jene Informationen darauf zu notieren, die ihm wichtig erschienen.

Vorrangig fanden sich darin die Ausgaben, die für ihre Inhaftierung und eine leichte Erstbefragung vonnöten gewesen waren. Dazu kamen die Kosten für Unterbringung und Ernährung der Gefangenen, welche nicht sonderlich hoch waren.

Seit mehreren Wochen saß sie in ihrer Zelle, zumeist ohne Ansprache und alleine, hatte nur ein einziges Mal um ein kleines Holzkreuz gebeten, das er an der Wand hängen gesehen hatte. Das Bitten um ihre Bibel jedoch war abgelehnt worden. Wohin ihre wenigen Habseligkeiten entschwunden waren, das fand sich nicht in den Unterlagen.

Vereinzelt fanden sich kleinere Notizen über die Gefangene, Vermerke über Kooperation und mehr, die Heynrich einen ersten Eindruck über den Richter vermittelten, so mochte der Mann kühl und sachlich in seiner Art zu denken sein.

19. Februar 1649 – Verhaftung einer Frau aus unbekannten Regionen, untergebracht für kurze Zeit im Pfarrhaus, offensichtlich belesen und bibelkundig. Bei ihr gefunden wurde eine Bibel und mehrere Dokumente, nach wie vor kirchlichen Siegels versehen, mehrere Kuverts.

Vorsichtiges Vorgehen sei hier anzusetzen, in Hinblick auf die Möglichkeit jedweder Schuldzuweisung durch die geheiligte Kirche. Anforderung eines hochrangigeren Vertreters möge sinnvoll erscheinen. Zumal sie selbst um Beichte durch einen Mönch bat, der erst angefordert werden muss.

Brief an den Mönch wurde aufgesetzt und ein Bote losgeschickt.

Auf einfache Befragung verstockt reagierend, wird die tatsächliche Befragung und Urteilsfindung verschoben, bis der Mönch eintrifft und wunschgemäß die Beichte abgenommen werden kann.

Zu jener Zeit hatte er selbst sich in deutschen Landen, weiter im Norden aufgehalten, war durch Feldlager gezogen und hatte sich die Beichten der Soldaten angehört, die kurz vor dem Sterben standen. Unruhige Zeiten brachten unkonventionellere Wege mit sich.

Es war kein Wunder, dass es so lange dauerte, bis ihm das Schriftstück zugestellt werden konnte, wusste er doch meist selbst nicht, wo er am nächsten Tag sein würde. Je länger Geschehenes zurücklag, umso schwerer wog meist das Vergessen.

Heynrich seufzte auf, erhob sich und trat an das große Fenster heran, das in Richtung Gemüsegarten blicken ließ. Leise knarrte hinter ihm die Tür und die neu gekleidete Hausherrin trat ein. Auf ihn wirkte es, als hätte sie sich frisch gemacht, die Haare zu einer neuen Frisur hochgesteckt und mit einem Spitzentuch geschmückt, wie er es auch aus anderen Landen kannte. Sie erschien ihm nicht sonderlich eitel, doch wie die meisten Frauenzimmer legte auch sie Wert darauf aus ihrer Erscheinung das Beste zu machen.

In ein sattgrünes Kleid gehüllt, das offenkundig nur im eigenen Heim getragen wurde, trat sie zu ihm heran und fragte: „Nun Mönch, habt Ihr die Antworten gefunden, nach denen Ihr gesucht habt?"
„Gewiss,   wenngleich   noch   nicht   alles!"
„Mein Gatte meinte, der Prozess würde erst stattfinden."
„Dies   entnehme   ich   ebenso   den   Unterlagen   hier."
„Nun, wollt Ihr in diesem Ort bleiben, solange bis mein Gatte wieder hier ist? Das kann eine geraume Weile in Anspruch nehmen."
„Tochter, es gibt überall Seelen, die der Heilung bedürfen."
„So wie Ihr glaubt, dass es die meinige benötigt? Vater, ich bin oft alleine, herrsche über dieses Haus und habe eine ganze Wirtschaft zu versorgen. An Kleinigkeiten und kindliches Versteckspiel habe ich keinerlei Interesse."
„Dann will ich ebenso direkt sein, wünscht Ihr noch eine Beichte oder gibt es etwas anderes, wo ein Mann der Kirche Euch helfen kann?"

Glockenhell lachte sie amüsiert auf und blickte ihn direkt an, wie es nur jene Frauen taten, die es gewohnt waren sich nicht hinter anderen zu verstecken, sondern ihre eigenen Waffen zu schwingen.

„Vater, so kräftig wie Ihr wirkt, könnte ich Euch vor ein Ochsengespann stellen und Ihr würdet das ganze Feld alleine beackern. Mit Eurer Art zu sprechen ..."

Hier schluckte sie – wie immer wenn er sprach, reagierten viele Frauen auf seine Stimme ... auch sie vermochte dies nicht zu leugnen.

„... könntet Ihr große Reden schwingen und würdet Unmengen an Zuhörern für Euch gewinnen. Man hört Euch gerne zu, wenn man vor Eurer Stimme nicht in die Knie geht!"

Woraufhin sie ein Lächeln auf den Lippen trug und damit offenließ, wie sie den letzten Kommentar tatsächlich gemeint hatte. Sie zog einen zweiten Stuhl heran und setzte sich ihm gegenüber.

„Ja, Vater, es ist Zeit für eine Beichte. Ob Ihr mir anderweitig auch noch helfen könnt, das weiß ich nicht, wenn ich ehrlich bin. Dieser Raum ist ebenso gut geeignet wie jedes andere Zimmer hier im Hause. Wünscht Ihr noch etwas zu trinken?"
„Nein. Später vielleicht, doch nicht jetzt. Verratet mir doch Euren Namen, Tochter."
„Marie-Ann, ich heiße Marie-Ann."
„Gut, Marie-Ann, dann kniet nieder!"

Folgsam erhob sie sich aus dem Stuhl und kniete zu seinen Füßen nieder, griff nach seiner rechten Hand, drückte ihre Lippen darauf und ließ sie wieder los. Anschließend schlug sie das Kreuzzeichen und betete: "Benedic mihi pater,quia peccavi".
Heynrich nickte und antwortete: "Dominus sit in corde tuo et in labiis tuis, ut rite confitearis onia peccata tua."

Wartend sah sie nach oben.

„Tochter, ist es Euer freier Wille, dass Ihr um die Beichte bittet?"
„Ja, dies ist es, Vater."
„Dann erhebet Euch und setzt Euch auf den Stuhl, sprecht, was bewegt Euch und Euer Herz, mein Kind?"
„Vater, ich habe seit langem kein wahres Gebet aus dem Herzen mehr gesprochen, kein Gebet, das mich an den Himmelsvater leiten mag."

Für einen Moment unterbrach sie sich selbst, bevor sie erneut ansetzte zu sprechen. In ihrem Blick stand nichts anderes als Ehrlichkeit geschrieben.

„Vater, ich weiß nicht einmal, wo ich anfangen soll. Natürlich bemühe ich mich dazu, die Gebote zu leben, auch, wenn mir mitunter eine kleinere Lüge entwischt. Doch beabsichtigt ist diese nicht. Die anderen Gebote? Sie sind kein wirkliches Problem für mich. Ich bemühe mich um einen gottgefälligen Lebensstil, gerade auch, weil ich ein weltliches Leben führe."
„Sprecht gerade heraus, mein Kind!"

Seine Hände gefaltet und in den Schoß gelegt, widmete er seine Aufmerksamkeit der Seele vor sich.

„Weitaus schwerer fällt es mir, die Todsünden zu meiden. Ihr als Mann der Kirche seid vielleicht über diese 7 erhaben, doch ich als Frau ..."
„Tochter, das Geschlecht spielt hier keine Rolle, doch fahre fort ..."
„In unserer Zeit leiden viele Hunger und haben kein Dach über dem Kopf. Ist es gestattet stolz auf das zu sein, was man sich erarbeitet hat?"
„Gewiss, denn das ist nicht der Stolz, den die Todsünden meinen."
„Habsucht oder Neid – damit trage ich mich nicht. Es ist nichts, das ich in das Himmelreich mitzunehmen vermag. Zornig vermag ich mitunter sein, das ist wohl wahr. Doch ich gebe mir Mühe, auch dies im Griff zu haben. Unmäßig zu sein, oder dass ich meines Daseins überdrüssig wäre, das seht Ihr selbst, dies ist nicht der Fall."

Heynrich betrachtete die Frau vor sich. Sie schwieg, überlegte und suchte nach Worten, bis er sprach:
„Nur eine habt Ihr nicht erwähnt ..."

Nun war es an Marie-Ann zart zu erröten und auf ihrem Stuhl herumzurutschen. In seinem Inneren grinste Heynrich amüsiert, diese Bewegungen kannte er von anderen Frauen nur allzu gut und seufzte zugleich auf. Manchmal konnte es auch anstrengend sein, wenn die Frauenwelt ...

„Ihr sprecht von Unkeuschheit?"
„Gewiss. Ihr nennt die Todsünden und lasst eine davon aus. Warum? Gibt es einen Grund dafür?"
„Vater ... ich ..."

Nun lief sie knallrot an.

„... ich ..."
„Sprecht aus, was Ihr Euch denkt, Tochter. Habt Ihr einen Geliebten?"

Marie-Ann schluckte, so offen sprachen Geistliche selten mit ihr.

„Mein Gatte ist über Monate hinweg in jedem Jahr unterwegs. Er ist nicht mehr der Jüngste, bereits über 60 Jahre alt und ich bin halb so alt wie er. Bedürfnisse lassen sich nicht so leicht ignorieren! Im Kloster wäre es besser, klarer, mit anderen Strukturen, doch ich lebe im weltlichen Umfeld, Vater!"

Strenge überzog sein Gesicht.

„Beantwortet meine Frage, Tochter!"
„Darf ich Euch erst eine Gegenfrage stellen, Vater?"

Die Brauen hochziehend, nickte er.

„Was sind Engel, wenn Ihr mit Ihnen sprecht? Sind es Gestalten, die der Himmel schickt, um uns zu prüfen?"
„Engel, mein Kind, sind keine Prüfung. Sie sind Hilfe und Stütze, denen wir vertrauen können. Doch was hat das mit meiner Frage zu tun?"

„Wenn ich Euch sage, ein Engel berührt mich, wenn ich alleine bin und Sehnsucht verspüre ... würdet Ihr dies als Geliebten bezeichnen?"

Schweigend hielt er inne und überlegte. Tatsächlich war eine Frage wie diese nicht immer einfach zu beantworten. So betrachtete er sie genauer, als wolle er sie einschätzen, bis er vorsichtig seine Worte wählte.

„Engel sind nicht immer jene Engel, die der Himmel uns sendet. Ihr kennt die Bibel, nicht alle Engel sind dem Herrn unterstellt, viele von ihnen sind einst abgefallen oder führen ein Dasein außerhalb des Himmlischen. Um Eure Frage zu beantworten, solltet Ihr also genauer werden."
„Mir ist die Geschichte um den Fall wohl bekannt. Als sie sich anschickten, sich mit den Töchtern der Erde zu vereinen. Und doch – ich bin keine Klosterschwester, die Euch Fragen wie diese zu beantworten vermag."
„Und dennoch seid Ihr belesen und führt offensichtlich Korrespondenz mit gebildeten Personen. Nicht jeder der Briefe trug das Siegel Eures Gatten. So wollt Ihr Euch nun selbst der Lüge bezichtigen?"
„Nein, das gewiss nicht. Aber Engel sind nicht immer ein Thema – und schon gar nicht in diesem Zusammenhang!"
„Tochter, wenn Ihr das nicht im theologischen Sinne beantworten könnt, so ist dies keine Tragik. Ihr seid Laie, wenngleich auch belesen. Dennoch beschäftigt es Euch und Ihr glaubt, es gibt keinen, mit dem Ihr darüber reden könnt. Darum geht Ihr auch nicht zur Beichte zum Pfarrer hier im Ort. Dies entspricht doch den Tatsachen, oder gibt es Informationen, die Ihr noch verschwiegen habt?"
„Wie soll ich denn etwas beichten, was der Pfarrer hier selbst nicht erklären kann? Er mag ein geweihter Priester sein, aber er versteht diesen Diskurs nicht."
„Ihr schon?"
„Ich weiß es nicht – sagt Ihr mir dies!"

„Tochter, nicht ich bin es, der die Beichte ablegen will, sondern Ihr batet darum. Werdet genauer, auf dass ich Euch die Beichte abzunehmen vermag. Nur so vermag ich wirklich zu helfen!"

Ein Hauch streifte seinen Nacken, während sie schwieg und nach Worten rang.

„Tochter!"

Ermahnend sprach Heynrich nur dieses eine Wort.

„Ihr müsst die Worte nicht abwägen, bis ins kleinste Detail, sondern sprecht frei von der Leber weg!"
„Nun Vater, so will ich direkt sein. Nein, ich habe keinen Geliebten, der mich besucht. Keinen Mann, der mich besteigt, nicht einmal mein Gatte tut dies und verzichtet damit auf einen Sohn, den er doch so gerne hätte. Doch eines habe ich, einen Engel, der mich mitunter besucht, ein Engel, der meiner Seele gut tut und mich berührt an Stellen ..."

Errötend brach sie ab.

„... welche Stellen meint Ihr? Streicht er über Eure Wangen oder hält er Eure Hand, wenn Ihr betet?"
„Manchmal, ja, manchmal auch nicht!"
„Werdet klarer!"
„Vater, von einem Engel berührt zu werden, vielleicht kennt Ihr dies aus eigener Erfahrung heraus. Würde er meine Hand beim Gebet halten, dann wäre dies kein Grund zur Beichte!"

Dabei deutete sie tiefer, hinab zu ihrem Schoß.

„Dort berührt er mich, nimmt mich in den Arm und schenkt mir die Zuwendung, wie sie eigentlich nur der Ehegatte geben sollte."

In ihre Augen blitzte es auf, Erinnerungen an eine Begegnung, an die sie dachte, die Heynrich nicht entging und die von reiner Leidenschaft zeugte. Ein Windhauch in seinem Nacken ließen ihm die Härchen aufstellen und sorgten für eine leichte Gänsehaut.

„Tochter, was Ihr andeutet, kann entweder ein reger Geist sein, oder etwas, das aus Euch vertrieben werden muss. Seht mich an und sagt mir selbst, was Ihr glaubt!"
„Vater, das kann ich nicht. Ich kann es nicht einschätzen, weiß nur, dass es mir danach besser geht und dass ich ruhiger bin. Diese Zuwendung schadet nicht, sondern gibt mir Zuversicht. Dennoch ... "

Schweigen folgte. Bedachte Heynrich, was Agnes erzählte, schien es kein einfacher Engel zu sein, der Marie-Ann besuchte. Ob es nur der Phantasie dienlich war, stellte er vorerst in den Raum, darauf würde er im Augenblick keine Antwort erhalten.

„Tochter, wie sieht er aus?"
„Was meint Ihr? Ob er wie ein Engel aussieht?"
„Beschreibt mir, was sehst Ihr, wenn er Euch besucht!"
„Vater, er sieht aus wie ein ganz normaler Mann. Nur die Augen sind seltsam – mal tiefgrün, dann feuerrot ..."
„Interessant, dass Ihr auf die Augen zu sprechen kommt. Augen, wie Ihr wisst, sind der Spiegel zur Seele, Tochter!"
„Gewiss ist mir dies bekannt, Vater. Doch wie kann es sein, dass die Farbe wechseln mag?"
„Das eine ist er selbst, das andere jener, nach dem Ihr Euch sehnt! Sagt, gab es jemanden, der Euch einst so sehr beeindruckte, dass Ihr es nicht vergessen mochtet?"

Da war etwas, wie er deutlich spürte.

„Ja, als Kind – ich war in einer Kirche, vor einem wunderschönen Gemälde. Das Abbild darauf, es stellte einen

Engel dar, inmitten einer Schlacht stand dieser Engel und rief zur Ordnung. Mir scheint ..."

Nun wurde sie leichenblass.

„Jetzt wo ich mich erinnere, sieht mein Engel aus wie jener auf dem Gemälde, seine Augen so stark und bindend ..."
„Mein Kind ... was Ihr seht ... verwehrt ihm in Hinkunft seine Besuche!"
„Weshalb? Er hat mir nie Böses getan!"
„Kind, was Ihr schildert, die Augen sind der Spiegel, in ihnen seht Ihr, was jemand ist ... Ihr sprecht nicht von einem Engel."
„Sagt Ihr mir, es sei ein Dämon?"
„Dazu habe ich noch keine ausreichenden Informationen. Ich kann Euch nur sagen, es ist besser, wenn Ihr ihm in Hinkunft den Weg zu Eurem Herzen versperrt."
„Doch weshalb?"
„Vielleicht habt Ihr ihm, ohne es zu wissen, Eure Seele längst überantwortet. Ein Preis für die Lust, die er Euch schenkt!"
„Vater, wie soll ich dies wissen? Mein Seelenheil ist mir wichtig, doch ich gab meine Seele nicht her."
„Das, mein Kind, kann schneller geschehen, als Ihr glaubt. Vertraut Ihr mir soweit, dass Ihr mir Euch zu helfen erlaubt?"
„Gewiss, Vater, und doch verstehe ich nicht ..."
„Mein Kind, manchmal ist ein kleiner Verzicht auf Lustvolles – sei es Speise, Trank oder anderes – notwendig, um für ein späteres Ganzes gewappnet zu sein. Sich allen irdischen Gelüsten sofort hinzugeben, wenn sie greifbar sind mag vielen als reizvoll scheinen, jedoch helfen sie nicht, sich zu entwickeln und den eigenen Weg zu finden. Ihr sagt, Ihr seid stolz auf das, was Ihr erreicht habt ... doch seid Ihr auch stolz auf Euer Herz?"
„Gewiss bin ich dies."
„Ihr seid eine stolze Frau mit Prinzipien, belesen und doch habt Ihr noch so vieles zu lernen."
„Dann sagt mir, Vater, selbst, wenn ich ihn nicht mehr zu mir

175

lassen würde, woher wollt Ihr wissen, angenommen er sei wahrlich kein Engel und wolle mir schaden, dass er sich dann nicht einfach nimmt, was er haben möchte?" „Das oberste Gesetz des Göttlichen, die Vereinbarung zwischen ihm und dem Teufel. Es lautet: Nur durch euren freien Willen mögt ihr eure Seele dem Widersacher überantworten. So achte gut darauf, meine Tochter, ob du nicht im Flusse der Wollust etwas hergibst, was du nur unter schweren Opfern zurückzuerlangen magst."

Erstaunen legte sich in die Augen der Hausherrin und leichte Röte, die sie zu verbergen suchte. Offenkundig war sie nicht besonders glücklich über seinen Rat und doch schien es, als wolle sie gehorsam sein.

„Ich kann mich nicht entsinnen, dass ich ihm meine Seele überantwortet hätte. So bitte ich Euch um Rat."

Heynrich betrachtete die Frau genauer. Noch schien ihre Seele sicher zu sein, wirkte sie doch stark und unnachgiebig in ihren Gedanken.

„Tochter. Ich gebe Euch keine Gebete auf, denn das Wollen muss dem Herzen entstammen. Es liegt nicht an mir für Euch zu entscheiden, das müsst Ihr schon mit Euch selbst ausmachen. Doch einen Rat gebe ich Euch auf den Weg mit: Hütet Euch vor den Verlockungen der Wollust. Sie hat mehr ins Verderben gestürzt, als Ihr glaubt und mehr in törichte Handlungen verstrickt, als es Euch bewusst ist. Der Teufel schläft nie und er ist ein Verführer, der selbst die reinsten Seelen zu gefährden vermag. Dieser Tatsache müsst Ihr Euch bewusst sein, wenn Ihr Euch erneut mit diesem Engel einzulassen gedenkt."
„So ratet Ihr mir nicht, den Kontakt zu ihm vollends zu vermeiden?"

Er überlegte gut um die richtigen Worte zu wählen: „Tochter, Ihr wünscht Euch ein Leben im Kloster, in geistlicher Gemeinschaft und doch führte Euch Euer Weg bis hierher. Vielleicht tragt Ihr den Wunsch geistlicher Prüfungen in Eurem Herzen und diese Begegnung mag eine davon sein, die für Eure Entwicklung wichtig sein mag. Nein, ich rate Euch in diesem Falle nicht, den Kontakt zu meiden, sondern nur, dass Ihr auf Euch achtet. Ich bin nicht der Hüter Eurer Seele, doch ich gebe Euch noch etwas mit auf dem Weg!"

Beugte sich nach vor, holte aus seinem Beutel eine kleine Phiole. Dieser entnahm er ein paar Tropfen und zeichnete ihr etwas auf die Stirn. Dazu sprach er ein paar Worte, die sie nicht verstand. Es fühlte sich nach leichtem Brennen auf ihrer Haut an.

„Tochter, wenn es soweit ist, dann werdet Ihr erkennen, wofür dies gedacht ist. Ist dies alles, was Ihr zu beichten habt?"

Errötend sah sie ihn an.

„Tochter, Euer Blick sagt genug aus, was in Eurem Herzen vor sich geht. Ihr seid noch jung und verzichtet in vielerlei auf die körperlichen Genüsse und arbeitet hart."
„Vater ..."
„Ihr denkt daran, Euren Geist schweifen zu lassen? Nun, die Handlung an sich selbst vorzunehmen ..."

Tiefrot und mit ersten Anzeichen von Scham sah sie Heynrich mit geweiteten Augen an. Peinlich berührt, senkte sie ihre Augen.

„Tochter, glaubt Ihr ernsthaft, mir ist nicht bekannt, dass viele Frauen sich selbst auf diese Weise Gutes tun? Sich selbst berühren? Solange es nicht ausartet, spricht im Grunde nichts dagegen. Gewiss, dies mag ein Streitthema in der Geistlichkeit sein, jedoch ist dies mitunter das geringere Übel, bevor sie etwas tun, das sie eines Tages in Unheil stürzt. Ihr müsst nur darauf achten, dass Ihr Euer Herz wahrt und dem Verführer nicht selbiges öffnet."

Sie blickte zu Boden. Derart direkt hatte bislang kein Geistlicher mit ihr gesprochen.

„Vater ... so meint Ihr..."
„Ja. Du verstehst wohl ... doch bedenket stets Euer Seelenheil mein Kind. Gibt es sonst noch etwas, das Ihr beichten wollt? Oder braucht Ihr eine Weile zum Nachdenken?"
„Vater ... Ihr seid wahrlich anders als der Pfarrer hier. Ich ..."

Schweigend kniete sie zu seinen Füßen. Er spürte, dass sie lächelte. So setzte auch er ein dezentes Lächeln auf und erhob sich.

„Tochter, ich werde Euch allein lassen, vorerst. Wenn Ihr noch etwas mit mir zu besprechen habt, Ihr findet mich im Pfarrhaus, solange bis der Prozess beendet ist."

Er sprach ein leises Gebet über sie und zog das Kreuzzeichen.

„Et ego te absolvo a peccatis tuis in nomine Patris, et Filii, et Spiritus Sancti, Amen."

Wissend, dass sie sich wohl bald bei ihm melden würde, verließ der den Raum und sie zurück. Spürte die Präsenz und blickte zurück. Nach wie vor kniete sie am Boden und hielt inne. Fürs Erste war seine Aufgabe hier erfüllt, eine weitere wartete auf ihn.

infache Menschen wussten oft mehr, als man glaubte.

Als Heynrich das Haus des Richters verließ, blieb er für einen Moment vor dem Gebäude stehen, schloss die Augen und hob den Kopf Richtung Sonne. In Gedanken sprach er ein stummes Gebet und setzte dann den Weg fort in Richtung Marktplatz. Es war an der Zeit für ein paar Befragungen beim gemeinen Volk. Gerade Krüppel, Kriegsversehrte und Notleidende, aber auch das einfache Gesinde waren gute Informationsquellen, sofern man Gerüchte und Fakten auseinanderdividieren konnte.

Als Heynrich den Markt erneut betrat, war dieser immer noch voller feilschender und handelnder Menschen, die mit Gütern den Platz verließen oder vielfach sich lautstark lamentierend über die aktuelle Situation beklagten.

Dazwischen huschten Kinder spielend durch die Menschenmenge, hie und da standen Gruppen zusammen und schnatterten um die Wette.

An den verschiedensten Ständen boten Händler ihre Waren feil, über die Heynrich seinen Blick schweifen ließ. Alltagsgegenstände wie Korbwaren und Lebensmittel wurden ebenso angeboten wie ein Händler, der sich auf unterschiedlichen, mitunter unbrauchbaren Tand verlegt hatte. Zwischen alledem entdeckte Heynrich den kleinen Stand eines jungen Burschen, der Messer verkaufte. Die Klingen zeugten von hoher Qualität und Kunstfertigkeit, der Schmied schien einiges von seinem Handwerk zu verstehen.

Er wirkte nicht sonderlich sauber gekleidet und trug einfachste, vielfach ungeschickt geflickte Kleidung, doch sein freundliches, fröhliches Lächeln gab ihm etwas Verschmitztes.

Er strahlte voller Herzensgüte und dieses Gemüt zauberte bei Heynrich ein Lächeln auf die Lippen. Er trat näher, nickte dem Burschen zu und bemerkte, dass ihm sein linkes Bein fehlte.

Nach wie vor gab es Scharmützel und bereits Kinder standen auf den Schlachtfeldern und kämpften für die ein oder andere Seite. Diese kleineren Gefechte würden sich wohl noch über viele Jahre hinweg ziehen. Wie jeder Krieg schlug auch dieser tiefe Wunden in die Herzen der Menschen, lehrte sie vieles über Schmerz und die wahren Bedürfnisse.

Doch über das wollte Heynrich im Moment nicht nachdenken. Er trat an den Stand und betrachtete die Messer vor sich, die von hoher Handwerkskunst sprachen.

„Einen gesegneten Tag wünsch ich Euch, Mönch. Seid Ihr auf der Durchreise?"
„Nicht so ganz. Aus wessen Arbeit stammen diese Messer?"
„Von meinem Meister, dem Schmied. Etwas außerhalb des Ortes, aber ich darf die Güter hier verkaufen."
„Verstehe. Die Klingen sind fein, gute Arbeit."

Daraufhin setzte der junge Bursche ein Grinsen auf.

„Danke. Das wird meinen Herrn gewiss freuen, wenn er dies hört. Möchtet Ihr, dass ich ein Messer für Euch auswähle? Für jeden findet sich hier das richtige und für Euch ..."

Er betrachtete sein Gegenüber genauer, abschätzend und überlegte, bevor er aus einem kleinen Beutel ein hübsch gearbeitetes Messer hervorzog und es dem Mönch reichte.

„Dieses hier würde zu Euch passen, Mönch!"

Heynrich hielt die Arbeit eines Lehrjungen in Händen, bemüht und mit Talent gefertigt, aber die Feinheiten fehlten. Heller Griff umschloss einen durchgehenden Erl, gut ausbalanciert lag es in seiner Hand, als wäre es genau für ihn gemacht worden. So einfach das Messer auch gestaltet war, so merkte Heynrich auch, dass es dem Jungen viel zu bedeuten schien.

„Deine Arbeit?"
„Ja. Mein erstes Messer. Zwei Kreuzer würde das machen, Mönch, so Ihr es nehmen wollt! Zwei Kreuzer oder ein Gebet für meinen Meister und mich!"

Noch während er das Messer in der Hand hielt und die leicht wackelige Schnitzerei des Griffes betrachtete, fühlte er sich angerempelt.

„Nehmt euch vor der Rasselbande in Acht ... Habt Ihr einen Geldbeutel dabei gehabt?"
„Nein."
„Fehlt euch sonst etwas?"

Ein kurzer Griff zu seinem Beutel bezeugte ihm, dass dieser fehlte. In ihm war er es gewohnt die Dinge zu transportieren, die er sonst bei sich trug, wenngleich die meisten davon keinen materiellen Wert darstellten, der ideelle Wert hingegen war mitunter enorm.

Aufseufzend wollte Heynrich schon das Messer zurücklegen und sich zum Gehen wenden, als der Bursche einwarf: „Es ist mein erstes Werk, Mönch, nehmt es mit, betet für mich!"
„Das tue ich, mein Sohn! Das tue ich!"

Er musste sich sputen, um den Kindern zu folgen, und steckte das Messer in den Gürtel.

Wo die Kinder durch ihre Größe leicht an den verschiedensten Stellen hindurchhuschen konnten, benötigte er mehr Platz und folgte der Richtung, in die er sie laufen sehen hatte. Zügig ging er voran und hielt die Augen offen. Bei all den Menschen war es schwierig, doch an einer Mauerwand hinter dem Markt erspähte er ein Kind, das sich eilig zwischen Fässern und Brettern zu verbergen suchte.

Zielgerichtet ging er auf das Kind zu und blieb davor stehen, griff zwischen die Bretter und hatte ein sich windendes Etwas gepackt, das er herauszerrte.

„Du willst verstecken spielen?"

Setzte das Kind wieder auf den Boden.

„Bring mich zu deiner Gruppe! Sofort!"
„Was krieg ich dafür?"

Verschmitzt sah er ihn an und hielt die Hand auf.

„Guter Zug, Kleiner!", dachte sich Heynrich insgeheim. Wie oft war er schon Straßenkindern begegnet, die genau wussten, wie sie ihr Überleben sichern konnten.

„Einen Klapps, wenn du dich nicht sputest!"

Wo sich diese Kindergruppen aufhielten, dort waren meistens auch Erwachsene, die die Befehle gaben und die Kinder im Gegenzug versorgten. Waren es nicht genau diese Menschen, die er gesucht hatte? Einen Wink des Schicksals musste man nicht unbedingt verstehen, aber es lohnte sich zumeist, ihm zu folgen.

Seinem Gefühl vertrauend, ließ er das Kind vor sich nicht aus den Augen, mit langen Schritten folgte er den schnellen kurzen des kleinen Jungen, der kaum älter als 6 sein mochte. Er schob sich zwischen verschiedenen Brettern hindurch bis zu einem schmutzigen Verschlag, der kaum mehr als eine Bruchbude darstellte, in dem jedoch Menschen zu leben schienen.

Der Junge, der ihn hergeführt hatte, sah ihn von unten aus an und flitzte davon. Um ebenfalls einzutreten, musste sich Heynrich bücken, für einen großgewachsenen Mann wie ihn war diese Öffnung nicht gedacht.

Dahinter stand eine Gruppe Kinder, keines davon älter als 6 vielleicht 7 Jahre und sahen ihn mit hungrigen Augen an.

„Nun, du hast etwas, das mir gehört ..."
„Verschwindet Mönch, sonst mach ich Euch Beine!"

Hinter den Kindern trat eine zerlumpte Gestalt aus dem Schatten, bis sie in jenem Sonnenlicht stand, das aus einer Lücke in der Decke in den Raum eindrang. Mittelgroß, gedrungen und mit einem spöttischen Grinsen in einem verwahrlosten Bart spielte der Mann mit einem Messer, als wolle er etwas unter Beweis stellen. Aus seinem verbliebenen, rechten Auge traf ein eiskalter Blick den Mönch, der keine Fragen offenließ.

Seufzend lockerte Heynrich seine Schultern.

„Mein Sohn, was in diesem Beutel ist, ist nur für mich von Wert und Bedeutung, Du kannst nichts damit anfangen oder ihn zu Geld machen, also gib mir zurück was mir gehört und jeder geht seiner Wege."

Anschließend faltete er seine Hände in den Ärmeln seiner Kutte, sodass seine Rechte den Griff seines Dolches berührte. Zu oft schon war er derartigem Gesindel begegnet. Und dieser Mann hatte die Ausstrahlung eines heimtückischen Mörders.

„Ich sag es nur einmal im Guten, gebt mir mein Eigentum zurück!"

Heuschreckengleich huschten die Kinder, die sich versammelt hatten hinter den Gedrungenen und verschwanden im

Schatten der Behausung. Holz knarrte hinter ihm und das Funkeln in den Augen des Gedrungenen verhießen nichts Gutes. Dieser holte aus seinen Kleidern den Beutel und öffnete ihn, was Heynrich mit einer weiteren Anspannung seiner Muskeln quittierte.

Mit gerunzelter Stirn stopfte er die Sachen wieder zurück und hielt den alten Lederbeutel abschätzend in der Hand. Grinsend trat er zwei Schritte näher.

„Doch Ihr trag gewiss noch anderes bei Euch. Übergebt mir den Rest Eurer Sachen, dann lasse ich Euch vielleicht" - betonte dabei das letzte Wort süffisant – „leben. Oder ich hole mir so, was Ihr noch bei Euch tragt."

In Heynrichs Rücken bohrt sich etwas Spitzes. Es reichte! Den rechten Ellenbogen nach hinten ausschlagend vernahm er einen gequälten Aufschrei. Es klirrte metallisch und der Druck in seinem Kreuz entschwand. Gleich darauf trat er wie ein Muli kräftig nach hinten aus und ächzend sank hinter ihm eine Gestalt zu Boden.

Ohne den Blick vom Gedrungenen zu heben, griff er zielgerichtet rückwärts und zog einen jungen Burschen nach vor, den er mit seiner Linken am Nacken festhielt.

Es funkelte in Heynrichs Augen, als die Geräuschkulisse weitere Spießgesellen und das Verschließen des Ausgangs verkündete. Offensichtlich glaubte dieses Gesindel, mit ihm leichtes Spiel zu haben, nur weil er die Kleidung eines Mönches trug.

„Gebt mir Euer Zeug ... jetzt ... sofort!"

In seinem verbliebenen Auge blitzte es. Er trat ein Stück näher an Heynrich heran und spielte dabei nach wie vor mit dem Dolch in seiner Hand, spuckte den Kautabak aus, den er die ganze Zeit über im Mund hin und her schob. Dass dieser auf der Kleidung des Mönches landete, veranlasste ihn zu einem dreckigen Grinsen, das nahezu unter dem schmutzigen Bart verschwand.

Kaum wahrnehmbar, eine leichte Bewegung seines kleinen Fingers, und die beiden Schatten hinter Heynrich begaben sich in bedrohliche Position. Doch wie es manchmal so kommen mochte, gehörte der Mönch zu jenen, die selbst die winzigsten Gesten wahrnahmen und daraus Schlüsse ziehen mochten. Er spannte seine Muskeln deutlicher an und wartete darauf, dass die Gesellen etwas Falsches taten. Die nächsten Momente mochten für alle Beteiligten ungemütlich werden.

Der Bursche, den er nach wie vor im Genick gepackt hatte, schlug ihm mit voller Kraft gegen das linke Schienbein, was Heynrich dazu veranlasste ihm eine Kopfnuss zu verpassen, die ihn mit einem Brummschädel zu Boden warf und ihn Sterne sehen ließ.

In diesem Moment startete einer der Burschen hinter ihm eine Attacke, die jedoch ins Leere lief. Hatte er doch nicht damit gerechnet, dass der Mönch in genau diesem Moment seine Position verändern würde. So stolperte er vor, verlor das Gleichgewicht und fand sich rasch am Boden vor dem Mönch wieder, im nächsten Augenblick hatte er schon dessen Fuß in seinem Nacken und drückte ihn hinab.

Die zweite Gestalt hinter Heynrich gab nur unverständliches Gebrabbel von sich, als wäre sie nicht in der Lage zu sprechen. Groß und bullig, sonst einschüchternd auf die Menschen wirkend, denen er als „Warnung" geschickt wurde, überragte er selbst Heynrich um einen guten Kopf und verfügte obendrein über kräftige, deutlich sichtbare Muskelberge. Seine schiere Masse nutzend, packte er den Mönch mit beiden Händen am Hals, noch bevor dieser mit dem anderen fertig war.

Bevor ihm die Luft knapp wurde, ließ sich Heynrich schlichtweg zu Boden fallen und zog damit den Massigen leicht mit sich. Woraufhin dieser das Gleichgewicht verlor und sich neben seinem Komplizen wiederfand.

Als dieser die Augen zum Mönch hob und sich gerade aufrappeln wollte, blitzte der ihn nur an mit einem giftigen Blick und meinte lapidar: „Untenbleiben – rührt euch ja nicht vom Fleck! Und jetzt zu dir!"

Mit wenigen Schritten war er beim Gedrungenen, der sowohl von der Geschwindigkeit wie auch vom Ausgang des Kampfes, vollends überrascht war.

„Ein letztes Mal, gib mir mein Eigentum zurück! Sofort!"

Dieser antwortete mit einem schnellen Stich nach Heynrichs Bauch, welchem dieser mit einer kurzen Drehung entging. Er packte die Dolchhand des Gedrungenen, drückte mit aller Kraft zu, zog gleichzeitig seinen eigenen Dolch und presste dessen Spitze unter das Kinn seines Gegenübers.

„Erstens: den Dolch fallenlassen, zweitens: gib mir den Beutel zurück. Dann reden wir über drittens, und ob du den morgigen Tag erlebst. SOFORT! Meine Geduld ist mittlerweile begrenzt!"

Ein unflätiges Wort in sich hineinmurmelnd, das Heynrich nur undeutlich verstand und tatsächlich ließ der Gedrungene seinen Dolch fallen. Jemand wie dieser Mönch war kein Gegner, mit dem er sich anlegen wollte.

„Meinen Beutel!"

Mit zitternden Händen holte er den Beutel hervor und drückte ihm diesen in die freie Hand. Nach wie vor die Dolchspitze unter das Kinn seines Gegners haltend, warf er einen kurzen

Blick in den Beutel und stellte fest, dass der Inhalt nicht komplett war.

„Wo ist der Rest?"

„Ich habe nichts einbehalten!"

Die Dolchspitze drückte er stärker an das Kinn, ritzte damit die Haut und drückte noch kräftiger, ließ ihn deutlich spüren, dass es nicht klug war, ihn zu verärgern. Er zog den Beutel am Band über sein Handgelenk und packte den Herrn der Kinderschar am Hals, ohne ihm die Luft komplett abzuschnüren.

Ein Blick in dessen Augen quittierte der Gedrungene mit Schweißausbrüchen und einem strengen Geruch, der Heynrich in die Nase stieg und als deutliches Anzeichen zu werten war, dass der „Hausherr" die Kontrolle über seine Körperfunktionen verloren hatte.

Todesangst tauchte in den Augen des Gedrungenen auf, was Heynrich mit einem Funkeln in den Augen quittierte. Amüsement blieb in diesem Moment außen vor.

Die Mischung an Emotionen, die sich in Heynrichs Augen spiegelte, ließ sich noch am ehesten mit Entschlossenheit, rationaler Kühle und einer ganz eigenen Form der Emotionslosigkeit erklären. Beinahe schien es dem Gedrungenen, als würde er in die kalten Augen einer Echse starren. Er wandte seinen Blick ab.

„Mönch?"

Aus dem Schatten hinter dem Gedrungenen trat ein kleines Kind hervor, nicht älter als 4 oder 5.

„Papa?"

Es hatte sich gebückt und trat zum Gedrungenen, zupfte an dessen Gewandung und sah zu Heynrich hoch.

„Was immer Ihr wollt, Mönch, Ihr werdet es bekommen!"

Kein Gebettel um die Sicherheit des Kindes, wie es sonst oft der Fall war, nur die Erkenntnis, dass er hoch gepokert und verloren hatte.

Das Kind hob seine Hand, drückte dem Mann etwas in die seinige und klammerte sich dann an dessen Hosenbein. Der wiederum hob es hoch und sah es an, reichte es dann Heynrich, der es entgegennahm und daraufhin den Gedrungenen losließ. Blickte das Kind an und murmelte etwas Unverständliches dahin, stopfte es in den Beutel, den er erneut unter seiner Kleidung barg. Der Inhalt war wieder komplett. Er wirkte entspannter während der Gedrungene nach wie vor, wie ein Häufchen Elend, mit verschmutzter Hose, nicht recht wusste, wie er sich verhalten sollte.

„Nun gut, meine Sachen habe ich jetzt wieder. Aber da ich schon mal da bin ... kommen wir zum letzten Punkt. Ich werde also alles von dir bekommen, was ich will?"

Als Antwort erhielt er nur ein kurzes Nicken.

„Ja. Was immer Ihr wollt!"
„Ganovenehre ... ich verstehe ... da gibt es tatsächlich etwas, bei dem du und diese Bande mir sicherlich weiterhelfen könnt."
„Was ist es?"
„Informationen!"
„Die sind teuer ...."

Ein kurzer Blick von Heynrich genügte.

„... aber nicht für Euch ...."

„Gut!"

Er ließ sich nicht anmerken, dass er sich wieder entspannte.

„Nun ...", warf einen kurzen Blick auf das kleine Kind und dann erneut zum Gedrungenen.

„... die Gefangene ..."

„Das Weib im Gefängnis?"

Das erste Mal, dass sie nicht als Mörderin bezeichnet wurde, ließ Heynrich aufhorchen.

„Ja. Was wisst ihr über sie?"

Der Mann schüttelte leicht den Kopf, er wagte es nicht, den Mönch anzusehen.

„Nun?"

„Sie ist eine Heilerin und das ist in diesen Tagen nicht gut. Hat viel geholfen, wenig Dank bekommen."

„Gut, dann sprechen wir von der gleichen Frau. Was noch?"

„Hübsches Weib und ... das wollt Ihr sicher nicht wissen ... es hat sie in die Ketten gebracht. Hat sich zur falschen Zeit mit dem falschen Kerl eingelassen."

„Wie ist das gemeint?"

„Na mit dem Pfaffen hat sie sich keinen Gefallen getan. Seine Schwester hat sie angeklagt!"

„Mit welchem Grund!"

„Giftmischerei!"

„Die Haushälterin ..."

„... ist die Schwester des Pfaffen. Sie war ihr ein Dorn im Auge!"

„Und euch hätte man nicht geglaubt ..."

„... so ist es."

189

Das ewige Dilemma der unteren Schichten, die alles wussten, aber denen selten Gehör geschenkt wurde. Heynrich betrachtete den Mann zu seinen Füßen.

„Packt dein Gesindel zusammen!"

Deutete auf die Burschen, die er zuvor verprügelt hatte und packte nach dem linken Ohr des Gedrungenen und zerrte ihn, vor seinen Leuten, daran hoch. Mit verzerrtem Gesicht mühte sich der so Gefangene darum, nicht vor Schmerz zu quieken.

„Ihr werdet mir noch Informationen besorgen, die der Wahrheit dienen! Bis morgen! Und gnade euch allen der Himmel, wenn ihr ..."

Unausgesprochen ließ er die Worte im Raum stehen.

„Ich werde mich umhören!"

Deutlich erkannte er Angst im Auge seines Gegenübers, weniger die Furcht davor, dass Heynrich ihn töten oder der Obrigkeit übergeben könnte, als vielmehr, wie er seine Untergebenen wieder in den Griff bekommen sollte. Innerlich amüsierte sich der Mönch, denn vor einem Machtverlust fürchteten sich alle am meisten – egal ob Herr eines Königreiches oder Anführer einer Bande gedungener Mörder.

aum hatte er den Verschlag verlassen, stand er binnen weniger Schritte wieder auf dem hektischen Markt.

Mitten im Getümmel blieb er stehen, schloss für einen Moment die Augen und hörte nur auf die Geräusche um sich herum. Es zog ihn in Richtung Messerverkäufer zurück.

Rücksichtslos trieb ein Reiter sein Pferd mitten durch die Menge und schlug wie wild mit einer Gerte auf das arme Tier ein, nur damit es eine Spur schneller liefe. Die Menschen am Markt machten ihm Platz aus Angst davor, selber von einem Hieb getroffen zu werden.

Etwas erschreckte das Pferd, sodass es den Reiter abwarf und alleine weiterlief. Dieser landete direkt vor Heynrich auf seiner Kehrseite, murrte und schimpfte gründlich. Als er aufstand, klopfte er sich den Staub und Dreck von der Kleidung und setzte seinen Weg zu Fuß fort. Einige Frauen, die das beobachtet hatten, fingen zu lachen an und zeigten mit ihren Fingern auf ihn, festere Matronen, denen nichts heilig zu sein schien.

Der Mann trug einfache Kleidung, eine lederne Umhängetasche mit einem eingewirkten Wappen darauf, staubbedeckte, wadenhohe Stiefel und das dunkelblonde, zum Zopf gebundene Haar wirkten zerzaust. Er bückte sich, hob seinen Hut auf und wollte schon flotten Schrittes seinen Weg fortsetzen, als Heynrichs Blick auf das Wappen fiel, das er gut kannte.

Gemächlicher als der Fremde vorauseilte, folgte ihm der Mönch durch die Gassen und damit auch dem Pferd, das seinen Weg nach Hause gut zu kennen schien. Binnen kurzer Zeit stand er vor dem Haus des Adjutanten. Aus dem Inneren erklangen Geräusche, die ihn veranlassten stehenzubleiben und innezuhalten.

Zwei Frauenstimmen, die sich stritten, waren selten ein gutes Zeichen. So trat er näher und öffnete leicht die Pforte. Wie viele Männer legte auch er keinen besonderen Wert darauf, sich zwischen derartige Fronten zu begeben, wenn es nicht notwendig war. Amüsiert hatte er selbst bei jungen, starken Burschen beobachtet, dass diese sich sogar vor zierlichem Weibsvolk in acht nahmen, wenn Streit im Anmarsch war.

Mitten im Zimmer stand eine junge Brünette an die Wand gelehnt und ließ die Ohrfeigen einer alten Matrone über sich ergehen. Leichte Blutfäden rannen ihr bereits aus den Mundwinkeln und Tränen flossen aus ihren Augen, aber sie schwieg. Kopfschüttelnd stand Heynrich nur da und dachte sich seinen Teil.

Als die Matrone von ihrer jüngeren Geschlechtsgenossin abließ und im Nebenraum verschwand, brach die Brünette zusammen, hockte sich auf den Boden und verbarg zitternd das Gesicht in ihren Händen, bis sie sich wieder beruhigte. Der Moment, in dem sie aufstand, sah sie den Mönch beim Türspalt stehen, wischte sich die letzten Tränen von den Wangen und sah zu ihm hinüber. Schon wollte sie etwas sagen, als die Matrone mit einem leeren Weidenkorb in den Armen zurückkehrte und diesen auf den Tisch knallte.

„Mönch, was treibt Ihr hier? Solltet Ihr nicht im Kloster bei Euren Brüdern sein?"

Bissig fauchte ihn die Alte an, was Heynrich des Öfteren erlebte, aber kaum mehr denn ein Schulterzucken bei ihm verursachte. Ältere Frauen hatten, nach seiner Erfahrung, manchmal Bissiges an sich, auch, wenn sie es vielleicht selber gar nicht so wahrnahmen.

„Was treibt Ihr hier?"

Kurz starrte sie ihn an und wandte sich dann wieder ab.

„Ich habe zu tun! Und du dummes Ding bist zu absolut nichts zu gebrauchen!"

Mit ihrem rostroten, nach oben gesteckten Haar und ihrem Gesichtsausdruck wirkte sie wie ein altes Ross, das jeden Moment austreten würde.

„Also, was wollt Ihr? Ansonsten könnt Ihr nämlich gleich wieder verschwinden!"
„Nun ... vielleicht könnt Ihr mir ja ein paar Fragen beantworten."
„Welche Fragen denn? Außerdem muss ich arbeiten ..."
„Wie ist Euer Name?"

In Heynrichs Augen blitzte es, er schätzte es nicht, derart abgekanzelt zu werden.

„Maria, wenn Ihr dies wissen wollt. Also?"
„Maria, wie die Jungfrau des Herrn ... Nun, Maria, vielleicht habt Ihr die Güte ..."
„Mönch, ich halte Euch nicht davon ab, Euren Pflichten nachzukommen, doch hört auf mich zu nerven! Ich habe zu tun!"
„... ich halte Euch nicht davon ab. Betet und arbeitet ... so heißt es auch im Kloster!"
„Lasst mich mit Eurem Klostergewinsel in Frieden. Als hätten die Brüder da oben uns in den vergangenen Jahren geholfen."
„Sie gewährten Obdach, als viele Gehöfte niedergebrannt wurden ..."
„Mönch, was wollt Ihr wirklich?"
„Antworten auf meine Fragen!"
„Tochter ..."
„Nennt mich nicht so. Was soll ich mit einem wie Euch?"

„Ihr hängt der Lehre Luthers an?"
„Wie bitte?"

Am liebsten würde sie über den Tisch springen und ihm an die Gurgel gehen, beruhigte sich dann aber wieder.

„Nein, ich bin Katholikin!"
„Ihr seid die Schwester des Pfarrers?"
„Ja. Die bin ich. Allerdings!"
„Das trifft sich ja wunderbar. Zu Euch wollte ich ohnehin. Doch erst sagt mir, warum habt Ihr die junge Magd so angegriffen?"

Wütend funkelte die Matrone ihn an.

„Seht Euch diese Eier an. Viel zu viel bezahlt hat das tumpe Weibsstück. Mein Bruder braucht gute Kost, nichts, das kaum noch essbar ist."

Sie griff in den Korb, holte eines der Eier heraus und drückte es Heynrich in die Hand. Als er es begutachtete, merkte er, dass es nicht mehr besonders frisch war, und gab es der Matrone zurück.

„Diese Dirne ist einfach zu dumm, als dass sie um teures Geld gute Ware bekommt."

Ein gutes Dutzend sortierte sie als unbrauchbar aus, die wenigen übrigen Eier legte sie beiseite, stellte einen Topf mit Wasser auf den Herd und entfachte ein Feuer. Während sie an der Arbeitsstelle beschäftigt war, blieb er ruhig beim Tisch stehen und schwieg. Wenn er die Matrone schon in Greifweite hatte, wollte er mit ihr auch sprechen und Antworten erhalten.

Aus den Augenwinkeln heraus nahm er erneut eine Präsenz wahr, diesmal an der Matrone.

„Was wurde aus der Frau, die hier für kurze Zeit im Pfarrhaus wohnte?"

Schlagartig erbleichte die Matrone und hielt in ihrer Arbeit inne, senkte den Blick und wirkte, als wolle sie nach einem Messer greifen.

„Warum wollt Ihr das wissen? Sie ist weg ... das genügt doch."
„Nein, tut es nicht. Also antwortet!"

Stur blickte sie ihn an und widmete sich wieder dem Gemüse, das sie aus dem Korb genommen hatte und schälte.

„Dieses Weib sitzt im Kerker. Aber das werdet Ihr ja schon wissen."
„Im Kerker ... ahja ...", er legte eine leicht gekünstelt wirkende Pause ein, bevor er fortfuhr ... „Nun Tochter, vielleicht wisst Ihr auch, was sie dorthin gebracht hat."
„Meine Güte, was seid Ihr neugierig. Kann ich hier nicht mal in Ruhe das Mahl bereiten? Aber, nun ja, wenn Ihr dann Ruhe gebt und mich weiterarbeiten lasst ... sie wurde in den Kerker geworfen, ihr Hang zu Kräutern ... nein ... sie hat Mensch und Vieh vergiftet."
„Warum wurde ihr nicht die gleich die Anklage wegen Hexerei angehängt? Ist das nicht in diesem Zusammenhang fast schon üblich?"
„Mönch, woher soll ich das wissen? Ich kann auch nur sagen, was ich auf den Straßen mitbekommen habe und jetzt hinaus, ich habe zu tun!"

Flink griff sie nach einem großen, hölzernen Kochlöffel, tat, als wolle sie ihm damit drohen und stopfte ihn dann in den brodelnden Kochtopf, rührte fertig geschnittene Gemüsestücke hinein und setzte dann einen Deckel obenauf.

„Tochter, Ihr werdet es gewiss schaffen, ein weiteres Gedeck im Pfarrhaus aufzutragen, wenn Ihr Euch dort ebenfall derart liebevoll", er setzte ein Grinsen auf, das ihr deutlich vermittelte, was er von ihrer Art hielt, „um alles kümmert!"
„Und warum?"

„Was glaubt Ihr wohl?"

„Ach nein ... hat man Euch bei meinem Bruder einquartiert? Wieder ein unnützer Esser?"

„Tochter, Ihr solltet ein wenig mehr Respekt vor einem Vertreter der Kirche haben! Gerade auch, weil Euer Bruder selbst dem geistlichen Stande angehört!"

In den letzten Worten floß etwas von dem ein, was selbst hartgesottene Söldner zur Räson bringen konnte, was bei ihr seltsamerweise nicht zu funktionieren schien. Sie griff stattdessen zum Kochlöffel und erhob ihn und deutete etwas an, das er lieber nicht für bare Münze nehmen wollte. Es war nicht die Zeit, um untergriffig zu werden.

„Ihr seid nicht der erste Geistliche hier und Ihr werdet auch nicht der letzte sein. Was glaubt Ihr, wie viele ich hier schon bekocht habe? Und wie viele mir, den Mägden und anderen Frauen hier an die Wäsche wollten? Als wenn Ihr so anders wäret. Was eine Kutte trägt ..."

Beinahe schien es, als wollte sie ausspucken. Heynrich blieb gelassen und betrachtete sie mit Ruhe.

„... seht Ihr Euren Bruder ebenso?"
„Er ist Pfarrer, kein Mönch!"

Grimmig warf sie ihm einen vernichtenden Blick zu, bevor sie den Kochlöffel wieder in den Suppentopf steckte und umrührte.

„Kehren wir doch zu meiner anfänglichen Frage zurück. Die Frau hier ..."

„Das Miststück in der Nonnenkluft? Ist auch nicht besser als die Kerle in den Kutten!"

„Setzt Euch zu mir, Tochter! Die Suppe kocht sich auch alleine!"

Als sie ihn ignorierte stellte sich Heynrich zu ihr, zur Tischplatte und sagte noch einmal mit ruhiger, besonnener Stimme: „Setzt Euch zu mir, Tochter!"

Etwas in seiner Stimme veranlasste die Matrone nun doch, ihre Gerätschaft beiseitezulegen und ihn anzusehen. Sie schien es nicht gewohnt zu sein, dass jemand mit ihr in dieser Weise sprach.

„Tochter, setzt Euch zu mir!"

Mit großzügiger Geste deutete er auf den Platz bei Tisch, der im Moment vorrangig als Arbeitsfläche diente. Zögerlich nahm sie ein Tuch, wischte sich daran die Handflächen ab und setzte sich.

„Also schön, was wollt Ihr? Ich werde Euch zuvor wohl ohnehin nicht los, richtig?"
„Wie recht Ihr doch habt, mein liebes Kind!"

Er setzte ein Lächeln auf, als wolle er sie auf den Arm nehmen. Zweifelnd warf sie einen Blick auf den Suppentopf, in dem der Inhalt gemütlich vor sich hin garte und gehorchte. Als sie ihm gegenüber saß, wurde ihr unwohl zumute. Ein Gefühl im Nacken, das sie in dieser Art lange nicht mehr gefühlt hatte, und eine aufziehende Gänsehaut taten das Übrige, als sie ihm kurz in die Augen sah.

Heynrich faltete seine Hände, stützte das Kinn darauf ab und sah sie für einen Augenblick an, was die Matrone dazu veranlasste, ihren Blick zu senken.

„Tochter, da Ihr Euch jetzt doch die Zeit nehmt, könntet Ihr mir ein paar Fragen beantworten."
„Bis die Suppe gar gekocht ist ..."
„Dafür haben wir ausreichend Zeit, mein Kind. Die Frau, die einige Tage bei Eurem Bruder wohnte ... mir ist bekannt, dass

sie angeklagt wurde, aber ohne ausreichende Beweise. Wenn Ihr jetzt Eurem Bruder den Haushalt führt, habt Ihr auch mit ihr zu tun gehabt. Ich will von Euch wissen, was Ihr wisst!"
„Mönch, sie ist der Giftmischerei angeklagt. Sie brachte Schadenskräuter in das Heim. Und überdies trug sie die Kleidung einer Nonne, obwohl ihr Verhalten offenkundig nicht dem einer solchen entsprach, selbst jene Anhänger Luthers sind nicht dermaßen frivol in ihrem Umgang und Verhalten und das will schon etwas heißen!"
„Was meint Ihr genau damit?"
„Wenn eine Frau sich wie eine Hure verhält und überdies Gift ins Essen mischt, glaubt Ihr allen Ernstes, sie ist eine Heilige wie die Kleidung derer, die sie trägt? Wie naiv seid Ihr?"

Wut blitzte in den Augen der Matrone auf, beinahe, als wäre es etwas Persönliches, das sie gegen Agnes hegte.

„Nun, das sind schwere Anklagen, doch darum bin ich hier, eben um diese Anklagen zu durchleuchten! Also, habt Ihr Beweise oder sind es lediglich Gerüchte, die Ihr hier wiedergebt?"
„Ich erwischte sie selbst mit meinem Bruder im Bett. Eine Frau ihres Standes, die meinen armen Bruder nötigte ..."

Beinahe schon automatisch stellte er die Frage, ob er danach Buße getan habe.

„Mönch, ich bin nicht die Hüterin meines Bruders!"

Stand auf und spuckte aus.

„Nein, die ist keine Heilige, wie ihre Kleidung Glauben macht. Mein Bruder ist kein Anhänger Luthers. Gott behüte! Ein Weib wie sie brauchen wir hier nicht! Davon haben wir doch schon genug vor den Pforten der Stadt. Gesindel, das der Krieg hierher brachte und das jetzt nicht mehr gehen will!"

Sich bekreuzigend atmete sie tief durch.

„Tochter, auch diese Menschen sind Kinder des Herrn. Viele fehlgeleitet, aber ..."
„Es spielt keine Rolle! Ich habe zu tun, also geht jetzt!"

Nachdenklich blickte er sie an, sie wirkte, als würde sie ihm jeden Augenblick an die Gurgel springen wollen. Obwohl er sie mit Leichtigkeit festhalten könnte, zog er es vor, sie lieber im Moment ihrer Arbeit zu überlassen.

„Nun gut, Maria. Ich komme später noch einmal darauf zurück!"

So zog sich Heynrich zurück und verließ das Haus des Adjutanten. Es gab anderes, das er zu tun hatte. Kaum war der Mönch aus dem Raum verschwunden, stand die Matrone ruhig am Tisch. Der Mönch jagte ihr Angst ein und sie wollte mit ihm nichts zu tun haben.

„Halte dich fern von ihm!"
„Ja."

Ein kühler Schauer lief ihr über den Rücken, als sie eine zarte Hand spürte, die ihr Rückgrat hinab glitt, dann nach oben glitt und sie am Hals packte.

„Er würde dein Verderben sein!"

enig später kehrte Heynrich in das Pfarrhaus zurück und suchte den Pfarrer in dessen Kammer auf. Vernehmlich klopfend wartete er auf das „Ja!" und trat ein.

Die rote Nase des Pfarrers zeugte von hohem Weingenuss, was Heynrich innerlich die Nase rümpfen ließ. Es war nicht gut, sich dermaßen gehen zu lassen.

„Ich habe mit Euch zu sprechen!"
„Ja, gewiss doch."

Aufseufzend setzte sich der Pfarrer aufrecht in seinem Stuhl und blickte Heynrich mit geränderten Augen an. Wie gerne hielte ihm der Mönch jetzt eine Standpauke über die Sinnhaftigkeit von Bescheidenheit, wusste aber, es würde derzeit ohnehin nichts hängen bleiben.

„Nun gut. Ich konnte mir jetzt ein erstes Bild von der ganzen Sache machen. Und dies sieht nicht gerade gut aus – auch für Euch nicht."

Der Pfarrer warf ihm einen Blick zu, als wäre er nicht ganz bei Sinnen.

„Wie meint Ihr das nun wieder?"
„Wollt Ihr mir etwas beichten?"
„Was sollte ich Euch beichten wollen?"
„Seid Ihr sicher, dass Ihr nichts zu beichten habt? Nichts, das Euer Gewissen belastet? Kommt es zum Prozess, dann werdet Ihr als Zeuge aussagen. Besser ist es, Euer Gewissen vorher zu reinigen, oder seht Ihr dies anders?"
„Ein reines Gewissen ... natürlich ... aber ..."
„Nun, entspricht es der Wahrheit, dass Ihr mit der Eingekerkerten das Bett geteilt habt?"

200

Nun erbleichte der Pfarrer, Heynrich sah deutlich, wie es in ihm gärte und er dann zögerlich antwortete.

„Ja."
„Ihr erinnert Euch, was Ihr geschworen habt?"

Schweigend nickte der Pfarrer, er wirkte, als wünschte er sich, der Erdboden würde sich unter ihm öffnen und ihn verschlingen.

„Ihr wißt, dass dies auch Konsequenzen haben wird? Wie jeder andere auch, habt auch Ihr Keuschheit geschworen!"
„Ja."
„Und doch habt Ihr gesündigt!"

Heynrichs Blick wurde härter. Der Pfarrer verkrampfte sich im Innersten und wusste, dass es keinen Weg aus der Zwickmühle gab. Er schätzte zu sehr das gemütliche Leben und seinen vollen Magen, als dass alles aufs Spiel setzen wollte.

„Als Sohn der Kirche solltet Ihr es besser wissen ... In Zukunft werdet Ihr Euch nicht mehr so gehen lassen! Und Ihr werdet bei der Wahrheitssuche helfen. Solltet Ihr erneut das Bedürfnis nach einem Weib verspüren, dann begebt Ihr Euch ins Stift Zwettl wo Ihr Buße tun werdet! Haben wir uns verstanden?"

Wortlos blickte ihn der Pfarrer an.

„Haben wir uns verstanden oder braucht Ihr andere Konsequenzen?"

„Nein, nein, das braucht Ihr nicht. Ich habe verstanden!"
„Gut. Denn ab jetzt ist Schluss für Euch mit den leiblichen Genüssen und falls Ihr es vergessen habt ...", deutete auf den Bauch des Pfarrers, „beschränkt Euch mit den Speisen und

vor allem dem Wein! Ihr solltet ein Vorbild sein für Eure Schäfchen!"

Er betrachtete Heynrich mit den Augen eines Sünders, der genau wusste, dass sein Fleisch über seinen Kopf obsiegte. Doch nach Vorwürfen oder einer Anklage suchte er in Heynrich vergebens, wohingegen er die Strenge sehr wohl wahrnahm. Es war ein beständiger Kampf um das Heil der eigenen Seele, die viele, selbst die gläubigsten Kirchenmitglieder mitunter straucheln ließ.

Bevor das Gespräch weitergeführt werden konnte, klopfte es an die Pforte und der Knecht trat, nach Aufforderung hin, ein. Reichte dem Pfarrer ein Schreiben und verschwand ebenso wortlos wieder.

Er brach das Siegel, las und erbleichte, bevor er den Brief an seinen Gast weiterreichte.

Hochlöblicher Pfarrer Karner von Zwettl,

Herr Richter Meixner, Gott hab ihm selig, ist in diesen Tagen an der Pest erkrankt. Ob er die Gesundung erleben wird, ist überaus zweifelhaft. So bitten wir an dieser Stelle bereits darum, betet für ihn. Gleiches erbat ich auch von den Mönchen unseres geschätzten Klosters.

Die Pest ist in unsere Gefilde vorgedrungen, erste Erkrankte ruhen bereits in den Gruben nahe gelegener Ortschaften. So Ihr die Notwendigkeit seht, Euch außerhalb der Stadt aufzuhalten, so achtet auf Eure Gesundheit!

In Anbetracht dieser Situation ergeht überdies die Anweisung, dass der Herr Adjutant bis auf Weiteres die Aufgaben des Richters übernehmen wird.

Was Euch betrifft:
Im Namen der heiligen Kirche wird Euch Euer Gast, Bruder Heynrich von den Dominikanern, bis zu seiner Abreise unterstützen.

Gezeichnet

Markgraf Rüdiger Leopold IV

„Wahrlich ist die Pest schon bis hierher vorgedrungen? Ich hielt dies alles bislang für ein Gerücht, nicht mehr!"

Das Gesicht des Pfarrers nahm einen käsig-bleichen Tonfall an.

„Was ist nun mit den Unterlagen?"
„Die wird der Bote wohl dem Adjutanten überbracht haben. Er selber, Gott hab ihn selig, wird diese als Kranker gewiss nicht mehr benötigen!"
„Es ist nicht von der Hand zu weisen. Nun, so will ich dem Adjutanten noch einen Besuch abstatten!"

Heynrich spürte deutlich, wie unerwünscht er im Haus des Pfarrers war.

Als der Mönch den Raum verlassen hatte, atmete der Hausherr erleichtert auf, blickte seufzend auf den noch halbvollen Becher Wein auf dem Tisch und trank ihn in einem Zug leer, setzte sich in seinen Stuhl und bemühte sich, jenes Nickerchen nachzuholen, bei dem zuvor so schmählich unterbrochen worden war.

urück beim Haus des Adjutanten saß die gleiche, junge Frau auf den Stufen des Hauseinganges und putzte Gemüse.

Ihre Wangen wirkten gerötet, doch weniger der Schläge als vielmehr ihrer ausgezeichneten Gesundheit wegen. Mit sich selber im Reinen, lächelte sie den Mönch fröhlich an, erhob sich und stellte die Schüssel mit den Bohnen in das Gebäude, griff sich einen Wassereimer und verschwand damit hinter dem Haus.

Gesinde vermochte oftmals Antworten zu geben, so folgte er ihr und hörte es bald schon leise Plätschern. Der Weg hinter das Haus war schmal, die feste Steinmauer mit Weinranken überwuchert. Kühle schlug ihm entgegen, bis der Weg sich wieder erweiterte und er einen kleineren Platz mit einem Brunnen erspähte, wo die junge Frau soeben dabei war, Wasser zu schöpfen.

Ohne ihn wahrzunehmen, stellte sie den Eimer zurück auf den Brunnenrand, warf einen Blick hinauf zum Firmament und trat dann an die Wand des Hauses heran, wo sie niederkniete und sich bekreuzigte. Ob ihrer Frömmigkeit erfreut, trat Heynrich gemächlich aus dem Schatten des schmalen Weges hervor und blieb beim Brunnen stehen, wollte sie in ihrem Gebet nicht erschrecken.

Als sie den Mönch wahrnahm, erhob sie sich und wollte schon an ihm vorbeihuschen, blieb dann aber doch neben dem gefüllten Wassereimer stehen. Zu dominant wirkte er in seinem Dominikanerhabit und mit den haselnussbraunen, gleichsam sanften Augen, die sie betrachteten. Schweigend sah sie zu Boden und wartete darauf, dass er Platz machen und sie vorbeilassen würde.

„Ihr wart bei der Beichte. Geht es Euch besser, Tochter?"
„Gewiss, gewiss ... das tut es."

Nach wie vor wagte sie es nicht, ihn anzusehen.

„Hebt Euren Blick!"

Gehorsam leistete sie zwar der Aufforderung Folge, senkte ihn jedoch rasch wieder. Ein Veilchen bedeckte das linke Auge und die Lippen wirkten aufgeplatzt.

„Wer hat Euch dies angetan? War es die Matrone?"
„Es ist nichts! Bitte, ich habe noch zu tun!"

Sie drängelte sich an ihm vorbei und ließ Heynrich schlicht und ergreifend einfach stehen. Leise aufseufzend warf er einen Blick hinauf zum Firmament, er würde später mit ihr sprechen.

Langsam trat er an den kleinen, außen stehenden Hausaltar heran, betrachtete die darin aufgestellte Heiligenstatue und lächelte. Es war eine interessante Wahl des Hausherrn, sich für eine Statue des Heiligen Franziskus zu entscheiden, die beschützend über das Wohl der Bewohner wachte.

Neben der Statue blühte ein Rosenstrauch und nahe des Brunnenrandes entdeckte er hellgelbe, zarte Blüten. Innehaltend roch er die Kühle der Umgebung und spürte das leicht feuchte Gestein unter seinen Händen. Der Schatten eines großen Baumes schenkte dem kleinen Flecken etwas Märchenhaftes und Mystisches. Es war ein ruhiger, friedlicher Ort, der ihn an eine längst vergangene Zeit erinnerte. Leise seufzte Heynrich auf.

Tiefer Frieden strich über sein Herz, wie er ihn manchmal spürte, wenn die Welt für einen Augenblick innehielt. Diesen Moment der inneren Einkehr nutzend, sprach er ein Gebet, bekreuzigte sich, folgte der Magd und ließ einen stillen Ort der Ruhe und Besinnung zurück.

Gesinde zu sein war oft schwer, nicht beachtet und für Dinge bestraft, die es häufig nicht getan hatte, war das Dienstpersonal doch zumeist darüber froh, Einkommen, Nahrung und ein Dach über dem Kopf zu haben. Anderen erging es oft weitaus schlechter.

Aus der Küche drang das Klappern von Geschirr und leises Summen einer Melodie. Die offene Tür lud zum Eintreten ein. Die Magd von zuvor hatte sich ein Tuch über den Kopf gelegt und in ihrem Nacken verknotet, um ihre Hüften hing eine fleckige Schürze. Geschäftig putzte sie Gemüse und wirkte dabei auf naive Art zufrieden und fröhlich.

Kräuter hingen zum Trocknen an einem Seil über der Arbeitsplatte im hellen Sonnenlicht. Andere lagen in verschiedenen Tiegeln und Schüsselchen, bereit zur Entnahme. Viele der Kräuter stammten aus dem eigenen Garten, andere wiederum ließen sich vor allem in den tiefen Wäldern finden, wo sie die Kraft der Natur in sich aufsogen.

Leise knarrend öffnete der Mönch die Tür und trat in die Küche.

„Ich wollte zum Adjutanten, wo ist er im Moment?"
„Warum habt Ihr dies nicht gleich gesagt?"

Aufseufzend legte sie die Rüben beiseite, die sie gerade klein schneiden wollte, wischte sich die Hände an der Schürze ab und hieß ihm zu folgen. Wenige Momente später stand der Mönch erneut im Arbeitszimmer des Adjutanten, wo sie ihn zu warte hieß, und verschwand mit dem Vermerk, sie würde den Hausherrn holen. Heynrich trat ans Fenster, sah hinaus zur Straße und wartete.

enige Augenblicken später öffnete sich die Tür und der Adjutant trat ein. Nach wie vor wirkte sein Gesicht leicht schmerzverzerrt, vor dem Mönch hatte er es nicht mehr nötig diese Fassade aufrecht zu erhalten.

„Ihr scheint keine Besserung erfahren zu haben. Nutztet Ihr die Kräuter nicht?"

Krämer schüttelte leicht das Haupt und meinte: „Nein, es wird auch so vorbeigehen!"

Er ließ sich auf einen der Stühle sinken, legte einen kleineren Packen neben sich auf den Tisch und bedeutete Heynrich, er möge sich neben ihn setzen. Der Einladung folgend, nahm er auf dem Stuhl ihm gegenüber Platz.

„Dieser ist für Euch!"

Markus Krämer reichte dem Mönch einen versiegelten Brief. „Warum brachte der Bote ihn nicht ins Pfarrhaus?" „Spielt dies eine Rolle, Herr Inquisitor?" „Nun, eigentlich nicht."

Er griff nach dem Brief, brach das Siegel und öffnete ihn.

Werter Bruder Heynrich, geheimer Inquisitor der heiligen Mutter Kirche,

in Zeiten der Not vertrauen wir auf Gott, mehr denn je.

Der Wahrheitsfindung dienlich, senden Wir Euch jene Unterlagen zu, die der werte Herr Richter Meixner bei sich trug und betrauen Euch mit der Aufgabe den Prozess gegen die Angeklagte als Mitglied der Geheiligten Kirche zu übernehmen.

Der Herr Richter selbst bat darum, dass Ihr den Platz des Pfarrers übernehmen und für die Kirche sprechen sollt. So wurde mir dies mitgeteilt Euch zu überbringen.

Gezeichnet

Markgraf Rüdiger Leopold IV

Noch während er las, griff der Adjutant nach dem Päckchen, das mit einem Band umschlungen und mit dem gleichen Siegel versehen war.

„Es sieht nun aus, als läge es nun an uns, die Wahrheit herauszufinden!"

Mit einem Seitenblick auf den Hausherrn nahm er das Päckchen entgegen, brach das Siegel und löste die Hülle, in der die Unterlagen ruhten.

„Es sind die Papiere, die der Herr Richter mit sich auf Reisen genommen hatte."

Bereits beim ersten Durchblättern fiel Heynrich auf, dass auch mit diesen Unterlagen etliche Fragen offenbleiben würden.

„Ja, doch dies soll das geringste Problem darstellen!"

Für einen winzigen Moment überlegte er und meinte dann: „Die Wahrheit gehört gelöst, die Unterlagen sind vollständig – oder gibt es noch weitere, die mir nicht ausgehändigt wurden?"

Verneinend schüttelte sein Gegenüber den Kopf.

„Kümmert Euch darum, dass morgen die Anhörung stattfindet. Ladet die Zeugen und jene vor, die als mögliche Zeugen fungieren könnten. Beim Schlag der Kirchenglocke zur Mittagszeit haben sich alle einzufinden."

Ohne ein weiteres Wort zu verlieren, drehte er sich um und ließ den Adjutanten zurück. Dieser blickte ihm säuerlich nach.

„Gewiss, ich werde um alles kümmern!"

Sarkasmus troff aus diesen Worten, mit dem Mönch wollte er sich lieber nicht anlegen, hatte er doch dessen kühl agierende Art kennengelernt und davor gehörigen Respekt.

Aufseufzend stimmte er innerlich Heynrich zu, wie dieser war auch er selbst an der Wahrheit interessiert und begann eine Liste jener Menschen aufzusetzen, die als Zeugen für den Fall Agnes vorgesehen waren.

Im Anschluss daran drückte er seinem Adlatus Maximilian die Liste in die Hand und befahl ihm, er möge sämtlich darauf notierten Personen vorladen. Die Nacht würde bald anbrechen und er hatte noch zu viel zu tun, als dass er diesen Weg selber gehen könnte.

urz und traumlos vergingen die Nachtstunden, in denen er immer wieder kurz erwachte, sich am folgenden Morgen aber nur noch dumpf an eine Gestalt im Türrahmen zu erinnern vermochte.

Als das Firmament noch von dunkelvioletter Farbe alles umspannte, verließ Heynrich bereits das Pfarrhaus. Sein Weg führte ihn zu den Feldern hinaus, vorbei an den Stadtwachen, die die Pforte zur Stadt bewachten und ihn müde ansahen.

Binnen kürzester Zeit stand er am nahe gelegenen Waldesrand, vernahm noch das Schreien von Nachtvögeln, die sich bald zur Ruhe begeben würden, und trat zwischen die Bäume. Sein Weg führte ihn über moosbewachsene Flecken, vorbei an unzähligen Pilzen und hin bis zu einer kleinen kleine Anhöhe, auf der eine alte, knorrige Eiche thronte. Er lehnte sich mit dem Rücken an die raue, aufgerissene Rinde und erbat in einem stummen Gebet göttliche Unterstützung zur Wahrheitsfindung.

Aus den Augenwinkeln sah er eine Bewegung zu seiner Linken, der Umriss einer Gestalt tauchte zwischen zwei Bäumen hinweg. Neugierig geworden folgte ihr Heynrich und stand bald schon auf einer Lichtung vor einem kleinen Weiher. Eine winzige Quelle speiste das klare Wasser und gluckerte gemächlich an einer Steinwand hinab, bis es im Weiher verschwand.

Dottergelbe Blumen wuchsen an dessen Rändern und erwachten erst langsam zum Leben. Er pflückte eine Handvoll der Blüten und hob eine einzelne zu seiner Nase, sog den Duft ein und dankte für die Gaben, die er in Händen halten durfte. Als er die Blume genauer betrachtete, spiegelte sich in einem Tautropfen das Sonnenlicht wieder.

Zufrieden lächelnd packte er die Blüten in seinen Beutel und trat vom Wasserquell zurück, ohne das Wasser zu berühren, und bemerkte aus dem Augenwinkel heraus, dass die Gestalt zwischen den Bäumen stand und ihn beobachtete. Kaum sah er hoch und zur Gestalt hinüber, verschwand diese.

Gemächlich wandte sich auch Heynrich von der Lichtung ab und kehrte zum Waldrand zurück. Morgentau bedeckte den Boden unter seinen Füßen, über Zwettl ruhte leichter Nebel. Nur aus wenigen Schornsteinen drang morgendlicher Rauch.

Er hatte die Antwort auf sein Gebet erhalten und kehrte nun entschlossen in die Stadt zurück. Selbst die Matrone, die soeben dabei war das Frühstück aufzutragen, wirkte ausgeglichener, stellte frische Ziegenmilch und warmen Brei bereit, in den sie Apfelstücke schnitt.

Die Matrone schien fast zu lächeln, als sie Heynrich verkündete: „Nach dem Frühstück sollt Ihr Euch oben einfinden. Beim Kerker!"

Rasch gefror ihr das Lächeln, als sie seine Antwort vernahm: „Tochter, Ihr werdet heute ebenfalls dorthin kommen! Am besten ist, ich nehme Euch gleich mit!"
„Nein, ich habe jetzt noch einiges zu erledigen!"
„Ihr werdet mitkommen!"
„Nein, ich habe ..."
„Mein Kind, es liegt nicht in Eurer Macht diese Aufforderung auszuschlagen!"
„Und wie kommt Ihr drauf? Ihr seid doch nur ein Mönch, sonst nichts!"
„Besser du gehst mit!"

Schlaftrunken erhob nun auch der Pfarrer seinen Kopf, wo er bislang recht lustlos in seinem Getreidebrei herumgerührt hatte.

„Und wieso sollte ich?"
„Er gehört zur Inquisition ... darum!"

Erbleichend setzte die Matrone zu neuerlichen Widerworten an, schluckte diese jedoch, wischte sich die Hände an ihrer Schürze ab und setzte sich zu den beiden Männern. Mit der heiligen Inquisition wollte sie sich nicht anlegen.

„Warum hast du mir nicht gesagt ..."

Daraufhin zuckte Pfarrer Karner nur mit den Schultern und schaufelte langsam den Brei in sich hinein.

„Nun gut, aber erst wird aufgegessen!"

Ein letztes Mal versuchte sie den kleinen Zipfel an Macht, den sie innehatte herauszukehren und schwieg dann lieber. Schweigend aßen sie zu Ende, Heynrich holte die Unterlagen aus seinem Zimmer, während die Matrone einen kleineren Korb füllte und mit einem Tuch abdeckte. Unwillig murrend aber gehorsam machte sie sich bereit den Mönch zum Kerker zu begleiten, kluger war es wohl freiwillig mitzukommen, anstatt hinauf geschleppte zu werden.

„Tochter, gibt es etwas, das Ihr mir jetzt und in aller Ruhe noch erzählen wollt? Etwas, von dem Ihr glaubt, dass es – und sei es für Euer eigenes Seelenheil – wichtig sei?"

Schweigend schüttelte die Matrone den Kopf, in seiner Gegenwart fühlte sie sich nicht sonderlich wohl in ihrer Haut, es schien ihr gründlich zuwider zu sein, sich in seiner Gegenwart zu befinden.

Ihr Weg führte sie über den bereits gut besuchten Markt, während er die Matrone praktisch vor sich hertrieb. Inmitten der Menge rannte ein Gassenjunge an ihnen vorbei und drückte Heynrich ein kleines Päckchen in die Hand.

Abseits des Marktes waren die Gassen schmäler, durch die sie hindurch mussten. Widerwillig trabte die Frau vor ihm den Weg entlang, hinauf in Richtung Kerker. Schweigend setzte sie einen Fuß vor den anderen, den Korb am Arm haltend und murrte kaum wahrnehmbar in sich hinein, bis es ihm reichte.

„Haltet inne!"

Als sie sich umdrehte, warf sie ihm einen entrüsteten Blick zu.

„Was denn? Ihr wolltet doch, ..."
„Oh ja, und daran wird sich auch nichts ändern, doch eines solltet Ihr Euch einmal durch den Kopf gehen lassen – Ihr seid ebenso vorgeladen wie andere. Wollt Ihr dem Recht den Dienst versagen oder hat Euer Verhalten einen anderen Grund?"
„Wovon sprecht Ihr bitte?"

Sie presste sich an die Wand, hielt den Korb vor sich um ein Mindestmaß an Abstand zum Mönch zu haben und starrte ihn entgeistert an. Noch herrschte in ihm Geduld vor, dennoch schob er den Korb beiseite, hob die rechte Hand und setzte diese links neben sie an die Wand, während er sie ansah. Ob dieser Nähe begann sie in sich zusammenzuschrumpfen und senkte den Blick.

„Ihr macht mir ..."
„Was?"
„... Angst!"
„Gut! Dann behaltet dieses Gefühl im Hintergrund und sputet Euch!"

Keiner wollte die weniger nette Seite des Inquisitors wirklich kennenlernen, solange es ihn selbst betraf. Er nahm die Hand zurück und ließ sie weitergehen, wobei sie diesmal höheres Tempo an den Tag legte und sich nur vereinzelt zu ihm umdrehte. Manchmal brauchte es die Hand einer starken Persönlichkeit, um Dinge und Gegebenheiten klarzustellen.

Vorort angekommen, nickte der Wächter vom Vortag Heynrich zu und öffnete den beiden die Kerkerpforte.

Zögernd betrat die Matrone die Stufen und hielt kurz inne. Nie zuvor war sie in diesem Bereich der Stadt gewesen. Ein einziges Wort von Heynrich ließ sie weitergehen. Ihr Weg führte an Agnes verwaister Zelle vorbei und führte sie tiefer hinab in die Eingeweide der Stadt.

Wieder zögerte sie und ließ sie schlucken, hier wollte sie nicht sein, ganz und gar nicht. Heynrich bedeutete ihr, sie möge die Stufen hinabsteigen.

„Worauf wartet Ihr? Sputet Euch!"

Aufseufzend setzte die Matrone ihren Weg fort, bis sie vor der Kammer standen, in die Heynrich die Matrone fast schon hinein bugsieren musste.

ieses Mal stand Agnes gesenkten Hauptes in der Mitte des Raumes, barfuß und mit einer Fußfessel an den Boden gekettet.

Gehüllt in ihr schmutzig-zerlumptes Kleid trug sie Spuren von Misshandlung und Erschöpfung, als sie aufsah und Heynrich erblickte. Aller Widrigkeiten zum Trotz strahlte sie Gelassenheit und eine Zuversicht aus, die ihr in Freyhausen noch fehlten.

„Mein Kind, du hast deinen Weg gefunden!", dachte Heynrich und wusste, er hatte gut daran getan sie auf Reisen zu schicken.

Als sie ihn ansah, standen zwar Tränen in ihren Augen, doch auch ein Stolz, den ihr keiner zu nehmen vermochte. Einer starken Flamme im Inneren gleich, würde ihr diese keiner löschen können, gleich, was auch passieren mochte.

Schweigend nahm Heynrich am gleichen Stuhl Platz wie zuletzt. Wohlweislich aus dem letzten Mal gelernt, hatte der Adjutant dieses Mal kein Schreibzeug für ihn bereitgestellt. Wie er selbst, hatte auch der Adjutant bereits seinen Platz eingenommen. Er wirkte müde und erschöpft, mehr noch, als die Gefangene, die ohnehin kränklich wirkte. Wieder standen zwei Wächter bereit.

„Die Zeugen sind aufgefordert zu erscheinen ... jedoch ... noch nicht im Augenblick."

Mit diesen Worten winkte der Adjutant und einer der Wachen begleitete die Schwester des Pfarrers hinaus und blieb bei ihr draußen.

„Als ihr Beichtvater, wünscht Ihr mit der Angeklagten noch ein paar Worte zu wechseln?"
„Nein. Es wurde alles gesagt!"
„Nun gut! Wie Ihr wünscht!"

Er warf einen Blick auf die Angeklagte und meinte: „Wir befinden heute, im Namen der Krone und im Namen der Kirche über das Schicksal der Angeklagten! Noch wurde die Folter an Euch nicht angewandt, nur auf freundliche Weise erfolgte die Befragung bisher. So wollen wir nun die Wahrheit herausfinden, im Namen des Herrn! Die Wahrheit und nur diese!"

Er langte nach einer Rolle Pergament auf einem kleinen Tischchen neben sich und rollte dieses auf.

„Angeklagte! Ihr werdet der Giftmischerei und des Mordes angeklagt. Wie bekennt Ihr Euch?"

Schweigend stand Agnes mitten im Raum. Was sollte es nützen, wenn sie sprach?

„Es ist in Eurem eigenen Interesse auf die Frage zu antworten. Wie bekennt Ihr Euch?"

Langsam trat sie zwei Schritte vor und sah die beiden Autoritäten an, erst Heynrich und dann den Adjutanten. Trotz deutlich sichtbarer Erschöpfung wirkte sie verklärt und mit sich selbst im Reinen.

„Mein Herr, ich wurde einer Tat beschuldigt, die nicht die meine war."
„So sagt Ihr, Ihr seid unschuldig?"
„Ja!"
„Ob schuldig oder nicht, die Wahrheit kommt ans Licht! Uns liegen Zeugen und Beweise vor, die Euch belasten. Wollt Ihr bei der Aussage bleiben?"

„Die Taten, derer man mich beschuldigt, sind nicht die meinen!"

„Nun gut. Wir werden sehen. Gibt es noch etwas, das du uns mitzuteilen wünschst?"

Bedächtig schüttelte Agnes den Kopf, sah erneut zu Heynrich und ließ die Schergen gewähren, die sie an die Wand zerrten und dort festketteten.

„Nun Mönch, da die Angeklagte Euch als Beichtvater erbat ... so möget Ihr die Wahrheitsfindung übernehmen!"

Süffisantes Grinsen lag auf dem Gesicht des Adjutanten, als er Heynrich ansah und die gleiche Reaktion wie bei Miriam erwartete. Diesmal jedoch erhob der Mönch die Hand und spielte den Ball zurück.

„Nein, Ihr werdet die Verhandlung führen!"
„Schön. Also dann bleibt sitzen! Solltet Ihr doch ..."
„Nein! Macht ruhig!"
„Wie Ihr wünscht, Herr Inquisitor!"

Sich Schmerzen verbeißend erhob sich der Adjutant, trat an das Pult, auf dem ein dicker Wälzer bereit lag und schlug dieses Werk auf.

„Ihr, die Angeklagte Agnes von Layola werdet verschiedenster Vergehen beschuldigt und bestreitet Eure Schuld. So lasst uns die Zeugen anhören, auf dass die Wahrheit ans Licht komme und Ihr, so Ihr wahrlich schuldig seid, Eure gerechte Strafe in Empfang zu nehmen bereit sein werdet!"

Auf einen Wink seinerseits öffneten die Wachen die Tür und brachten eine humpelnde Gestalt herbei, die Heynrich bislang nicht gesehen hatte. Dem alten, kriegsversehrten Soldaten fehlte nicht nur das linke Bein, sondern er trug über dem linken Auge eine Binde, die darauf schließen ließ, dass er auch dieses verloren hatte. Seiner Kleidung nach zu urteilen stand vor ihm ein, verdienter Veteran, der nach wie vor dem Heer zur Verfügung stand.

Er schniefte, der Schnupftabak in seinem Mund schien ihm immer mehr zu werden, nahe daran, auszuspucken, behielt er ihn dann doch in sich.

„Gustav Adelson, was habt Ihr in Zusammenhang mit der Angeklagten vorzubringen?"

„Sie is ne Heilerin!"

Deutlich klang der schwedische Akzent durch.

„Was tat sie?"
„Hat meinen Männern Krankheiten mit ihrer Heilkraft vertrieben!"
„Wie geschah dies?"
„Kräutertrunk und Zuwendung!"
„Und wie genau verfuhr die Angeklagte?"
„Sie schrieb Briefe für die Familien. Keine einfache Frau, gebildet ..."
„Trieb sie Unzucht mit Euren Männern?"
„Mit mir nicht ... leider ..."

Warf einen bedauernden Blick auf die Angeklagte und schien sich fast schon über die Lippen zu lecken.

„Was meine Männer trieben ..."
„Ja?"
„... Huren gibts überall!"

Auf seinen Lippen ruhte ein fettes Grinsen, das Heynrich geflissentlich ignorierte.

„Hat sie Schaden gewirkt?"
„An meinen Männern und mir? Nein. Hier in der Stadt? Bin zu

selten hier ..."

„Ihr wohnt draußen?"

„In der Abtei, helfe im Garten und anderweitig, wo gebraucht werde!"

„Nun gut. Gibt es noch etwas, das Ihr anzumerken habt?"

„Nein."

„Wartet oben!"

Ähnliche Aussagen bekam der Adjutant von anderen Kriegsversehrten, offenkundig Genesenen, Verkrüppelten und selbst von einem Mann vom Markt, der dort seine Arbeit als Messerschleifer feilbot.

Während der Befragung beobachtete Heynrich das Umfeld, die Menschen, die Zeugnis abzulegen hatten, und sah in vielen Gesichtern Dankbarkeit, in einigen fand sich Hass auf die Angeklagte.

Agnes wirkte entrückt, als verweilte ihr Geist längst an anderen Orten. Während der gesamten Befragungen spielte Heynrich mit dem Päckchen, das ihm der Gassenjunge in die Hand gedrückt hatte und warf immer wieder einen kurzen Blick darauf. Als er es zwischenzeitlich öffnete, entdeckte er getrocknete Blütenblätter, ein Stück Stoff, das ihm bekannt vorkam und aus klösterlichen Gefilden stammte und einen kleine Zettel samt Siegel auf dem in krakeliger Handschrift ein einziges Wort stand:

„Fenris!"

Noch wusste er nichts damit anzufangen, packte die Fundstücke wieder in die Hülle zurück und folgte der Verhandlung. Immer wieder kehrten zwischenzeitlich seine Gedanken dorthin zurück und beschäftigten ihn mit der Frage, was man ihm mitteilen wollte.

Ein knappes Dutzend Zeugen wurden zur Befragung in den Raum geführt, der bei den meisten Beklemmungen und offensichtlich Angst auslöste. Die meisten von ihnen wussten nichts Schlechtes über sie zu berichten. Sie waren sich aber großteils einig, dass sie gut mit Kräutern umzugehen wusste und der körperlichen Liebe nicht gerade abgeneigt war.

Vereinzelt warf Agnes einen Blick auf die Zeugen, auf die Ankläger und schenkte Heynrich ein seltsames Lächeln, aus dem auch er nicht schlau wurde und versank zurück in den vorherigen Zustand, als ginge sie dies alles nichts an.

Einige klagten sie der Ketzerei an, andere waren der felsenfesten Ansicht, sie wäre dem lutheranischen Glauben anheimgefallen.

Jedem Zeugen stellte der Adjutant die gleichen Fragen, vorgelesen aus einem Fragenkatalog, wobei Adlatus Maximilian die Antworten festhielt.

Erst nachdem der letzte Zeuge seine Aussage tätigte, wandte sich Markus Krämer noch einmal an Agnes und fragte abschließend: „Gibt es noch etwas, dass uns die Angeklagte mitzuteilen gedenkt?"

Nach wie vor schien Agnes alles gesagt zu haben, was zu sagen war und schüttelte nur den Kopf.

„Nun gut, bringt sie zurück!"

Er bedeutete den Wachen, sie in ihre Zelle zurückzubringen. Maximilian ignorierend, wandte er sich an Heynrich, der nach wie vor schwieg.

„Nun, wie ist Euer Eindruck, Herr Inquisitor?"
„Habt Ihr Euer Urteil inzwischen gefällt?"
„Nein. Doch seid Euch gewiss, der alte Richter hätte dies längst getan und nicht unbedingt zum Vorteil der Angeklagten!"

„Wie ist dies zu verstehen?"

„Ganz einfach, der ehrenwerte Richter Meixner hatte längst seine Meinung in diesem Fall. Er arbeitete zwar stets so neutral er konnte, aber dennoch ..."

„Und wie ist es mit Euch?"

„Ich habe keine Meinung dazu, sondern wie Ihr bemühe ich mich um die Fakten! Es ist an der Zeit zu essen, kommt mit! Wir besprechen alles Weitere bei einem Mahl!"

Ruhig verließ der Adjutant den Raum und winkte Heynrich zu, er möge ihm folgen, während Maximilian das Buch zuklappte und ebenfalls Anstalten machte zu gehen.

Als sie an Agnes Zelle vorbeikamen, warf der Mönch noch einen Blick auf die erschöpfte Gefangene. Wieder kniete sie vor dem Kreuz und blickte nach oben, ohne die Männer zu registrieren. Erst als sie alleine war, setzte sie ein Lächeln auf und fragte: „Wo warst du? Wo bist du geblieben?"

Wortlos drückte die Gestalt sie zu Boden, strich ihr über die Wange und drückte seine Lippen auf die ihren, während er mit seinen Händen unter ihre Kleidung griff ...

Sich den Berührungen hingebend, schloss Agnes die Augen und bemerkte dabei nicht, wie sich in den Augen des Anderen Feuer zeigte ... rotglühend und damit das Tiefgrüne überdeckte ...

ährend die Magd rasch ein einfaches Essen zusammenstellte und es servierte, saßen sich Mönch und Adjutant schweigend gegenüber.

In Händen hielt Markus Krämer die Unterlagen seines Schreibers, blätterte diese durch und reichte sie dann an Heynrich. Zusammen mit den bisherigen Unterlagen ergaben sie einen mitteldicken Akt der Anklage.

„Also Herr Inquisitor, wie seht Ihr die Dinge?"
„Nun, würde einer der hochlöblichen Ärzte dort unten stehen, würden wir nicht das Gleiche hören? Manchen hätte er geholfen, manchen hätte er nicht helfen können. Mir geht es um Fakten, die Vorwürfe lutheranischer Art, nun, dann wäre sie nicht in meinem Auftrag unterwegs. Also bleibt bis jetzt nur die Erkenntnis, dass sie vielen half, und anderen nicht, ob willentlich oder nicht ... Worum es geht, ist der ihr vorgeworfene Mord. Welche Beweise haben wir? Sicher könnt ich oder Ihr mit Leichtigkeit durch die Folter ein Geständnis erlangen, aber bedenkt, unter den Händen eines erfahrenen Folterers würdet Ihr selbst alles gestehen, was ich Euch zu gestehen hieße."
„Grundsätzlich ist die Folter ein hervorragendes Mittel der Wahrheitsfindung."

Er hob den Becher Bier an die Lippen, nahm einen kräftigen Schluck, bevor er sich den Schaum von den Mundwinkeln wischte.

„Jedoch wirkt die Angeklagte nur bedingt verstockt. Warum also, sollten wir sie derzeit foltern?"

Aus den Unterlagen fischte er einige Blätter heraus und reichte diese Heynrich.

„Ein paar der Zeugen sollten ein weiteres Mal genauer befragt werden."

„Sie sprach davon, dass ihr bereits der Prozess gemacht worden sei."

„Tat sie dies? Der ehrenwerte Richter befragte sie kurz, dies wohl. Daher kam ja auch die Bitte Euch herbeizuholen. Als hätte sie ...", stopfte sich ein Stück Gemüse in den Mund.

„Sie scheint da jedoch ein paar Dinge missverstanden zu haben. Frauenzimmer eben. Das tatsächliche Urteil wird jetzt gefällt."

„Sie sprach davon, dass ihr eigentlich schon der Prozess gemacht worden war."

„Dies ist so nicht richtig! Es stünde davon in den Unterlagen. Ihr habt diese doch selber gelesen. Und habt Ihr etwas in dieser Art gefunden?"

„Nein. Es ist nichts darin zu finden. So wollt Ihr mir was sagen, Adjutant?"

„Vielleicht hat die Angeklagte nicht nur das, sondern auch ein paar andere Dinge gründlich missverstanden. Natürlich wäre es sinnvoller, herauszufinden, ob sie des Mordes und des Diebstahles tatsächlich schuldig ist, aber Ihr wisst auch, dass es mitunter schwer ist, sich gewisser Dinge zu entsinnen. Hier vermag die Folter durchaus ein wenig Hilfe zu leisten."

„Habt Ihr Sorge um die Angeklagte? Ist sie schuldig, dann wird die Wahrheit ohnedies ans Licht kommen. Ist sie unschuldig, dann wird der wahre Übeltäter zur Rechenschaft gezogen werden!"

Mit wenigen Schritten war der Adjutant bei der Kommode, öffnete diese und zog eine kleine Schatulle heraus, die er Heynrich reichte.

„Ich ließ sie darauf schwören, dass sie die Wahrheit sagt. Eine Nonne sollte doch die Wahrheit benennen."

Neugierig öffnete Heynrich die Schatulle und fand darin ein fein zieseliertes Kreuz, ein Schmuckstück in das Liebe zum Detail eingeflossen war.

„Was bedeutet das Kreuz für Euch?"
„Was bedeutet es für die Angeklagte? Ich nahm es an mich zum Schutz. Darum bat sie mich, als ich mit ihr unter vier Augen sprach."

Heynrich betrachtete es genauer. Fein zieseliert und filigran gearbeitet, musste es für ein Vermögen gekostet haben und in der Werkstatt eines wahren Meisters geschaffen worden sein.

„Es schien ihr wichtig zu sein, dass es nicht in die falschen Hände fiel."
„Und warum zeigt Ihr es mir erst jetzt? Weshalb ist es nicht bei den Mitteln des Prozesses?"

Darauf erhielt Heynrich von Krämer keine Antwort. Schon wollte dieser die Schatulle samt Inhalt an sich nehmen und sie erneut verstauen.

„Ich werde es vorerst bei mir behalten und nach dem Prozess im Sinne der Angeklagten entscheiden! Sollte es benötigt werden, so wird es im Prozess als Beweismittel eingesetzt werden. Gibt es sonst noch etwas, das Ihr mir zu sagen wünscht? Ich schätze keine Geheimnisse ... schon gar nicht in diesem Zusammenhang."

Sein Gegenüber schüttelte den Kopf, akzeptierend, dass das Kreuz in Heynrichs Händen verblieb.

„Nein. Ihr verfügt über alle Kenntnisse, die auch mir zugänglich sind."
„Und doch reichen sie nicht aus, um eine klare Antwort auf die Frage der Schuldigkeit zu finden. Zeugen wurden befragt, die Angeklagte ebenso, in den Unterlagen finden sich für die

Anklage keine ausreichenden Belege für die Schuld oder Unschuld."

„Es sind sämtliche Zeugen befragt worden, die auch nur ansatzweise etwas zu vermelden haben oder die auch nur im entferntesten Sinne etwas zu sagen haben."

„Ihr sprecht von den Bürgern, den Söldnern. Aber alle wurden keineswegs befragt!"

„Wovon sprecht Ihr?"

„Eine Stadt besteht aus mehr als ihren ehrbaren Bürgern und Reisenden. Blickt tiefer, dann seht Ihr Gesindel und Ausgestoßene."

Nachdenklich sah der Adjutant auf.

„Was wurde Euch zugetragen?"

Schweigend holte Heynrich den Zettel heraus und öffnete ihn, zeigte dem Adjutanten die Gabe des Gassenjungen.

„Ihr müsst mit allen sprechen, nicht nur mit dem Offensichtlichen! Was könnt Ihr mir dazu sagen?"

„Woher stammen diese Dinge?"

„Das tut vorerst nichts zur Sache. Beantwortet meine Frage!"

„Die Blüten, sie sind selten ... wachsen oben an der Quelle im Hain. Und das Siegel ... Es ist das des Markgrafen. Aber das ist nichts Besonderes. Das kennt hier doch jeder. Wollt Ihr dies als Beweis anführen?"

„Möglicherweise. Ich bin mir sicher, die Antwort findet sich bei jenen, die Ihr als Ausgestoßene betrachtet."

„Spielt Ihr auf jene Gruppe an ..."

„Ihr ließt mich eine Befragung an einer jungen Frau vornehmen ... wenn mich nicht alles täuscht, ruht dort die Antwort auf die Frage der Schuld."

„So Ihr wollt lasse ich das ganze Pack herbeischaffen..."

„Das wird nicht nötig sein. Es reicht, wenn Ihr jene befragt, die etwas zu sagen haben ... in solchen Gruppen sind es meist die alten Frauen ... aber dazu muss ich Euch ja nichts sagen, oder?"

Wissend sah er den Adjutanten an, der betreten zu Boden sah und ihm wurde klar, dass er ins Schwarze getroffen hatte.

„Ihr wart Teil dieser Gemeinschaft!"

Schweigen war die einzige Antwort.

„Dachte ich es mir doch. Sind das da oben Eure Leute?"

Diesmal nickte der Adjutant.

„Nun, ich frage nicht, wie Ihr es in diese Position geschafft habt. Es ist eine wahrlich wunderliche Zeit. Ihr seid es, der sie vor dem Unbill der Bevölkerung schützt. Hoch mit Euch! Ihr werdet mich zu ihnen begleiten!"

Forschen Schrittes trat Heynrich zur Tür und bedeutete dem Adjutanten, dass er ihm folgen möge. Was dieser kleinlaut tat und nicht begriff, was dem Mönch die Antwort eingegeben haben mochte.

„Ihr kennt den Weg wohl besser als die meisten anderen, bringt mich zu Eurer wahren Familie!"

Eine Antwort schuldig bleibend schritt Markus Krämer voran, führte Heynrich durch die Straßen der Stadt, das Tor hinaus und zum Wald hinauf, wo er einem schmalen Wildpfad folgend binnen kürzester Zeit erneut vor dem Zeltlager stand.

Hier hielt er inne und bedeutete Heynrich zu warten. Alleine betrat er das Lager, wo ihm zwei kleine Kinder fast um den Hals fielen, als er sich bückte und mit offenen Armen empfing. An den mageren Körpern der Kleinen hingen zerschlissene, vielfach geflickte Kleider. Die alte Frau, die mit langsameren Schritten folgte, lächelte, als sie ihn erblickte.

„Mein lieber Junge, warum bist du hier? Es ist nicht die übliche Zeit."
„Kein Grund zur Sorge Mutter, doch eines", winkte Heynrich herbei, „erschrick nicht, bitte!"

Das Lächeln der Alten fror ein, als sie den Mönch ein weiteres Mal erblickte, diesmal nicht, um mit einer Sterbenden zu sprechen, sondern um Informationen einzuholen, die sie vielleicht nicht preisgeben wollten.

„Mutter, er wollte mit euch sprechen, vor allem aber mit dir!"

In respektvollem Abstand blieb Heynrich vor der Alten stehen und wartete geduldig das Familienwiedersehen ab. Erst als sie sich ihm zuwandte, setzte er ein betont neutrales Lächeln auf und meinte: „Ich grüße Euch."
„Was wollt Ihr?"

Harsch klang ihre Stimme, als hätte sie keine besonders guten Erfahrungen mit Vertretern des geistlichen Standes gemacht.

„Ich ..."

Noch bevor er weitersprechen konnte, hob sich eine der Zeltplanen und eine junge Frau trat aus dem Zelt heraus. Sie erbleichte, als sie ihn sah und machte schon Anstalten, sich wieder im Zelt zu verbergen, schluckte dann jedoch und blieb tapfer im Freien stehen.

„Weshalb seid Ihr hier, Mönch?"
„Agnes!"

Miriam erbleichte, eine Träne trat aus ihrem linken Auge.

„Wie geht es ihr? Ist sie ..."
„Tochter, noch ist sie am Leben, darum bin ich hier!"
„Warte Kind, war das der Mönch?"
„Ja, Mutter, das war er!"

Neugierig trat die Alte an ihn heran und umrundete ihn. Mehr als einen Kopf kleiner als er, hatte sie keine andere Wahl als an ihm hochzusehen.

„Tatsächlich? Ist er das?"

Sie stellte sich vor ihn und sah nach oben, bis sich ihre Blicke kreuzten und legte ihre linke Hand auf seine rechte Wange.

„Du hast sie gerettet, dafür schulden wir dir Dank!"

Fordernd streckte sie ihre Hand nach Miriam aus, die scheu zu ihr kam.

„Keiner soll des Todes sein, der diesen nicht verdient. Sie war schuldlos, vergriff sich wohl lediglich in der Wahl der Kräuter! Gewiss wollte sie niemandem schaden, Mönch. Manchmal lässt sich Schaden nur stoppen – nicht immer gänzlich heilen. Was genau wollt Ihr also hier? Dass Ihr nicht wegen Miriam hier seid, das sehe ich. Sprecht also!"
„Wenn Ihr die Matriarchin der Gruppe ooid, so wisst Ihr Dinge, die viele sonst nicht wissen. Es ist eine Sache, die es zu klären gilt. Euer Sohn ...."
„Mutter, es geht um die Angeklagte im Kerker."
„Aha. Doch was hat sie mit uns zu schaffen?"

Skepsis lag in ihren Worten.

„Es ist weder unsere Verantwortung noch unsere Pflicht hier zu helfen. Wir müssen uns um uns selbst bemühen! Es sind harte Zeiten, Mönch!"
„Matriarchin, es liegt in Eurem eigenen Interesse einer Unschuldigen, die offensichtlich von Euch die Kräuter bezog, zu helfen. Ich kenne Gruppen wie die Euren. Sie sind sich allesamt in ihren Grundstrukturen sehr ähnlich. Eine abgeschlossene Gemeinschaft, auf die eigene Sicherheit bedacht. Glaubt Ihr, wenn die Angeklagte dem Tod

überantwortet wird, dann könnt Ihr Euch so einfach aus der Affäre ziehen, selbst wenn Ihr jemanden habt, der Euch schützt?"

Er trat einen Schritt zurück und beobachtete ihr Verhalten. Schweigend wog die Alte ab und überlegte, bevor sie antwortete.

„Wir sind selten an einem Platz erwünscht. Wenn Ihr uns einen Gefallen tut, dann werde ich Euch helfen. Aber nur dann!"

Mit ihrem Vorschlag schien es die Alte ernst zu meinen.

„Einverstanden!"
„Gut. Kommt mit. Das besprechen wir nicht hier!"

Sie führte in zu ihrem eigenen Zelt, hob die Plane und hieß ihn einzutreten. Auf weichem Moos standen ein paar Truhen und etlicher Krimskrams verstreut, Pflanzen und verschiedenste, mitunter undefinierbare Dinge hingen von einer Stange von der Decke.

„Setzt Euch, Mönch!"

Folgsam nahm Heynrich Platz, beobachtete, wie sie sich bewegte und verhielt. Stark wirkte sie auf ihn, als hätte sie einst unsäglichen Schmerz erlitten und frühzeitig große Verantwortung übernommen.

„Ihr tragt eine fremde Heimat in Euch, Mönch. Wie viele in unseren Tagen! Doch Eure ..."

Mitten im Satz brach sie ab, griff nach einem Holzbecher und vermengte alles gut miteinander. Sie wirkte verwirrt, als sie ihm den Becher reichte.

„Ihr seid kein gewöhnlicher Mönch. Meine Tochter erzählte mir, wie Ihr Euch für sie eingesetzt habt. Das tut kein normaler Pfaff, schon gar nicht in unseren Tagen. Die Kleine im Gefängnis ... mein Kind brachte ihr oft Kräuter. Also, was habt Ihr dabei? Zeigt mir, was Ihr bei Euch tragt!"
„Wozu?"

Wortlos warf sie ihm einen Blick zu, der andere erdolchen könnte.

„Wollt Ihr Hilfe oder nicht?"

Schon streckte sie ihre Hand aus mit der Handfläche nach oben. Für einen winzigen Moment überlegte Heynrich, griff dann in seinen Beutel und reichte ihr, was der Gassenjunge ihm in die Hand gedrückt hatte. Diese öffnete den kleinen Beutel und schüttelte den Inhalt vor sich auf den Boden.

„Gut, gut! Wer auch immer Euch dies gab, er kennt und weiß ..." ... und winkte ab.
„Nein, das reicht mir schon – Eure Hand will ich noch sehen!"

Sie griff nach seiner linken Hand und betrachtete aufmerksam die darauf sichtbaren Linien, hob den Kopf, sah ihn an und wandte sich erneut der Hand zu und studierte diese eingehend, bevor sie sie endgültig losließ.

„Mönch, hütet Euch. Ihr scheint mir ein gutes Herz zu haben, mit einem Flecken darin, den Ihr niemandem zeigen wollt. Doch das ist Eure Sache. Etwas, das Ihr Euch vor Ewigkeiten selbst eingebrockt habt. Ihr werdet noch lange an der Suppe löffeln, Mönch! Eines Tages ..."

Mitten im Satz brach sie ab und sah ihn dann an.

„Welche Art Hilfe wünscht Ihr?"

„Die Wahrheit."

„Als wenn es nur eine einzige Wahrheit gäbe."

Schüttelte den Kopf ...

„... die Gefangene, ja. Ihr wollt wissen, was wirklich geschah? Mönch. Sie ist einigen hier in der Stadt auf die Füße getreten. Manchen Männern, weil sie nichts von ihnen wollte, manchen Frauen, weil sie mit den Männern schäkerte. Oft sind Kräuter und ihre Kraft doch nichts anderes als eine Ausrede für eine Anklage."

Nach wie vor hielt Heynrich den Becher in der Hand, fordernd streckte sie die Hand danach aus, ergriff ihn erneut, zerbröselte einige der Blüten aus seinem Beutel darin, streute noch eine Prise Salz hinzu und griff nach einem Stab, mit dem sie alles erneut vermengte. Sie sprach Worte, die er nicht verstand, aber in ähnlichen Klängen vor Ewigkeiten schon einmal gehört hatte. Tiefer und kehliger als das Gewohnte spürte er, dass die Ahnen dieser Gruppe von sehr weit her stammen mussten.

Zum Abschluss hin, hauchte die Alte den Becher an und reichte ihn Heynrich zurück.

„Trinkt. Ihr werdet die Wahrheit darin finden."

Neugierig hatte er ihr zugesehen, skeptisch blickte er sie an und leerte dann den Inhalt in einem einzigen, großen Schluck. Es schmeckte würzig, leicht salzig und mit einem Hauch von Kräutern, die er nicht kannte, aber an deren Geschmack er sich erinnerte. Wanderndes Volk vermochte häufig Erinnerungen zu wecken und Neues zu schaffen, kannte Dinge, die die meisten Menschen nicht mehr wussten.

Alles begann sich um ihn herum zu drehen, ein Schleier vor seinen Augen erstand und verflüchtigte sich wieder. Vor ihm erschien ein unbekanntes Gesicht, das eines Mannes mit Feuer in den Augen und verschwand wieder. Der Augenblick reichte, um sich dieses Bild einzuprägen.

„Geht! Ihr kennt die Antwort nach der Ihr sucht, Mönch. Ihr habt gesehen, was Ihr zu wissen wünscht!"

Schweigend erhob sich Heynrich, nach wie vor sah er deutlich das Gesicht vor sich, wie es ihn anstarrte und mit seinen Feueraugen zu erdolchen suchte.

Vor dem Zelt wartete der Adjutant auf ihn und wollte ihn schon stützen, doch der Mönch winkte ab. Sich mit Frauen wie dieser Matriarchin einzulassen führte, nach seinen bisherigen Erfahrungen, stets zu eigenartigen Ergebnissen. Vorurteilsfreies Denken half zumeist zu Antworten, die er sonst nicht finden würde.

„Nein!"

Heynrich spürte, wohin er gehen musste und folgte diesem Gefühl, das ihn aus dem Zeltlager und hinein in den Wald zog. Ohne sich umzudrehen, ließ er den Adjutanten stehen und stapfte, mit leicht wackeligen Knien, einen schmalen Pfad entlang, der ihn schließlich zur Quelle mit dem Weiher führte. Er sank davor nieder und schöpfte aus dem Wasser, wusch sich damit das Gesicht. Erneut erhob er sich und folgte seinem Gefühl, das ihn zu einer weiteren Lichtung führte, wo ein großer Felsbrocken dominierte. Hier war er richtig.

Strauchelnd setzte er seine Schritte, die immer schwerer wurden, bis er glaubte Kanonenkugeln an den Füßen mit sich zu schleppen. Der Erdboden der Lichtung war übersät von winzigkleinen, hellen Blüten und hinter dem Felsbrocken erspähte er eine Gestalt mitten zwischen den Bäumen stehend.

Heynrich schwindelte leicht und doch hielt er sich aufrecht, bis er auf die Knie fiel. Er rammte die Hände in den Boden und stand wieder auf, er war der Antwort so nahe!

„Zeig dich!"

Beim Felsbrocken angekommen drückte ihn ein gefühlter Mühlstein fast zu Boden und doch blieb er stehen und wartete ... beobachtete, bis Klarheit in sein Innerstes zurückkehrte und die gefühlten Gewichte leichter wurden.

Nach wie vor stand zwischen den Bäumen die Gestalt im Schatten, bis sie es wagte hervorzutreten und sich dem Felsbrocken zu nähern, bis sie sich gegenüberstanden. Ein nackter Mann trat heran, die Haare leicht lockig, grüne Augen mit einem dunklen Ring um die Pupillen, das Grübchen am Kinn durch einen Dreitagebart beinahe völlig verdeckt. Sein schlanker Körper wirkte jugendlich aber war es mit Sicherheit nicht.

Schweigend hielt die Gestalt die Hand auf und deutete auf den Felsbrocken, ebenso schweigend griff Heynrich in seinen Beutel und legte die Blüten darauf, die er beim Weiher des Morgens gepflückt hatte.

Wispernde Stimmen vermeinte Heynrich wahrzunehmen, ein Raunen, als käme es aus einer anderen Welt drang in sein Ohr. Nach wie vor schweigend blickten sich die beiden an und begriffen, dass keinem eine Gefahr vom anderen drohte.

So reichte der Mann aus dem Schatten Heynrich seine Hand, die Handfläche nach oben. Der Mönch griff nach dieser und hielt nach wie vor den Blick auf den Fremden gerichtet. Bilder tauchten vor seinem inneren Auge auf. Bilder kamen und gingen und vor einem Einzigen davon blieb er stehen.

Ein alter Mann, der im Bett lag. Am Bettrand eine Kerze, die mit flackerndem Licht den Bettlägerigen beleuchtete. Daneben stand ein Krug aus Zinn und ein Becher dazu. Der Mann schien zu schlafen, im Traum aufseufzend, sich manchmal herumwälzend.

An seiner Seite saß Agnes in ihrer Nonnenkleidung und strich ihm den Schweiß von der Stirn, drückte sanft ihre Lippen auf diese und schenkte ein. Sie hob dem Alten den Kopf und ließ ihn davon trinken.

Erst nachdem der Alte ruhig schlief, verließ sie den Raum. Wenig später öffnete sich erneut die Tür und eine Gestalt trat ein.

Gekleidet in ein bräunliches Kleid, hochgesteckte Haare in rötlichem Ton. Die Frau kam ihm bekannt vor .

In diesem Moment entschwanden die Bilder und Heynrich kehrte zurück. Doch noch ließ ihn der Mann aus dem Wald nicht los und packte die Hand des Mönches fester, als wolle er ihn zurückhalten. In seinem Geist tauchte eine Erinnerung auf, als er Agnes in Freyhausen befragte. Erst, als diese Erinnerung klar und deutlich vor ihm stand, ließ der Mann aus dem Wald ihn los, nickte ihm zu und trat den Rückzug an.

„Ich verstehe, Mönch, ich verstehe!"

Heynrich eilte zurück zum Lager, traf im Zuge des Weges auf den Adjutanten und packte diesen an der Schulter. Wortlos zog er ihn mit sich, bis sie den Wald endgültig verlassen hatten. Schweigend trabten sie nebeneinander her, bis sie vor dem Pfarrhaus standen.

Die Tür zum Hühnerstall stand offen, gackernd rannten einige der Tiere quer durch den Innenhof. Die einsame Ziege in der Ecke schrie ihren Frust hinaus und die Matrone im Hof verfolgte eines der Hühner, bis sie fast Heynrich anrempelte. Wut funkelte in ihren Augen.

„Wir müssen reden!"
„Ich habe Euch nichts zu sagen!"
„Entweder hier im Guten oder wir sehen uns dort!"

Damit deutete er in Richtung Kerker, woraufhin die Matrone erbleichte. Die Befragung hatte ihr gründlich den Tag vergällt und auf eine Wiederholung legte sie nicht den geringsten Wert. Sie erbleichte und sah Heynrich skeptisch an. Dass er den Adjutanten im Schlepptau hatte, machte die Sache nicht besser.

„In Ordnung. Also was wollt Ihr? Macht hinne, ich habe zu tun!"
„Es gibt da eine Sache, die ich Euch noch fragen wollte!"

Er öffnete seine rechte Hand, jene, die er der Gestalt aus dem Wald gereicht hatte. Darin ruhten einige der hellen Blüten.

„Ihr kennt diese Blüten, ihr wißt, was sie bewirken!?"

Dies war nicht als Frage formuliert. Ihre Antwort fiel in einem kreidebleichen Gesicht aus.

„Warum?"
„Warum was?"
„Warum das Gift für einen ohnehin todkranken Mann?"

Wut funkelte in den Augen der Matrone. Hilflose Wut, die sie nicht länger zu verbergen vermochte.

„Mönch, Ihr habt doch keine Ahnung wovon Ihr sprecht!"
„Dann klärt mich darüber auf!"

Die Alte spuckte vor ihm aus und wollte schon in ihre Küche zurückgehen, doch diesmal griff der Adjutant ein. Schweigend packte er die Matrone, scheuerte ihr eine Ohrfeige, die sich gewaschen hatte und ihr die Tränen in die Augen trieb.

„Mönch, wenn Ihr Beweise findet ...“

Zerrte die Matrone in die Küche und drückte sie auf die Bank, wo sie sonst das Essen servierte, und hieß sie zu warten. Er durchsuchte die trockenen wie frischen Kräuter, holte einige Stängel hervor, an denen noch die gleichen, hellen Blüten hingen, und reichte diese weiter.

„Adjutant!“

Dieser blickte die Matrone mit einem vielsagenden Blick an, der ihr eine Gänsehaut verursachte und meinte dann nur ganz ruhig: „Kommt lieber freiwillig mit!“

ie Matrone, sich ihrer Situation offenbar kaum bewusst, stolzierte nahezu hoffähig mit den beiden mit. In ihrem Inneren schlugen die Emotionen Wellen und rissen sie mit sich, nach außen hin kompensierte sie diese Unsicherheit mit hochmütigem Gebaren.

Der Adjutant packte, kurz vor seinem Haus, die Matrone am linken Oberarm und schob sie in sein Arbeitszimmer, wo sie sich setzen sollte.

„Holt mir die Gefangene herbei!"

Krämer schickte Maximilian los, mit Heynrich im Schlepptau, die Gefangene aus dem Kerker herbeizuschaffen. Vor der Kerkerpforte wartete der Mönch, bis Maximilian Agnes mit gefesselten Händen nach oben brachte.

Lange Monate war es her, dass sie die letzten Sonnenstrahlen auf ihrer Haut spüren durfte. Das helle Tageslicht blendete sie, sah erst nur einen Schatten, bis sie begriff, dass sie vor Heynrich stand.

„Komm mit Kind!"

Agnes fiel vor ihm auf die Knie und griff nach seiner rechten Hand, küsste diese. Doch Heynrich zog sie rasch wieder zurück, sah ihr streng in die Augen.

„Tochter, dafür ist jetzt keine Zeit. Wir reden später! Jetzt komm!"

Gehorsam und schweigend trottete sie neben ihm her und stand wenig später der Matrone gegenüber, die sie mit giftigem Blick ansah.

„Tochter, kennt Ihr diese Blüten?"

Heynrich reichte Agnes die Blüten und wartete auf Antwort. Sie erbleichte noch mehr, als sie es ohnehin schon war und gab sie ihm zurück.

„Ja, ich kenne diese Blüten, Vater. Doch zur Heilung dienen sie nicht!"

Heynrich reichte sie nun auch der Matrone.

„Und Ihr kennt sie auch?"

Diese verneinte.

„Seht mich an, wenn ich mit Euch spreche!"

Sanft, wenngleich auch mit einer Strenge in der Stimme bedeutete er ihr damit, sie möge den Blick heben, was sie nur widerwillig tat.

„Nein!"
„Seid Ihr Euch da sicher?"
„Ja, dies bin ich!"

Verwirrt sah sie den Mönch an und betrachtete die Blumen und dann Heynrich.

„Aber die Wirkung kennt Ihr wohl!", warf Agnes ruhig und bedächtig ein, erntete von Seiten der Matrone aber nur Schweigen.

„Sprecht. Hat sie recht? Kennt Ihr die Wirkung dieser Blüten?"

Wortlos blickte sie durch Heynrich hindurch.

„Nun, ich warte auf Antwort. Kennt Ihr die Wirkung?" Und zu Agnes gerichtet, die gerade dabei war, das Wort zu ergreifen: „Tochter, es ist an ihr zu antworten!"

Nach wie vor schwieg die Matrone und hielt sich zurück.

„Antwortet!"

Seine Stimme nahm etwas Eisiges an, das der Frau Angst machte und sie klein werden ließ. Heynrich trat hinter sie, nahe an ihr Ohr und sprach leise zu ihr: „Klüger ist es wohl die Wahrheit zu sagen oder wollt Ihr mich verärgern?"

Trat dann wieder nach vor und beobachtete die beiden Frauen vor sich.

„Nun, Tochter, antwortet. Kennt Ihr die Wirkung?"

Sie nickte.

„Ja."
„Welche Wirkung haben sie?"
„Sie schwächen!"

Nun fuhr Agnes auf und war erstaunlich schnell bei der Matrone.

„Alte Hexe, sie töten! Töten jeden!"

Schlug ihr ins Gesicht und packte sie am Haar. Heynrich griff nach ihren Handgelenken und zerrte sie zurück an ihren Platz.

„Hinsetzen und Ruhe!! Noch einmal Ungehorsam ..."

Agnes schluckte, sie wusste wohl, was das bedeutete und hielt inne.

„Nun, hat sie recht? Töten diese Blüten?"

Schweigend nickte die Matrone.

„Eine Frage wäre noch .... habt Ihr sie dem Verstorbenen gegeben?"

Angst zerbarst die Mauer des Stolzes in der Matrone.

„Was, wenn dem so wäre?"
„Keine Gegenfragen. Wart Ihr es oder nicht? Bedenkt nur eines ... es gibt Zeugen ... sagt die Wahrheit!"
„Ja. Ich gab ihm die Blüten, doch nicht aus Mordlust heraus."
„Sondern?"
„Er hatte Schmerzen, die sich nicht mehr heilen ließen. Ich wollte ..."

Tränen traten in ihre Augen.

„So ist die Angeklagte unschuldig?"

Wieder nickte die Matrone.

„Ja."
„Ihr habt es mit eigenen Worten gehört, Adjutant! Lasst die Angeklagte frei! Alles Weitere, den Fall betreffend ... nun, ab jetzt liegt es in Euren Händen!"

Schweigend sah dieser auf und griff nach dem Handgelenk der Matrone.

„Ihr wißt, was das bedeutet?"

Nicken.

„Mönch?"
„Es liegt jetzt an Euch, Adjutant! Agnes ...!"

Er öffnete die Tür und wartete, bis Agnes ihm folgte. Sie wirkte steif, aber den Umständen entsprechend gesund.

„Vater, bitte bringt mich nicht zurück!"
„Keine Sorge, ich weiß genau, wo ich dich hinbringen werde! Komm, Kind!"

Gehorsam folgte sie ihm, vertraute dem Mann, der sie zum zweiten Mal gerettet hatte.

s dauerte geraume Zeit, bis sie den Waldrand erreicht hatten. Agnes Gesundheitszustand war nicht der allerbeste, sie knickte mehrmals erschöpft ein. Manchmal musste er Agnes stützen, nach ihr greifen, wenn sie nahe daran war zu strauchen. Erschöpft blickte sie ihn dann dankbar an.

Schließlich stand er ihr im Zeltlager der Matriarchin.

„Nehmt sie für eine Weile bei euch auf!"
„Ihr seid uns noch einen Gefallen schuldig ...."
„Ja ... doch bedenkt, was Ihr braucht und nicht was Ihr wollt ..."
„Wie meint Ihr das?"
„Kraft!"

Ein Lächeln trat in das Gesicht der Matriarchin – sie verstand ...

„Vater ..."

Agnes verstand ebenso und doch ...

„... ich danke Euch!"
„Kind, gebt auf Euch Acht!"

Strich ihr kurz mit der rechten Hand über die Wange, zog sie jedoch gleich wieder zurück.

„Lasst ihn nicht in Euer Herz und Eure Seele nehmen. Er hat Euch viel gegeben, aber er verlangt auch viel. Wählt weise, bis wohin Ihr ihn an Euch heranlässt. Diesen Rat gebe ich Euch mit auf den Weg!"

Er blickte hinter die Zelte und sah den Mann im Wald, der ihn anlächelte. Manchmal waren ungewöhnliche Wege die besseren.

„Geht zu ihm, aber wahrt Euch selbst. Wahrt Euch und Euer Herz gut, denn Ihr habt nur dieses eine!"
„Vater ..."
„Sch...."

Er bedeutete ihr, leise zu sein. Es brauchte keine weiteren Worte, um zu verstehen. Drehte sich um und ging seiner Wege. Er würde sie nicht alleine lassen, ab und an nach ihr sehen ... aber er wusste auch, dass sie bei der Matriarchin in guten Händen sein würde.

„Vater, ich danke Euch! Bewahrt Euch Eure Güte ..."

In diesem Moment lächelte Heynrich und ging weiter, er hatte es wohl gehört. Agnes wiederum strauchelte und fiel zu Boden, verlor ihr Bewusstsein im Wissen, dass sie hier in guten Händen war.

ie turbulent jene Zeit auch gewesen sein mochte, so brachte sie dennoch das Beste und das Schlechteste in den Menschen zum Vorschein.

Heynrich trat vom Fenster zurück, setzte sich in den Stuhl und griff erneut nach den Pergamenten. Es würde sich ein neuer, verborgener Platz finden lassen, wo sie die kommenden Jahrzehnte ruhen mochten.

Was aus der Matrone geworden war, hatte er nicht sonderlich verfolgt. Hingerichtet worden war sie nicht, so viel wurde ihm zugetragen.

Die Erinnerung an Agnes jedoch war lebendig in seinem Herzen, er lächelte, wenn er an sie dachte, und freute sich für sie, dass sie ihre Heimat gefunden hatte. Manchmal dauerte es eben eine Weile. Sie hatte ihr Leben gelebt und vielen Menschen Hoffnung geschenkt, auf ihre Entwicklung durfte sie stolz sein.

Er griff nach einem Pergament, das in seinem Beutel ruhte, zog es hervor und legte es zu den anderen, einen Brief, den sie vor Ewigkeiten an ihn schrieb. Lange Zeit trug er ihn bei sich, doch nun war es soweit, ihn gehen zu lassen.

Erinnerungen konnten schmerzhaft, aber auch wundervoll sein.

Bisher in der Reihe erschienen:

Heynrich: Schatten über Freyhausen

1639 - die Zeit der Hochblüte der Hexenverfolgung und der lodernden Scheiterhaufen

Der Weltuntergang scheint zum Greifen nahe. Weit abseits der Kriegswirren dienen die Nonnen des Klosters Freyhausen in Demut und Bescheidenheit. Zumindest scheint es so. Auf Bitten der Äbtissin Hedwig macht Heynrich seine Aufwartung als Gesandter der Heiligen Inquisition. Sein Eintreffen ist keinen Moment zu früh, längst haben dämonische Einflüsse ihre Klauen nach den Nonnen ausgestreckt. In der Abgeschiedenheit der Klostergemeinschaft gärt es.

Lüsterne Gedanken, unkeusches Verhalten und Besessenheit

erfordern rasches Eingreifen. Und so beginnt die peinliche Befragung der Klosterschwestern durch den erfahrenen Inquisitor.

Taschenbuch: 184 Seiten
Verlag: BoD - Books on Demand; Auflage: 1 (28. Juni 2019)
ISBN-10: 3743159120
ISBN-13: 978-3743159129